16854

MÉMOIRES

SECRETS

POUR SERVIR A L'HISTOIRÉ

DE LA

RÉPUBLIQUE DES LETTRES

EN FRANCE,

DEPUIS MDCCLXII JUSQU'A NOS JOURS;

OU

JOURNAL

D'UN OBSERVATEUR,

CONTENANT *les Analyses des Pieces de Théâtre qui ont paru durant cet intervalle ; les Relations des Assemblées Littéraires ; les notices des Livres nouveaux, clandestins, prohibés ; les Pieces fugitives, rares ou manuscrites, en prose ou en vers ; les Vaudevilles sur la Cour ; les Anecdotes & Bons Mots ; les Eloges des Savants, des Artistes, des Hommes de Lettres morts, &c. &c. &c.*

TOME VINGT-SEPTIEME.

. . . . *huc propius me,*
. . . *vos ordine adite ,*
Hor. L. II. Sat. 3. ℣. 81 & 82.

A LONDRES,

CHEZ JOHN ADAMSON.

M. DCC. LXXXVI.

C.

MÉMOIRES

SECRETS

Pour servir a l'Histoire de la République des Lettres en France , depuis MDCCLXII, jusqu'a nos jours.

ANNÉE M. DCC. LXXXIV.

13 *Novembre* 1784. Extrait d'une lettre de Conſtantinople, du 12 octobre. Une de mes principales remarques depuis que je ſuis ici , c'eſt que l'athéiſme y a fait de grands progrès , en proportion autant qu'ailleurs, ſur-tout depuis que le projet d'adopter la tactique euro-péenné a multiplié les étrangers à Conſtantino-ple. Ainſi , les Turcs en acquérant nos connoiſ-ſances militaires , perdront leur religion , & même toute leur religion : lequel vaut le mieux ?

13 *Novembre.* M. *Merc* , maître des requêtes,

A 2

vient de périr par accident chez son confrere M. *Laurent de Villedeuil*; il étoit connu dans la littérature par une traduction de *Machiavel* & un discours préliminaire, où il venge ce grand politique de la mauvaise réputation qu'on lui a donnée. Ses amis assurent qu'il y a des choses dignes de la profondeur des vues de *Montesquieu*. Quoi qu'il en soit, c'étoit un homme d'esprit & de mérite, mais sans fortune; ce qui le faisoit souvent gauchir dans ses fonctions de magistrature.

M. *Menc* étoit d'une ancienne & bonne famille de Provence; il étoit membre du parlement d'Aix, & quitta lors de la révolution pour passer au conseil, & achetant à crédit une charge de maître des requêtes. L'intrigue & la souplesse lui avoient valu les bonnes graces de M. le garde-des-sceaux. Ce chef de la justice cherchoit à le soutenir en lui procurant des places ou des fonctions utiles. C'est ainsi qu'il l'avoit mis dans le nouveau bureau des Quinze-vingts; il étoit en outre d'une nouvelle commission pour la recherche, la collection, la réunion & l'interprétation de toutes les ordonnances de nos Rois.

13 *Novembre*. Relation de la séance publique tenue aujourd'hui par l'académie royale des sciences, pour sa rentrée d'après la S. Martin.

Le public en entrant a d'abord observé avec satisfaction un ballon suspendu à la voûte de la salle; il a jugé qu'il seroit question de ces machines dont il est si fort enthousiaste. Ce ballon a même servi de joujou pour le désennuyer jusques au moment de l'ouverture de la séance; on le descendoit de temps en temps, afin de le bourrer d'air inflammable, & c'étoient des brouhaha, des cris de joie qui ne finissoient pas. A chaque fois cependant il se répandoit une odeur infecte, qui obligeoit d'ouvrir les fenêtres.

Messieurs étant en place, il n'y a eu aucune annonce de prix, soit décerné, soit à décerner; le secrétaire est entré tout de suite en matiere, & la durée de la séance a été entiérement remplie & au-delà par la lecture de quatre éloges & de quatre mémoires.

Dans les premiers, M. le marquis de *Condorcet* a soutenu la réputation qu'il s'est déjà si justement acquise en ce genre. MM. *Morand*, *Bezout*, *Macquer* & le comte *Treffan*, de onze confreres auxquels il avoit à payer le tribut, ont été ceux qui se font trouvés en rang pour passer.

L'éloge de M. *Morand* a été court. C'étoit un médecin, fils du fameux chirurgien du même nom. Les morceaux qui ont frappé dans ce discours, sont lorsque le panégyriste a peint son héros, amateur de toutes les sciences, les effleurant toutes; ce qui l'a empêché de se distinguer dans aucune à certain point; embrassant la médecine pour avoir un état, sans vouloir la pratiquer, comme propre à lui donner occasion d'acquérir les vastes connoissances dont il étoit avide. L'endroit où, à l'occasion des mémoires assez étendus de M. *Morand* sur le charbon de terre, le marquis de *Condorcet* differte en homme d'état sur la disette du bois à Paris & en France, & veut en assigner la cause, n'a pas été du goût de bien des politiques. Ses raisonnements ont paru mal-adroits & tirés de trop loin. Tout

A 3

le monde n'a pas été aufli fort content de fa digreffion fur la fociété royale de Médecine, pour laquelle on lui reproche une complaifance fecrete. Il n'a pû cependant ne pas rendre juftice à l'attachement de M. *Morand* envers la faculté, attachement qui ne lui a pas permis de refter chez cette rivale, dès qu'elle a voulu s'élever contre fa mere. Enfin, la peinture d'un directeur de compagnie par où il termine, a réuni tous les fuffrages ; il a repréfenté M. *Morand* comme un modele en ce genre, joignant la fermeté à la douceur, & fachant fe faire aimer de tous fes confreres, fans jamais courber la regle au caprice dè perfonne.

L'éloge de M. *Bezout* n'a pas été plus long. Il fourniffoit peu. Cependant l'auteur a eu l'art d'y faire venir des digreffions qui ont attaché dans ce fujet aride. Celle, par exemple, où il excufe les difficultés fouvent fondées en raifon de la part des parents qui s'oppofent au goût peu ré-fléchi & nuifible de leurs enfants pour la car-riere des lettres ou des fciences, a paru pré-fentée fous un afpect nouveau & piquant ; mais le morceau vraiment applaudi & qui a emporté tous les fuffrages, c'eft le détail dans lequel, à l'occafion du choix fait de M. *Bezout* par le miniftre pour examinateur des gardes-marine & des éleves de l'artillerie ; il développe les diverfes parties, non-feulement du talent, mais du génie qu'exige un pareil emploi : M. *Bezout*, malgré fes frayeurs de la petite-vérole qu'il n'avoit point eues, allant interroger auprès de leur lit deux jeunes gens attaqués de cette maladie, pour qu'un pareil retard ne nuisît pas trop à leur avancement, & les jugeant dignes du facrifice qu'il leur faisoit, est une anecdote à conserver, & que le panégyriste a rendu plus intéressante encore par l'onction qu'il a mise dans son récit.

M. *Macquer* étoit un chymiste qui a beaucoup écrit en ce genre ; ce qui a donné lieu au Marquis de *Condorcet* d'entrer dans une infinité de détails sur cette science si amusante & si à la mode aujourd'hui. La peinture de l'union qui régnoit entre un héros & un frere, homme de lettres, auquel il a survécu dans les larmes & la douleur, a serré le cœur de tous les spectateurs sensibles. Celle de M. *Macquer*, avec toutes les qualités les plus sociables, n'aimant que son intérieur, & y rentrant toujours avec plaisir & le plus qu'il pouvoit, est un tableau non moins touchant & plus philosophique. Enfin, ce savant recelant en lui-même une cause de mort dont il éprouvoit journellement les effets sans la connoître, calculant les approches du terme fatal, en prévenant sa femme & ordonnant que son corps fût ouvert, afin de pouvoir être utile peut-être à l'humanité, même après son trépas, a mis le comble à l'attendrissement & à l'admiration de l'assemblée.

M. le marquis de *Condorcet* a changé absolument de ton pour son dernier éloge ; il s'agissoit d'un homme de grande qualité, d'un guerrier lieutenant-général des armées du roi ; il a embouché, en quelque sorte, la trompette, & a débuté par un éloge pompeux des ancêtres de son héros. Outre ce morceau qui distingue ce panégyrique des autres déjà prononcés plusieurs fois à la gloire du défunt, le secrétaire a trouvé le moyen de s'en ménager plusieurs qui n'avoient pas été employés. Ce qu'on peut lui

reprocher, c'est d'avoir plus parlé du courtifan
& de l'homme de lettres, que du favant; il n'a
pas diffimulé que fon héros avoit peu de titres
à cette derniere qualité. Quelques differtations
fur l'électricité au moment où elle devient
l'objet des recherches de tous les phyficiens,
comme aujourd'hui les différentes fubftances
acriformes, furent le prétexte plutôt que le
motif fondé de fon admiffion à l'académie des
fciences. A en croire M. de *Condorcet*, le comte
de *Treffan*, quoique neveu & éleve de deux
évêques, n'en étoit pas plus religieux. C'eft ce
que lui reprocha le jéfuite *Menou*, lors de la
fondation de l'académie de Nancy, à laquelle
ne contribua pas peu M. de *Treffan*. Il y pro-
nonça différents difcours, & le jéfuite, confeffeur du roi *Staniflas*, l'accufa de s'y être montré
exceffivement hardi dans fes opinions. Le roi
de Pologne lui en fit des reproches. « SIRE, lui
» répondit l'accufé, je fupplie votre majefté de
» fe reffouvenir qu'il y avoit trois mille moines
» à la proceffion de la ligue, & pas un philo-
» fophe. » M. de *Condorcet*, dont la plume eft
naturellement amere & fatirique, n'omet jamais
de pareils traits, & avec d'autant plus de raifon,
qu'ils enchantent toujours l'auditoire.

Une chofe fort remarquable dans ces quatre
éloges, c'eft qu'il n'eft queftion dans aucun
que le héros ait fait une fin chrétienne : point
d'extrême-onction, de viatique, de confeffeur
même ; on en infere avec affez de vraifemblance
qu'ils ont tous été philofophes jufques au bout.

M. *Demareft* a lu le premier mémoire *fur la
caufe de la diftinction & de la féparation des
couches de la terre, & fur les conféquences qui*

en résultent. Les moyens qu'emploie la nature
font simples & uniformes. On n'a pas deviné
son secret, quand on assigne de grandes causes
à la plupart des effets qu'elle produit. C'est ce
que prétend M. *Demarest* dans son mémoire. Il
n'y offre qu'une très-légere esquisse des observations qu'il a faites depuis vingt ans sur cette
partie de l'histoire naturelle ; il s'est contenté
d'y présenter ses vues générales, & il a très-
bien fait. Cette matiere aride n'étoit guere
propre à intéresser le très - grand nombre des
auditeurs.

Le second mémoire d'astronomie est de M. de
Cassini : son but est *la vérification des nouvelles
découvertes faites en Angleterre sur les étoiles
doubles*. C'est avec des lunettes qui grossissent des
milliers de fois l'objet plus que les autres, qu'on
a fait ces observations. Il a été sur-tout question
de la planete de *Harschel*. Tout ce mémoire fort
sec & fort ennuyeux, a été peu écouté.

L'attention a été singuliérement réveillée
par le mémoire de M. *Sabatier* sur un grand
nombre de morsures qu'avoit faites à une même
personne un chien enragé, traitées avec succès.
C'est qu'il intéressoit puissamment tous les auditeurs. La cautérisation est le moyen employé
par M. *Sabatier* : avant lui on le regardoit purement comme auxiliaire, & il a éprouvé qu'il
étoit curatif, & peut-être le meilleur qu'on pût
employer.

L'auteur commence par établir l'état affreux
du malade, qui portoit sur lui soixante-quinze
morsures ou égratignures. Nul doute que l'animal dont il avoit été si horriblement déchiré,
ne fût enragé, puisqu'un jardinier mordu peu

A 5

avant une feule fois par le même chien , étoit mort peu après d'une hydrophobie bien avérée.

M. *Sabatier* entre enfuite dans tous les détails de fon procédé très-violent, dont le fuccès avoit en moins de cinquante jours paffé fes efpérances.

Du refte, nul remede adminiftré au malade, fauf quelques gouttes d'*alkali volatil* qu'il avoit défirees ; mais l'académicien les lui avoit accordées par complaifance pure, & ne regarde point ce fpiritueux comme anti-hydrophobique. Ce mémoire a été fort applaudi.

Le public s'impatientoit beaucoup de ne rien entendre fur le ballon offert à fes yeux , lorfque M. *Meufnier* a fini la féance par un *extrait de l'expofé des recherches & expériences faites jufques à ce jour par ordre de l'académie pour la perfection des machines aéroftatiques*. De tout fon récit , il réfulte que la compagnie a jugé comme le plus effentiel de trouver une enveloppe abfolument imperméable à l'air inflammable ; c'eft à quoi elle travaille, & ce qu'elle efpere avoir obtenu dans le ballon fufpendu , dû à l'invention du fieur *Fortin*, artifte très-intelligent. Ainfi elle n'eft encore qu'au premier pas.

13 *Novembre*. Extrait d'une lettre de Loches du 2 Novembre..... La manie des aéroftats a pénétré jufques dans notre petite ville. Le 14 octobre dernier nous avons joui du fpectacle d'un ballon lancé dans les airs ; il étoit d'une figure *hexagonale* ; un cône tronqué formoit fa bafe, un prifme fon milieu, & fon fommet étoit terminé en pyramide. Une de fes faces repréfentoit les

armes de la ville ; fur une autre on lifoit le quatrain fuivant :

Superbe aéroftat, dont la noble ftructure
De l'efprit des humains annonce la grandeur ;
Tout émerveille en toi ; l'art aide la nature ;
Le ciel eft ton pays , un homme eft ton auteur.

Ce globe s'éleva environ à mille toifes ; mais la circonftance la plus extraordinaire , c'eft que plufieurs de nos amateurs affurent avoir vu , à l'aide de leurs lunettes ; une infinité d'hirondelles fe repofer fur lui.

14 *Novembre.* Par-tout le goût de la belle typographie femble fe ranimer. En Italie , l'imprimerie royale de Parme, dont M. *Bodoni* eft directeur, & celui de la Propagande à Rome , cherchent à le difputer aux *Aldes*, aux *Gioliti* , aux *Torrentini*, ces anciens imprimeurs fi renommés dans ce berceau de la littérature en Europe. On a exécuté dans l'imprimerie de la Propagande , avec de très-beaux caracteres & fur de très-grand papier, un effai typographique en quarante-fix idiomes , pour célébrer *Guftave III*, roi de Suede , lorfqu'il y a voyagé. L'éloge de ce prince original eft en un quatrain latin , que voici :

Amplius haud memores Alarici , Roma ,furorem ;
 Res fato verfas nunc meliore vides ;
Nam te GUSTAV I recreat præfentia ; gaude
 Quod te nunc tanti principis ornet amor !

Ces vers traduits d'abord en Suédois, le font

A 6

enfuite dans les autres langues de l'ancien continent. Voici comme un amateur les a rendus
depuis ici très-librement en françois :

Trop de cruels tyrans, ô déplorable Rome !
Ont jadis dans ton sein déployé leurs fureurs ;
Ouvre les yeux, seche tes pleurs ;
Dans un monarque vois un homme.

15 *Novembre.* Afin de pouvoir mieux comparer la lettre ministérielle aux Evêques, & la
plaisanterie dont le clergé l'a fait suivre, il faut
les rapprocher l'une de l'autre. Voici d'abord la
premiere :

De Versailles, le 16 octobre 1784.

« Le roi ayant fixé, monsieur, son attention
particuliere sur l'importance de vos fonctions,
ainsi que sur les avantages multipliés que recueille son service, comme celui de la religion,
de vos bons exemples & de vos soins journaliers,
sa majesté m'ordonne de vous marquer qu'elle
désire que vous résidiez beaucoup, & que vous
ne sortiez jamais de votre diocese sans en avoir
obtenu sa permission. Vous avez donné, monsieur, trop de preuves de votre zele au roi, pour
que sa majesté ne soit pas persuadée que vous
entrerez dans ses vues avec un empressement
égal à leur justice. L'intention de sa majesté est
donc que toutes les fois que vous serez dans le
cas de vous absenter de votre diocese, vous
m'en préveniez, ainsi que du temps à-peu-près
que vous croirez que vos affaires pourront vous
en tenir éloigné. Je me ferai un devoir, comme
un plaisir, de mettre sur le champ votre de-

mande fous les yeux de fa majefté, & de vous faire part de ce qu'il lui plaira de décider.

J'ai l'honneur d'être, avec un parfait attachement, votre, &c. »

Réponfe de M. l'évêque d'..... à la lettre de M. le baron de Breteuil, *du* 16 *octobre* 1784.

« J'ai reçu, M. le baron, la lettre que vous m'avez fait l'honneur de m'écrire en date du 16 octobre. La premiere phrafe de cette lettre eft un peu longue; mais avec de la patience on en vient à bout, & après l'avoir lue, on eft bien édifié des grands principes qu'elle renferme; ainfi que vous me le prefcrivez, monfieur, je réfiderai beaucoup, en ne fortant jamais de mon diocefe. Il a trois lieues de long fur deux de large. Je ne franchirai pas fes bornes, fans en avoir obtenu votre permiffion; je répons de la foumiffion de mes confreres, comme de la mienne. Le clergé de France, le premier corps de l'état, va devenir un college, dont M. le baron fera le régent. J'ai foixante ans, je croyois mon éducation finie; mais je vois bien que fous un maître auffi habile on peut toujours apprendre quelque chofe de nouveau. Je vous prie, M. le baron, de me continuer vos leçons. Elles m'enfeigneront à facrifier l'amitié, la reconnoiffance, la nature même; le fervice du roi recueillera des avantages particuliers, multipliés de mon miniftere; les prémices du vôtre annoncent une récolte abondante....

P. S. Si ma fanté m'oblige de vous demander la permiffion de fortir de mon diocefe, je prendrai d'avance la précaution d'écrire à mon médecin pour favoir à-peu-près le temps que durera

ma maladie, & j'aurai l'honneur de vous en
informer. »

On voit par-là que cette facétie portant tout
au plus contre le premier commis, auteur de la
lettre circulaire affez mal tournée en effet, ne
peut en ridiculifer l'objet, trop bien entendu du
côté de la politique & du côté de la religion.

15 *Novembre*. Il fe tient depuis quelque temps
un comité chez M. le garde-des-fceaux, compofé
de quatre magiftrats, quatre membres de l'académie des belles-lettres, & quatre bénédictins.
Son objet eft de raffembler en corps toutes les
ordonnances de nos rois pour en former un code
de jurifprudence du royaume. On n'en eft encore
qu'à la premiere race, & l'on compte qu'il en
paroîtra un premier volume l'année prochaine.
Quand la vieille ordonnance eft bien confta-
tée, bien déchiffrée, ces meffieurs joignent des
notes au texte, dans lefquelles ils font voir ce
qui eft tombé en défuétude & ce qui eft en
vigueur ; ce qu'il y avoit de bon, & ce qu'ils
y trouvent de défectueux. On ne connoît encore
que quelques membres de cette affemblée : M. de
Saint-Genis, auditeur de la chambre des comptes,
qui, depuis long-temps, s'étoit occupé lui feul
d'un travail de cette efpece, & avoit raffemblé
en ce genre un recueil des plus étendus ; M. *Pafto-
ret*, confeiller à la cour des aides, homme de
lettres qui a remporté un prix à l'académie des
infcriptions, & s'eft occupé déjà de cette favante
matiere ; enfin, M. *Menc*, maître des requêtes,
qui vient de mourir.

Il ne faut pas confondre ce comité avec un
autre plus étendu, dont on a rendu compte,
purement littéraire, & dont le but eft d'enrichir.,

de compléter & d'éclaircir l'histoire de France.

16 *Novembre*. On sait aujourd'hui que M. *François de Neufchâteau*, distingué dans la république des lettres & au barreau, dont on ne parloit plus depuis quelque temps, est procureur-général au conseil supérieur du Cap. Il a signalé son ministere par des conclusions qui ont été suivies & provoqué un arrêt du 8 janvier dernier, célebre parmi les marins. Il défend sur les vaisseaux le baptême du tropique, scene profane & puérile, qui dégénere trop souvent en injure réelle ou en exécution tyrannique ; parodie burlesque, d'ailleurs de la plus essentielle des cérémonies du christianisme. C'est un procès élevé au sujet d'une pareille momerie pratiquée sur la *Claudia*, navire de la Rochelle, le 14 janvier 1783, qui a donné lieu à M. *François de Neufchâteau* de faire parler la raison, l'humanité, la religion, la philosophie, s'accordant toutes à demander la proscription de cet usage bizarre, tyrannique & cruel quelquefois.

16 *Novembre*. La *Cléopâtre* de M. *Marmontel* a reparu sur l'affiche depuis quelques jours & a été jouée hier. Elle n'avoit été retardée que parce que l'auteur en vouloit donner les prémices à la cour. Les trois premiers actes y ont beaucoup réussi ; mais les deux derniers ont paru mauvais & en cela la ville a été d'accord avec elle. Du reste, la piece étoit parfaitement oubliée depuis trente-quatre ans, & l'on n'a pu juger si elle avoit beaucoup gagné ou si elle n'avoit pas perdu. On ne se ressouvenoit que de l'*Aspic*, y faisant son rôle & opérant le dénouement. Ce reptile, ouvrage du fameux *Vaucanson*, étoit imité & composé avec tant d'art & d'intelligence qu'on le voyoit s'élancer en sifflant sur la reine, & la piquer de son

dard ; ce qui fit dire malignement à un spectateur à qui l'on demandoit son jugement, *qu'il étoit de l'avis de l'aspic*. Le poëte qui n'avoit pas oublié ce bon mot, a voulu éviter qu'on le rappellât, & fait *Cléopâtre* se tuer hors de la vue du spectateur. Quoi qu'il en soit, il y a de grandes beautés dans cet ouvrage, dont le défaut essentiel est du sujet inadmissible au théâtre. On ne peut s'habituer à voir un grand homme, au même instant joindre tant de sublime à tant de bassesse, ou plutôt démentant continuellement ses discours par les actions, parler en héros & agir en lâche. Le rôle d'*Octavie*, femme d'*Antoine*, absolument nouveau, que M. *Marmontel* a créé dans l'espoir d'augmenter d'intérêt, ne sert qu'à l'affoiblir, en ce qu'il met dans un plus grand jour l'avilissement du personnage principal, abandonnant une épouse pleine de beauté, de douceur & de vertu, pour une femme à laquelle il n'a d'autre obligation que celle de lui avoir fait perdre toute son énergie & toute sa gloire. Ce rôle même d'*Octavie* n'est pas aussi touchant qu'il devroit l'être, parce que sa tendresse pour son époux l'a fait se porter à trop de complaisance & d'abjection envers sa rivale. En général, on observe dans cette tragédie que l'auteur excellent pour rendre les détails, les tableaux, les peintures fortes qu'il a puisés dans les historiens Romains & autres, peche absolument par l'invention, lorsqu'il lui faut marcher seul, & qu'il a eu tort de reparoître dans la carriere à un âge où il est temps, au contraire, pour les plus beaux génies de s'en retirer.

Du reste, suivant une anecdote bonne à conserver, les courtisans prétendent que la reine n'a point été fâchée du peu de succès de M. de *Mar-*

montel à Verſailles. Elle s'eſt reſſouvenue de l'a-
charnement qu'il mit dans le temps contre le
chevalier Gluck, le maître de ſa majeſté & ſon
protégé; & par zele de venger celui-ci, en riant
& par plaiſanterie, elle cabaloit en quelque ſorte
contre ſa *Cléopâtre*.

16 *Novembre*. Depuis quelques jours le bruit
couroit de la mort de M. le marquis de *Pompignan*. Elle eſt certaine. On ſait aujourd'hui
qu'elle eſt arrivée le premier de ce mois; ce qui
laiſſe une place vacante à l'académie françoiſe.

16 *Novembre*. Les Srs. *Dorfeuil* & *Gaillard*, qui
réuniſſent aujourd'hui la direction des deux troupes foraines de l'*ambigu comique* & des *variétés
amuſantes*, ont accédé aux propoſitions de M. le
duc de *Chartres*, dont l'objet eſt toujours d'attirer
de plus en plus les curieux dans ſon palais par
toute ſorte de jeux, de divertiſſemens & d'actes
publics. En conſéquence ils y font conſtruire une
ſalle proviſoire de l'emplacement appellé autrefois
le jardin de ſon alteſſe royale. On la dit proviſoire,
parce qu'elle ne doit durer que le même temps
que les nouvelles boutiques, qui eſt celui de l'in-
terruption des travaux. Alors on verra à fournir
un autre local. La ſalle dont il s'agit, doit
être conſtruite moyennant 75000 livres, & on
leur en doit remettre les clefs à la main au 1 janvier 1785.

17 *Novembre*. On a donné hier à la comédie
Italienne la premiere repréſentation d'une comédie parade en un acte, en proſe & en vaudevilles,
ſuivie d'un divertiſſement analogue, même de
couplets. Le titre *des docteurs modernes* avoit attiré
beaucoup de monde. On ſavoit qu'il s'agiſſoit du
Meſmériſme, c'eſt-à-dire, qu'on s'attendoit à voir

cette doctrine, ses chefs & adhérents bafoués sur la scene ; ce qui a eu lieu en effet. Cette bagatelle a été assez bien reçue. Cependant on reproche à l'auteur, qu'on veut être M. *Radet*, d'avoir évaporé tout son sel & toute sa gaieté dans le commencement, & de n'en avoir pas assez réservé pour la fin. Au reste, il s'est passé à cette représentation une anecdote singuliere.

Les *Docteurs modernes* ont été précédés de la *Brouette du Vinaigrier*, drame fort goûté du public. On a été surpris au milieu du second acte d'entendre partir du centre du parterre un coup de sifflet très-fort & très-prolongé. Tout le monde a été indigné & les voisins du spectateur mal-veillant lui en ont fait des reproches ; ce qui a occasionné une sorte de tumulte, l'a fait connoître & il a été arrêté & conduit au corps-de-garde. Il s'est trouvé que c'étoit un homme du peuple, qui n'avoit jamais vu le spectacle, à qui quelque Mesmériste avoit donné de l'argent & un sifflet pour qu'il fît usage du dernier au milieu de la piece des *Docteurs modernes*. Son peu d'usage, son ignorance si l'on jouoit deux pieces, ou si l'on n'en jouoit qu'une seule, l'avoient fait se méprendre & siffler trop tôt. Sa bonne foi lui a servie d'excuse, & il a été relâché. Vraisemblablement il ne connoissoit pas même le nom de celui qui l'avoit mis en œuvre, ou au moins il n'a pas encore percé dans le public.

18 *Novembre*. Extrait d'une lettre de Rennes, du 13 Novembre. ...... Quoique les états se tiennent dans cette ville, où ils se sont ouverts le 8 de ce mois contre l'usage & son droit, notre évêque ne les préside pas & reste absent. C'est M. l'évêque de Dol, comme plus ancien,

qui le remplace, par ordre du roi. Cette difpa-
rition de M. l'évêque de Rennes eft d'autant plus
finguliere, qu'elle arrive précifément au moment
où tous les prélats ont reçu l'injonction de fertir
de la capitale & d'aller réfider dans leur diocefe.
On dit que le nôtre a la défenfe contraire, jufqu'à ce que les états foient finis. C'eft un pro-
blême de favoir fi c'eft volontairement ou non.
Bien des gens eftiment qu'il s'eft fait adreffer
cette lettre de cachet pour fe fouftraire aux reproches de l'affemblée, à laquelle il avoit donné fa parole d'honneur de n'y point reparoître
qu'il n'eût fait retirer les arrêts du confeil qui
déplaifoient.

Nos états du refte font affez tranquilles à préfent. M. de *calonne* & M. le baron de *Breteuil*
paroiffent avoir à cœur de contenter la province,
c'eft d'autant plus généreux de leur part, qu'ils
ne trouveroient pas grande réfiftance. La nobleffe
eft préfidée par M. de *Tremerga*, qui n'eft rien
moins que fait pour occuper cette place, & en
général tous nos chefs font reconnu fort fouples.

Pour amufer les états fans doute, on a répandu au commencement de leur ouverture un pamphlet fans titre contre l'évêque de Rennes. Comme je fais qu'il en eft parti des ballots pour Paris,
il vous en tombera furement un exemplaire fous
la main, & je ne vous en dirai pas davantage.....

Je vous ferai paffer deux arrêts de notre parlement, qui vous parviendroient plus difficilement,
parce qu'ils font très-mortifiants pour les fermiers-
généraux & pour le confeil qui les foutient,
& a été obligé de les abandonner ou du moins
de pallier leurs torts dans fon arrêt du 16 octobre.

Par le premier arrêt du 12 octobre, la cour
en vacations ordonne que cent trois barils de tabac
en poudre, & la totalité des rôles de tabac filé
dit *cantine*, à l'usage des troupes, saisis au bureau général & à l'entrepôt des fermes à Rennes
& à Saint-Servan, seront brûlés au bout de la
promenade du cours de Rennes, & enjoint à
à l'agent des fermes de remettre, dans le jour,
aux débitants de tabac en cette ville, les moulins
leur appartenants, &c.

Le second du 15 octobre, confirme les saisies
de tabac en poudre, qui ont été faites par les
différents juges de la province de Bretagne ; fait
défenses à tous agents & entrepreneurs des fermes
unies de France, de distribuer du tabac en poudre venu en baril ; & leur ordonne de remettre,
dans le jour de la notification du présent arrêt,
aux débitants de tabac, les moulins qui pourroient
leur avoir été ci-devant enlevés, afin qu'ils puissent pulvériser les tabacs en carottes pour l'usage
du public.

18 *Novembre*. Madame la duchesse de Villeroy,
chez laquelle loge le sieur *Radet*, est très-attachée
à la doctine du *Magnétisme animal* : elle lui a fait
des reproches d'avoir osé en mettre en scene les
apôtres : pour complaire à cette dame, il renie aujourd'hui son ouvrage dans le journal de Paris,
& la piece demeure sur le compte du sieur *Ros-*
sière. Voici du reste ce qui s'est passé avant-hier
à cette occasion.

Au dénouement, on voit les malades rangés
autour du *baquet de santé*, pour subir l'opération
du magnétisme. Quand on est au moment où
l'influence agit fortement, tous les malades se
levent, & on les envoie dans la *salle des crises*.

Après la piece, le fieur *Rofiere* a adreffé ce joli
couplet au public :

> Du vaudeville enfant gâté,
> Meffieurs , avec févérité
> Ne jugez pas les entreprifes ;
> Pour favoir votre fentiment ,
> L'auteur eft là qui vous attend
> Dans la falle des crifes.

Le public ayant demandé l'auteur avec beaucoup d'applaudiffements, le fieur *Rofiere* eft revenu
feul , & a répondu au public : *Meffieurs j'ai eu
l'honneur de vous annoncer que l'auteur étoit dans
la falle des crifes : vos bontés l'en ont fait partir, &
nous ne favons point ce qu'il eft devenu* : ce qui a
fait recommencer les applaudiffements.

19 *Novembre*. Malgré tout le ridicule que Voltaire a voulu imprimer fur M. de *Pompignan* , fes
odes facrées, fa tragédie de *Didon* , & fa traduction des tragédies d'*Efchyle* , feront toujours regretter en lui la perte d'un de nos meilleurs lit-
térateurs d'un poëte formé fur les grands mo-
deles, qui avoit beaucoup de goût , & nous rap-
pelloit le fiecle dernier , dont l'éclat s'affoiblit &
fe perd tous les jours.

19 *Novembre*. Extrait d'une lettre de Bordeaux ,
du 16 Novembre ... J'ai découvert depuis que
je fuis dans cette ville , une nouvelle branche
de commerce qu'il eft important de faire connoître. Paffant dans une rue du fauxbourg Saint-
Seurin, je vis dans l'attelier d'un forgeron beaucoup de têtes de fer concaves, & qui s'ouvroient
& fe fermoient à clef. Je demandai quelle étoit

la deſtination de ces ſortes de maſques ? L'ou-
vrier me répondit que c'étoit pour les Negres des
Iſles. Voici l'uſage de cette joli invention. Lorſque
ces eſclaves ſont à l'ouvrage & qu'ils parlent mal-
à-propos, ou commettent quelque autre crime
de ce genre, on leur met la tête dans cette boîte,
à laquelle eſt ſoudée en dedans une forte lame de
fer, large d'un pouce, & longue de deux, qu'on
leur fait entrer dans la bouche & qui s'applique
ſur la langue; de ſorte qu'ils ne peuvent la re-
muer, ni fermer la bouche, ni l'ouvrir. Excellent moyen pour n'être pas touché de leurs
plaintes ni de leur larmes: car vous ſaurez qu'un
Negre gémit & pleure tout comme un homme.

20 *Novembre.* Extrait d'une lettre de Saint-
Maxence, du 15 novembre. J'ai été émerveillé
d'un nouveau pont qui ſe trouve ici ſans que
perſonne en ait parlé. A la hardieſſe de celui de
Neuilly, ajoutez des colonnes accouplées qui tiennent lieu de piles, & dont l'élégance pare la ſo-
lidité : imaginez un trottoir intérieur, d'une
invention nouvelle, adoſſé à l'extrémité du pont,
de maniere que les chevaux qui traîneront les
bateaux, paſſeront ſous la voûte ſans s'arrêter.
En voyant le moyen ſi ſimple d'avoir réduit à
rien la manœuvre la plus difficile des bateliers,
on ne peut s'empêcher d'admirer le génie, qui
ſait ainſi anéantir les entraves phyſiques de la
navigation.

Du reſte, ne ſoyez pas ſcandaliſé ſi je mets le
nouveau pont au deſſus de celui de Neuilly,
cela ne fait point tort à la réputation de ſon auteur qui eſt le même : cela veut dire ſeulement
que M. *Peronnet* s'eſt ſurpaſſé : on pourroit juſte-
ment l'appeller *le Vauban des ponts & chauſſées.*

20 *Novembre*. C'eſt le 9 au ſoir décidément que M. le comte d'*Oels*, revenu de Saint-Aſſiſe, eſt parti en dernier lieu de cette capitale. On raconte qu'en prenant congé de M. le duc de *Nivernois*, il lui a dit : *j'avois paſſé la plus grande partie de ma vie à déſirer voir Paris ; j'en vais paſſer le reſte à le regretter.*

21 *Novembre*. Extrait d'une lettre de Rennes, du 17 Novembre. . . . . . Le 31 du mois dernier, les plans de la navigation intérieure de la Bretagne, dreſſés d'après les mémoires du comte de *Piré*, pour joindre la Vilaine à la Mayenne & à la Rancé, ayant été préſentés au roi par les députés commiſſaires des états de Bretagne, il doit en être grandement queſtion dans l'aſſemblée, & ce ſera un des principaux objets du travail.

21 *Novembre*. Tandis qu'on laiſſe ſans encouragement la belle inſtitution de l'abbé de l'Epée, l'empereur qui en fut frappé dans le temps, n'a pas négligé de la former dans ſes états, & il en a rempli depuis peu le projet. On apprend que ce prince a fait choiſir trois maiſons à Léopoldſtadt pour y recevoir & inſtruire trente ſourds & muets. La premiere leur ſervira de logement ; la ſeconde, d'école ; la troiſieme, où ſe trouve un jardin, eſt deſtinée à leur récréation. Au frontiſpice de la premiere, on lit cette inſcription : *Surdorum, mutorumque inſtitutioni & victui.* JoSEPH. AUC. 1784.

Le 29 du mois dernier, ces éleves diſgraciés de la nature ont rendu pour la premiere fois, dans une aſſemblée publique, un compte très-ſatisfaiſant de leurs progrès durant le cours de l'année.

21 *Novembre. Le Désœuvré* ou *l'Espion du Boule-vard du Temple*, a, comme on l'y avoit invité, étendu sa sphere, & depuis quelque temps il paroît une brochure dans le même genre sur les grands spectacles. Elle est si rare qu'on ne peut encore en parler que sur parole. Il faut espérer que les hé-roïnes & les coryphées de l'opéra & des deux comédies trouveront quelque défenseur, meilleur que l'auteur du pamphlet intitulé, *le Désœuvré mis en œuvre, ou le revers de médaille*, pour ser-vir d'opposition à *l'Espion du Boulevard du Temple*, & de préservatif à la tentation; pamphlet très-plat, qui ne pouvoit pas avoir même le mérite de défendre l'innocence. Quelle innocence en effet, que celle qui se trouve au milieu de tout ce qu'il y a de plus vil, de plus crapuleux, de plus in-fame, où la vertu la plus pure se souilleroit né-cessairement.

22 *Novembre.* Il est mort il y a peu de temps, une courtisane du vieux sérail, nommée Mlle. de *Beauvoisin*. Obligée de donner à jouer pour se tirer d'affaire, elle avoit par ses charmes usés, eu l'art en dernier lieu de captiver M. *Baudard de Sainte-James*, trésorier des dépenses du dé-partement de la marine. Ce magnifique seigneur ayant plus d'argent que de goût, avoit fait des dépenses énormes pour elle : on estime qu'il faut qu'il lui ait donné en bijoux seuls & autres effets, environ quinze à dix-huit cents mille francs, ou-tre vingt mille écus de fixe par an. Sa vente est aujourd'hui l'objet de la curiosité, non-seule-ment des filles élégantes, mais encore des fem-mes de qualité. On y compte deux cents bagues plus superbes les unes que les autres : on y voit des diamants sur papier, comme chez les lapidaires, c'est-à-dire,

c'est-à-dire non montés; ses belles robes se moa-
vent à quatre-vingts; on parle de draps de trente-
deux aunes, tels que la reine n'en a point. Enfin
depuis la vente de la fameuse *Deschamps*, on n'en
connoît point en ce genre qui ait fait autant de
bruit.

22 *Novembre*. Extrait d'une lettre de Straf-
bourg, du 12 novembre..... Une des choses qui
m'a fait le plus de plaisir dans cette ville depuis que je la parcours, c'est un jardin botanique
semblable à celui du roi à Paris. C'est un des
mieux tenus & des plus riches que l'on connoisse.
M. *Gerard*, préteur de Strasbourg, qui, comme vous savez, a été le premier ministre du
roi auprès des Etats-Unis, a déposé dans ce jardin
une collection des plantes les plus curieuses de
l'Amérique septentrionale, qu'il a rapportées lui-
même des environs de Philadelphie; ces végétaux
acclimatés sous un ciel ami du leur, & propice
à leur culture, réussissent à merveille.

Ce jardin doit beaucoup aux soins d'un médecin fameux de cette université, nommé *Spielman*,
chymiste encore plus célèbre, mort en septembre
de l'année derniere. Lorsqu'on lui confia la direction du jardin botanique de Strasbourg, il
n'y avoit ni serres, ni école, aucuns fonds n'é-
toient destinés à son entretien; il lui a procuré
tout cela, & il peut en passer, sinon pour le créa-
teur, au moins pour le restaurateur. Une des
anecdotes singulieres qu'on m'a racontées de la
vie de ce savant & que je ne puis ometre, c'est
qu'en 1756, il fut nommé à la chaire de profes-
feur de poésie; ce qui ne vous laissera pas une
grande idée du goût de cette ville & des éleves
qu'il a pu former en ce genre.....

Tome XXVII.   B

23 Novembre. Comme la piece des *Docteurs modernes*, quelque médiocre qu'elle soit, porte sur le ridicule du jour, elle fait grand bruit, & sera certainement suivie avec fureur. Il court dans les maisons un petit écrit imprimé à ce sujet. C'est une espece de consultation au public, dans laquelle on demande s'il est permis de jouer ainsi sur la scene, non-seulement des médecins connus, mais tous leurs disciples, choisis entre ce qu'il y a de plus illustre, de plus éclairé & de plus estimé dans le royaume. On attribue cette feuille, qu'on dit bien tournée, à M. *d'Eprémesnil*, grand enthousiaste du magnétisme. On assure qu'il attend le retour de quelques confreres aussi fanatiques que lui en ce genre, pour dénoncer la parade des *Docteurs modernes* aux chambres assemblées, & en demander la proscription. —

23 Novembre. Le bureau académique d'écriture est une des institutions qui feront époque dans l'administration de M. le lieutenant - général de police actuel. Il a été établi par lettres-patentes du roi du 23 janvier 1779, régistrées au parlement le 12 mars audit an. Il est composé de vingt-quatre membres, & doit avoir vingt-quatre agrégés ; vingt-quatre associés écrivains & graveurs ; en outre des correspondants écrivains, dont le nombre n'est pas déterminé. Ce bureau s'assemble quatre fois par mois pour traiter de la perfection des écritures ; du déchiffrement des anciennes écritures ; des calculs relatifs au commerce, à la banque & à la finance ; de la vérification des écritures, & de la grammaire françoise relativement à l'orthographe. Il a une séance publique de rentrée au mois de novembre. Celle de cette année qui a eu lieu le 18 novembre, a présenté un spectacle plus nouveau & plus curieux qu'aucune séance des autres académies.

Un M. *Haüy*, interprete du roi, & professeur pour les écritures anciennes, agrégé du bureau, a fait paroître un éleve, âgé de dix-sept ans, nommé *le Sueur*, aveugle depuis l'âge de six semaines, auquel par un procédé particulier en moins de six mois il a appris à lire, à calculer, à distinguer des cartes de géographie, à solfier, à noter la musique, & même à imprimer des livres à l'usage de ses semblables, & sur le champ il lui a fait donner devant l'assemblée des preuves de ce qu'il avançoit. Il est à observer que cet infortuné, obligé d'aller mendier des secours qu'il partage avec sa famille, ne peut sacrifier à l'étude que quelques instants par jour. Cette scene aussi mémorable que touchante, a déjà été gravée. On voit une estampe représentant le jeune aveugle lisant à l'aide de ses doigts.

M. *Haüy*, de son propre mouvement, & avec le désintéressement le plus noble, s'est offert à la société philanthropique pour consacrer ses talents à l'instruction des enfants aveugles-nés, dont elle prend soin, & il est à souhaiter que, digne rival de M. l'abbé de l'Epée, mais ayant moins de facultés, il trouve plus d'encouragement. Au reste, c'est à l'aveugle de Puisaux, instruisant son fils avec des caractéres en relief; à *Sanderson*, aveugle enseignant les mathématiques au milieu d'un cercle de clair-voyants, & tout récemment à M. de *Kempellen*, auteur du joueur d'échecs qu'on a vu ici, & le maître de mademoiselle *Paradis*; enfin à M. *Weffemburg*, de

B 2

Manheim , privé de la vue dès l'âge de fept ans,
& fuppléant à la perte de cet organe par la perfection donnée à fon tact , que M. *Haüy* avoue mo-
deftement qu'il eft redevable de l'imagination
d'une tentative qui a fi bien réuffi.

23 *Novembre.* On fe raffure de plus en plus
aujourd'hui fur la fanté de M. *Charles*. Il annonce qu'il ouvrira fon cours de phyfique expé-
rimentale le jeudi 2 décembre ; ce qui prouve
que fon malheureux accident n'a pas eu de
plus longües fuites. Bien des gens même affurent , malgré toute la probabilité du contraire,
& la rumeur générale foutenue à cet égard, qu'il
n'a jamais eu lieu.

24 *Novembre.* Le pamphlet contre l'évêque
de Rennes qu'on a annocé , a percé en effet dans
cette capitale. Il n'a point de titre. C'eft un
recueil de lettres , où l'on affimile M. de *Girac*
à *Figaro*, & à l'occafion de la piece du fieur de
Beaumarchais, on fait venir ce prélat fur la
fcene. Tout cela eft fort mal agencé & tiré de très-
loin. L'envie de médire s'y montre trop à découvert. On y a inféré jufques à la généalogie des
Bareau, manufcrit dont nous avons parlé il y a
plufieurs années. Quoi qu'il en foit , comme la
méchanceté, bien ou mal affaifonnée , produit
toujours de l'effet, les Bretons recherchent avide-
ment celle-ci , & le pamphlet en eft très-couru ,
très-fêté.

Il paroît que l'auteur en veut auffi à M. *Poujaud
de Montjourdain*, adminiftrateur des domaines
de Bretagne, & à ce titre feul le place dans fa
brochure. Il y rapporte une anecdote de procédé
dur & de mauvaife foi, par laquelle il voudroit
indifpofer contre ce financier M. le contrôleur-

général, qui, dans ce moment-ci, bien loin de vexer les Bretons, cherche à se rendre de son mieux agréable à leur province.

24 *Novembre*. Le petit imprimé dont on a parlé, a pour titre : *Réflexions préliminaires à l'occasion de la piece des Docteurs Modernes*. Comme il est fort court, qu'il ne se vend point, & n'a été envoyé qu'aux adeptes ou partisans du mesmérisme, qu'il est d'ailleurs très-important, puisqu'il semble destiné à servir de base à la dénonciation de M. d'*Eprémesnil*, on va le consigner ici dans toute son intégrité.

« Voici un pouvoir terrible & d'un nouveau genre qui s'éleve dans l'état.

» M. *Mesmer* a des ennemis puissants, il en a même qui sont revêtus d'une grande autorité. Il a fait une découverte, il propose une doctrine, il a beaucoup d'éleves plus distingués les uns que les autres par leur rang, leurs lumieres, leur existence personnelle.

» Ses ennemis n'osent pas attenter à sa vie. Le temps des auto-da-fé passe par-tout ailleurs. Il n'a jamais existé en France. Forcés de ménager sa personne, ils l'attaquent dans son honneur. On l'a joué sur le théâtre italien de la maniere la plus indécente & la plus calomnieuse, lui directement, & indirectement ses éleves, ses malades. En attendant que M. *Mesmer* le demande aux loix, on ose demander aujourd'hui aux peres de famille, aux citoyens honnêtes, en un mot, au public impartial, s'il est bien convenable que dans un état policé, une autorité quelconque s'arroge le droit de disposer sur le théâtre de l'honneur d'un individu ?

» *Aristophane* jouoit *Socrate*, & l'a conduit

à la ciguë. Eft-ce là l'intention des ennemis de M. *Mefmer* ? Ils fe trompent. L'honorable cortege dont M. *Mefmer* eft entouré, portera, quand il en fera temps, au pied du trône & dans le fecret de la juftice, un témoignage de fon favoir & de fa vertu.

» Si les ennemis de M. de *la Chalotais* avoient imaginé la reffource des théâtres, ils auroient pu mener loin ce grand homme & la magiftrature françoife. Le lecteur eft prié de pefer ce petit nombre de réflexions dans l'intérieur de fon foyer.

» L'auteur de cet écrit fe nommera un jour. Connu par fon refpect pour la puiffance du roi, l'autorité des loix & la vérité, il a toujours fait profeffion de ne craindre ni les railleries, ni les intrigues, ni l'abus du pouvoir. »

24 *Novembre*. *Dubarri* le *roué* revient fur l'eau ; & cherche à tirer parti aujourd'hui, non de fa belle-fœur, mais de fa femme. On fait qu'il a époufé une jeune & jolie perfonne de fa province, bien née d'ailleurs. Il l'a menée à Paris avec lui depuis quelque temps. Il a commencé par chercher à la dégoûter de lui, & à la familiarifer avec le vice, en lui donnant le fpectacle de fes propres débauches, & en faifant venir fans ceffe fous fes yeux toutes fortes de coquines. Enfin, il l'a introduite chez M. le contrôleur-général, & c'eft elle qui fait aujourd'hui les honneurs de la table de M. de *Calonne*.

On veut que madame la vicomteffe de *Laval*, furieufe de cette préférence, fe foit retirée, & vive actuellement avec M. *Michaule d'Harvelay*.

25 *Novembre.* On a commencé hier la vente des tableaux de M. le comte de *Vaudreuil*, grand-fauconnier de France. Cette superbe collection est au nombre de plus de cent. Il n'y a de l'école françoise que quelques *Casanove*, & & les huit tableaux de M. *Vernet* pour la galerie de la Ferté, qui n'ont jamais été exposés au salon. On a parlé dans le temps de ces chef-d'œuvres commandés par M. de *la Borde*, & dont il avoit eu la malhonnêteté d'enlever la jouissance momentanée aux yeux du public.

On est très-surpris que M. de *Vaudreuil* se défasse de tant de richesses pittoresques, & l'on ne peut trop en donner la raison. La plus vraisemblable, c'est qu'il avoit en vue la place de M. d'*Angiviller*; que pour mieux y parvenir, il avoit été bien-aise de se donner la réputation d'un connoisseur, & que cette petite charlatanerie ne lui ayant pas réussi, il s'est trouvé gêné, & a été obligé d'user de cette ressource pour faire honneur à ses affaires.

25 *Novembre.* Vers à madame de * * * qui avoit éprouvé des revers de fortune, & étoit tourmentée d'une maladie cruelle, à l'époque du jour de sainte Catherine, sa patrone.

> O *Catherine*, autrefois si brillante,
> D'appas remplie & d'esprit pétillante,
> Qu'on fêtoit tant! plus de cour, ni de fleurs,
> Même de vers; personne ne te chante.
> Ce jour s'alonge au milieu des douleurs,
> Et ton tribut, hélas! ce sont mes pleurs.
> Cet abandon que ma muse déteste,
> (Voyons pourtant, calculons tes malheurs)

B 4

Sembleroit-il à tes yeux si funeste ?
Qu'as-tu perdu ? des amis vains, trompeurs,
De tout état, tout rang, toutes couleurs,
Épouventail du mérite modeste,
Flagorneurs bas, ou méchans persiffleurs ;
Tu n'en avois qu'un vrai... Mais il te reste.

25 *Novembre.* Extrait d'une lettre de Rennes, du 20 novembre. Nos états, depuis leur ouverture, se passent assez bien jusques à présent avec la cour & le ministere : mais il y a des tracasseries particulieres dont il faut empêcher les suites. Je ne vous ferai point un journal fastidieux de nos séances, & m'en tiendrai aux faits principaux.

Après le discours du comte de *Montmorin*, le nouveau commandant de la province, plein de graces & d'aménité, le don gratuit de deux millions a été accordé par acclamation. Ensuite les états ont exposé leurs doléances, & ont demandé si les commissaires du roi étoient autorisés à redresser leurs griefs ? M. de *Montmorin* a dit que sa majesté étoit disposée très-favorablement, qu'ils pouvoient députer en cour, & qu'ils seroient très-bien venus ; en sorte que nous ne doutons pas que le droit d'élire nos députés ne nous soit rendu, & que nous n'ayons satisfaction sur les octrois municipaux : on nous offre même des choses que nous ne demandons point, tels que la confection des chemins publics, &c.

Les partisans de l'évêque de Rennes, sur-tout dans l'ordre du clergé, ont élevé à son sujet une question qui auroit pu aller loin, si l'on n'y eût mis un terme. Ils se sont plaints de ne point

voir leur préfident-né & celui des états. Ils ont
rendu compte des bruits qui couroient que ce
prélat étoit retenu par ordre fupérieur, & ont
fait valoir l'article de nos privileges qui s'oppofe
aux lettres de cachet contre aucun membre avant
ou pendant la tenue. En conféquence, il a été
député vers le commandant pour favoir fi ces
bruits étoient fondés. M. de *Montmorin* a répondu fort fagement qu'il l'ignoroit. Arrêté
enfuite qu'il feroit écrit à M. l'évêque de Rennes, & qu'on lui demanderoit fi fon abfence
étoit forcée ou volontaire. M. de *Girac* n'ofant
fe compromettre vis-à-vis de la cour, a répondu
trop ambigument pour que la chofe fût bien
éclaircie ; mais comme au fond on n'étoit pas
fâché de ne le point voir, on a interprété favorablement fa lettre, & l'on a pas été plus loin.

Un autre incident s'eft élevé encore à fon
occafion. M. le comte de *la Violais*, l'ancien
préfident de la nobleffe, fort zélé pour la province, a rendu compte de tout ce qu'il a fait
en fa faveur durant fon féjour à Paris, où
d'office il avoit veillé à fes intérêts. Il n'a pas
diffimulé qu'il avoit éprouvé beaucoup de contra-
riétés, & il les a attribuées à des menées de
M. l'Evêque de Rennes. M. de *Châtillon*, un des
membres de la nobleffe, s'eft levé, & lui a demandé s'il étoit bien fûr de ce qu'il difoit, &
s'il en avoit la preuve. Il a répondu que non ;
que c'étoient de fimples foupçons affez bien fondés, qu'il communiquoit à fon ordre. Sur quoi
M. de *Châtillon* l'a pouffé vivement, au point
que le comte lui en a témoigné fa furprife, &
lui a rappellé l'ancienne amitié qui les lioit. Son
adverfaire a répliqué qu'il y en avoit pu avoir

B. 5.

autrefois ; mais qu'il n'en exiftoit plus aujour-
d'hui , pas même d'eftime. Un pareil propos
devenoit une infulte , qui demandoit une réparation. Les deux champions ont mis les armes
à la main ; on les a féparés : mais il paroît difficile d'empêcher les fuites de cette rixe après les
états finis.

Les partifans de l'évêque de Rennes ont voulu
faire naître d'autres incidents pour troubler les
états ; mais ils n'ont pas encore réuffi, même à
l'égard du tabac dont ils vouloient qu'on fe
mêlât, & l'on a par prudence laiffé cette affaire
entre les mains du parlement.

On n'auroit jamais cru que fous M. de *Calonne* , contrôleur-général , les Bretons euffent
été fi bien traités, & fe fuffent conduits avec
tant de modération.

26 Novembre. M. le comte d'*Oels* , en revenant
de France eft paffé au fort de Khel, & s'y eft
arrêté. C'eft là qu'eft établie l'imprimerie de la
fociété littéraire typographique. Le fieur de *Beaumarchais* s'y étoit rendu vraifemblablement à
deffein. Il invita l'illuftre étranger qui avoit
quitté l'*incognito*, à vifiter ces fameufes preffes,
formées des caractères de *Baskerville*, gémiffant
depuis plus de quatre ans pour donner au public
l'édition de *Voltaire.* Quoique le nom de ce
grand homme ne dût pas être infiniment agréable au prince *Henri* , depuis la publication de fes
mémoires, monument d'ingratitude & diatribe
fanglante contre le roi fon frere , le fieur de
Beaumarchais eut l'impudence de propofer à fon
alteffe royale de manipuler elle-même. Elle s'y
prête volontiers, & croit imprimer une feuille

de *Voltaire* ; elle veut voir si elle a réussi, & trouve le long madrigal suivant, avec ce titre :

Essai d'une presse de l'imprimerie de la société littéraire typographique, fait en présence de son altesse royale monseigneur le prince HENRI de PRUSSE, à son passage à Khel, le 16 novembre 1784.

Auguste ami des arts, arbitre des guerriers,
Que Mars & les neuf Sœurs couvrent de leurs
   lauriers,
Au chantre de *Henri* quel honneur tu viens faire.
Héros ! qui méritas un chantre tel que lui,
Toi, l'honorable ami de notre grand *Voltaire*,
   En visitant son sanctuaire,
HENRI ! tu mets le comble à sa gloire aujourd'hui.
C'est quand l'aigle divin sur son autel se pose,
Qu'il ne manque plus rien à son apothéose.
Mais son autel, HENRI, n'est-il donc pas le tien ?
Vois comme aux temps futurs avec nous on arrive ;
De l'immortalité nous composons l'archive ;
De FRÉDÉRIC le grand, frere, émule & soutien,
Tes hauts faits, tes vertus, leçons de tous les âges,
Rempliront à leur tour nos plus brillantes pages.

Au style amphigourique de cette piece, à sa prolixité, on juge aisément quel en est l'auteur. C'est cet homme qui, depuis sept mois, occupe seul le théâtre des François. On voit qu'il ne réussit pas mieux dans la louange que dans le sentiment. Ces vers sont dignes de l'auteur des couplets de la centénaire. Il faut les conserver pour leur ridicule rare.

26 *Novembre*. C'eft M. *Robert* qui, quoique
peintre de genre, a été nommé garde du *Mufæum*
qui s'établit dans la galerie des Tuileries; il eft
défigné pour cette place depuis long-temps ;
voilà le moment auquel il va commencer à en
exercer les fonctions. Les maçons font abfolument fortis de ce lieu; mais il y a beaucoup
d'autres ouvriers qui doivent y paffer, & l'on
ne croit pas que le *Mufæum* puiffe être ouvert
au public avant 1786.

Les peintres d'hiftoire, qui, avec raifon,
croyoient que cette place leur étoit due, font
très-jaloux de M. *Robert*, qui ne l'a emporté que
par une protection fpéciale de M. le comte d'*Angiviller*.

Tout récemment M. *Robert* a demandé un
adjoint, parce qu'il prétend qu'un garde du
Mufæum ne doit jamais s'abfenter: On a fenti
la jufteffe de fon idée, & c'eft M. *Jaurat*, ancien peintre d'hiftoire, très-médiocre il eft vrai,
qui a accepté la place. Au refte, M. *Robert* y a
mis toute forte d'honnêteté, en voulant un
égal, & non un inférieur ; il a même demandé
que l'adjoint fût à appointemens égaux.

26 *Novembre*. Les deux arrêts du parlement de
Rennes, qui eft cour des aides en même temps,
rendus au fujet du tabac rapé, par la chambre
des vacations, les 12 & 15 octobre dernier,
font parvenus ici imprimés: ils font volumineux,
ils contiennent dans le plus grand détail, tout
ce qui s'eft paffé, & font voir l'excès du mal.

Par le premier, c'eft au bureau de la recette
générale que l'on faifit des tabacs de mauvaife
qualité, ou plutôt de la qualité la plus pernicieufe,
au dire des experts; c'eft du tabac venant de

Morlaix, le chef-lieu où il se fabrique : ainsi c'est par le fait même des fermiers - généraux ou de leurs principaux agents, que provient la mauvaise qualité de la denrée.

Par le second, on juge que le mal est général, puisque de trente-neuf villes & bourgs de la province, où ont été faites les visites & analyse du tabac rapé, il ne s'en est trouvé aucun où la denrée n'ait été déclarée plus ou moins altérée ou pernicieuse.

C'est en conséquence de la nécessité de pourvoir promptement le public d'une meilleure denrée devenue un objet de première nécessité, que la cour a ordonné la restitution aux débitants des moulins qui leur avoient été précédemment enlevés.

C'est cette restitution contraire à une déclaration & à des lettres-patentes enrégistrées par le parlement, dont le conseil lui fait un crime; mais la nécessité est la première loi: d'ailleurs il est prouvé que le fermier a abusé du privilege que ces loix lui avoient accordé; & l'on a apposé dans les deux arrêts la clause respectueuse, *sous le bon plaisir du roi* ; enfin il a été arrêté que Sa Majesté seroit très-humblement & très-instamment suppliée, pour l'intérêt de l'humanité, de retirer sa déclaration & ses lettres-patentes.

27 *Novembre.* Extrait d'une lettre de Rambouillet, du 20 novembre..... Le roi est satisfait de plus en plus de son acquisition ; il s'occupe des améliorations & embellissements de ce château, il suit & dirige lui-même le travail. Il y a une très - belle pièce d'eau régulière, que Sa Majesté veut conserver ; mais elle a projeté de former au tour un certain nombre de petits ca-

binets de verdure, tous variés, dont chacun
doit être composé d'arbres fruitiers de la même
espece. J'en ai vu le plan dressé & levé par Sa
Majesté très-promptement ; elle l'a confié pour
l'exécution à M. *Robert*, le peintre, qui vient
d'être nommé *dessinateur des jardins du roi.* Cette
place qu'avoit eu le fameux *le Nôtre*, avoit été
supprimée depuis sa mort.

27 Novembre. La fameuse Inconstance, comédie nouvelle en un acte & en vers, jouée hier aux
Italiens pour la premiere fois, est encore une
production de M. *Radet*. Cette piece, dont le
fond est peu saillant, ne mérite pas qu'on en
parle plus au long : si l'on vouloit s'y arrêter,
on en pourroit critiquer jusqu'au titre qui n'est
pas juste.

27 Novembre. M. *Moutard,* imprimeur de la
reine & son libraire, hier dans une lettre aux
journalistes de Paris, a désavoué un livre qui
se débite sous son nom, chez l'étranger, qui a
pour titre *Mémoires historiques & politiques des
pays-bas Autrichiens* : il déclare qu'il n'a été accordé en France aucune permission pour cet ouvrage. On regarde ce désaveu comme une tournure imaginée pour faire connoître une production dont personne ne parloit. Cette petite charlatanerie excite aujourd'hui la curiosité des amateurs. Elle est d'autant plus adroite, qu'il est
défendu aux censeurs de laisser nommer même
dans les feuilles périodiques, les livres sans privileges, & qu'ils n'ont pu se refuser à la justification du sieur *Moutard.*

28 Novembre. Les calembours sont en vogue
plus que jamais ; on en jugera par ceux qu'on
fait dans la meilleure compagnie au sujet & à

la veille d'une guerre fanglante, prête à s'allumer; & ce font des gens graves & de beaucoup d'efprit, non pas qui les font, mais qui les répetent. On dit, par exemple, que la toile va être à bon marché, attendu que l'empereur fait *filer* en Flandre 80,000 hommes. On dit que le fieur *Philippe*, acteur de la comédie Italienne, eft la caufe de la guerre; parce qu'il bouche l'*Efcaut* (l *Efcot*), actrice du même théâtre, avec laquelle il couche. Ce jeu de mots a déjà été employé dans un couplet qu'on a rapporté, mais dans un fens différent & moins groffier. Tels font les jeux de nos fociétés à beaux efprits.

28 Novembre. Le fieur d'*Orfeuil*, l'un des nouvaux directeurs de la troupe foraine qui s'établit au Palais-Royal, eft un homme très-entreprenant, qui avoit formé un projet pour englober toutes les troupes de province, & en avoir la régie générale. Son plan étoit agréé, & il alloit fortir un arrêt du confeil qui l'adoptoit, lorfque le prince de *Beauveau*, s'intéreffant à la comédie de Marfeille, comme gouverneur & lieutenant-général des pays & comté de Provence, s'y oppofa & empêcha l'effet.

Les vues du fieur d'*Orfeuil* ne font pas moins étendues aujourd'hui; il veut ériger fa troupe tôt ou tard en troupe rivale de la comédie françoife, & autorifé par le duc de *Chartres*, il fait enrôler dans les provinces tous les fujets qui s'y diftinguent.

Les comédiens françois, alarmés du vafte projet de cet ambitieux, ont cru prudent d'en prévenir les effets dès le principe, & ont député vers M. le baron de *Breteuil*, comme miniftre de Paris, pour lui témoigner leurs alarmes. C'eft.

Mlle. *Contat* qui portoit la parole; on assure que cette démarche n'a eu aucun succès, & à moins que les gentilshommes de la chambre n'interviennent, la seconde troupe françoise pourroit bien avoir lieu & se former insensiblement.

28 Novembre. M. le chevalier de *Boufflers* ne s'occupe pas toujours de calambours, de polissonneries ou de chansons grivoises; on en peut juger par ce quatrain, destiné à être mis au bas du portrait du prince HENRI:

> Dans cette image auguste & chere,
> Tout héros verra son rival,
> Tout sage verra son égal,
> Et tout homme verra son frere.

29 Novembre. On assure qu'on va timbrer tous les ouvrages en musique & autres objets de gravure, & que le produit de ce léger impôt, sera affecté à l'académie royale de musique. M. *Gretry* a été choisi pour censeur des ouvrages de ce genre, qui, jusqu'à présent, étoient débités sans permission.

29 Novembre. Extrait d'une lettre de Caraman, du 20 Novembre...... L'établissement de M. le comte de *Caraman*, lieutenant-général pour le roi en Languedoc & commandant en second de la ville de Metz & des Trois-Evêchés, notre seigneur, réussit très-bien depuis 1781 qu'il est formé dans cette ville & peut servir de modele à ceux du même genre qu'une bienfaisance éclairée désireroit créer. C'est une caisse d'avances en faveur de l'agriculture, dont le fonds est de dix mille francs.

Tous ceux qui en ont befoin, & dans l'un des cas fixé par le fondateur, peuvent y avoir recours avec confiance, en fe conformant aux formalités prefcrites.

L'intérêt à payer pour ce prêt, qui ne peut pas durer à chaque fois plus de deux ou trois années, eft de trois pour cent feulement.

Cet intérêt doit être verfé dans la caiffe, afin de fervir à augmenter le capital.

Du refte, M. de *Caraman* a pris toutes les précautions néceffaires à la fureté & à la bonne geftion de la caiffe.

Au décès de M. de *Caraman,* fes héritiers feront maîtres de retirer ledit capital de 10,000 l. & alors la caiffe ne feroit plus compofée que des intérêts de cette fomme accumulés depuis l'origine de la caiffe.

29 Novembre. Le fieur *Pilâtre de Rozier*, eft un intrigant qui, au préjudice des premiers inventeurs, ne s'eft point rebuté des humiliations qu'il avoit éprouvées, & a capté la bienveillance du contrôleur-général, au point de fe faire charger par ce miniftre, de la conftruction d'un ballon qu'il appelle improprement une *Montgolfiere*, depuis qu'il y adapté un globe qui fera rempli d'air inflammable, & que le réchaud avec le feu n'en fera que le fecond agent. On ne fait pas ce qui réfultera de ces deux moyens combinés enfemble, dont l'effet pourroit être funefte.

Quoi qu'il en foit, le fieur *Pilâtre* fait voir ce ballon dans une des falles des Tuileries, moyennant de l'argent, & il fait accroire qu'il traverfera la mer fur cette diligence aérienne.

29 Novembre. Le gouvernement femble ne plus craindre d'avouer la difette très-prochaine du

bois, cette production de premiere néceffité, il
a permis par arrêt du confeil du vingt-deux octobre, à toutes perfonnes fans exception, de fabriquer du charbon de tourbe, fuivant les procédés qu'elles auront inventés, en fe conformant
chacun en droit foi à la police des lieux. Et
comme le bon ton & la mode font fur-tout ce
qui dirige les Parifiéns, les plus grandes maifons fe font un point d'honneur d'employer ce
combuftible, & de donner ainfi l'exemple, malgré
fon odeur infecte & fa vapeur, qu'on accufe
de porter à la tête, d'attaquer la poitrine, & de
gâter les meubles. On répond qu'on s'y fera,
que des nations entieres s'en fervent.

30 *Novembre*. Les auteurs de la parade des
Docteurs modernes, qu'on croit être MM. *Radet
& Rofiere*, ont eu peur de la petite feuille attribuée à M. *d'Eprémefnil*, & en conféquence, ont
cherché à prévenir l'impreffion qu'elle pourroit
faire, en répandant par la voie du Journal de
Paris, une réponfe apologétique. Ils y protef-
tent n'avoir jamais eu en vue de mettre fur le
théâtre une fatire perfonnelle, de jouer MM. *Mefmer & Deflon*, & moins encore l'honorable compagnie de difciples qu'ils ont. Ils ont peint une
claffe d'hommes, & non un ou deux hommes;
ce qui a été permis de tout temps à la comédie.
Un rapport public, fait au nom du gouvernement par les favants les plus éclairés de la nation, a déclaré que la doctrine du *Magnétifme
animal étoit illufoire*, & que *fa pratique étoit dangereufe*; ils ont cru qu'il étoit permis de rire
un peu d'une *illufion*, & utile d'attaquer une
nouveauté regardée comme *dangereufe*.

Malgré cette fécurité apparente & la déclaration de leur intention louable, ces messieurs n'osent se nommer, signent seulement *les auteurs des Docteurs modernes.*

C'est ce qu'on voit au N°. 333 du Journal de Paris.

30 *Novembre.* L'opéra de *Dardanus* tient le second rang parmi les compositions de *Rameau,* le premier, sans contredit, de nos musiciens nationaux: ceux qui ont vécu avec lui, assurent même qu'il le préféreroit à *Castor & Pollux :* en outre le poëme de *la Bruere* étoit fort estimé: tout cela n'a point détourné M. *Guillard* de refaire ce dernier, & M. *Sacchini* d'y adapter une nouvelle musique. La premiere représentation de cet ouvrage a eu lieu aujourd'hui avec la grande affluence que devoit naturellement attirer la réputation de Italien. Il a eu la douleur de ne point jouir de ce concours, & la goutte le retenoit au lit.

Le premier acte a été unanimement applaudi & avec transport : les trois autres n'ont pas eu le même succès ; on n'y a trouvé que peu de chant, du froid, de la tristesse presque continue, & les danses seules ont excité de grands battements de mains.

Mlle. *Maillard* qui faisoit le principal personnage de femme, qui avoit chanté & joué supérieurement aux répétitions, n'a nullement répondu aux éloges qu'on en avoit fait : on prétend que l'idée où elle étoit d'une cabale formée contre elle par Mad. *Saint-Huberty* qui la jalouse à l'excès, l'a intimidée au point de lui faire manquer tout son rôle.

Le peu de partisans qui restent à notre ancienne musique, n'ont pas manqué de se prévaloir du foible succès de l'auteur de la nouvelle pour crier au blasphême ; mais, sans parler de ces amateurs opiniâtres de l'antique, les défenseurs même les plus outrés de M. *Sacchini*, ne peuvent disconvenir que cette production ne soit inférieure aux deux premieres qu'il a fait exécuter sur le théâtre lyrique, *Renaud* & *Chimene*.

La reine devoit venir coucher hier au château des Tuileries, pour assister aujourd'hui à la nouveauté ; mais le roi en a détourné sa majesté ; il lui a fait sentir que dans le moment où tout annonçoit une rupture prochaine avec l'empereur son frere, il croyoit convenable qu'elle ne parût pas à une fête publique.

Monsieur & M. le comte d'*Artois*, au contraire, qu'on annonce comme voulant aller à l'armée & donner l'exemple à la nation, ont paru à l'opéra, & y ont reçu les applaudissements mérités.

1 *Décembre* 1784. M. le duc de *Penthievre*, après avoir obtenu du parlement ce qu'il désiroit le plus, que son procès avec le comte d'*Arcq* ne fût pas plaidé, & s'instruisît seulement par écrit, a produit sa défense sous le titre de *Salvations*, accompagnées d'un *Mémoire à consulter*, qui vraisemblablement ont été donnés aux seuls juges avec beaucoup de circonspection & de mystere ; car rien n'en a percé dans le public : on ne connoît ces pieces que par la réponse du demandeur.

Suivant cette réponse sous le titre de *Mémoire à consulter*, répandu, au contraire, avec profusion, M. le duc de *Penthievre* éludoit les demandes du comte d'*Arcq*, en niant qu'il fût fils naturel du comte de *Toulouse* ; dans une consultation qui étaie ce *factum*, en date du 19 août

1784, le conseil du demandeur trouvoit les moyens employés dans les *Salvations*, insuffisants pour détruire la preuve résultante des titres & de la possession du comte d'*Arcq*.

En conséquence, celui-ci avoit eu recours à la voie de l'interrogatoire sur faits & articles, qui lui étoit ouverte par une loi positive & qui n'excepte personne, & avoit présenté requête à cet effet. M. le duc de *Penthievre* a fait les démarches les plus vives pour éviter cet interrogatoire, & a demandé à être jugé sans délai; mais le procès n'étant point en état, le parlement, les chambres assemblées le 7 septembre dernier, a ordonné qu'attendu que cette requête avoit pour objet d'être autorisé à porter le nom de *Bourbon*, il se pourvoiroit pardévers le roi.

M. le comte d'*Arcq*, empressé de faire connoître cette injonction de la cour, espece de reconnoissance provisoire & indirecte de sa qualité de fils naturel du comte de *Toulouse*, qui depuis plus d'un demi-siecle est de notoriété publique, se hâte de publier à la rentrée du parlement, un nouveau Mémoire, où il prend pour prétexte d'interroger de nouveau les jurisconsultes, qui, en effet, lui répondent par une consultation du 16 novembre.

Dans ce Mémoire, où le comte d'*Arcq* rappelle toute son histoire, on apprend une nouvelle anecdote à l'occasion de sa mere, qui n'est pas davantage celle énoncée dans son extrait baptistaire. Il prétend que la dignité de son nom & de son rang, exigoit le plus grand secret.

1 *Décembre*. M. d'*Entrecasteaux* a enfin été jugé par contumace à Aix, le 16 du mois dernier. Le

parlement est resté les chambres assemblées depuis
six heures du matin jusqu'à onze heures du soir.
Il a été condamné à avoir le poing coupé,
à être rompu vif, brûlé & ses cendres jetées au
vent ; sa robe de magistrature lui devoit préalablement, être arrachée & déchirée si les conclusions eussent été suivies en entier : contre l'u-
sage, l'arrêt a été imprimé & affiché. L'exécution
a eu lieu le lendemain à quatre heures du soir.

Ce qu'il y a de singulier, c'est que le valet de
chambre, qui passoit généralement pour son
complice, n'est condamné qu'à un plus amplement informé de cinq ans, pendant lequel temps
il gardera prison seulement.

Une femme de chambre a été élargie à l'instant, avec pareil plus amplement informé.

Le criminel est toujours à Lisbonne. On assure
qu'il a avoué son crime à la reine, qui lui a
promis de ne point le livrer. Il doit rester enfer-
mé dans quelque château-fort, ou couvent.

2 Décembre. Les commissaires du roi envoyés
à Bordeaux pour examiner les plaintes portées au
parlement contre les corvées, après avoir éprouvé
bien des humiliations dans la province, sont
revenu rendre compte de leurs recherches, &
il paroît qu'il n'a pas été tout-à-fait favorable à
M. l'intendant, puisqu'il n'est point encore renvoyé à son département. Il avoit cependant présenté à la cour un mémoire apologétique assez
spécieux, si les faits qu'il y expose étoient exactement vrais. Ce mémoire est imprimé aujourd-
'hui sous un titre étranger ; il porte : *Lettre*
d'un subdélégué de la généralité de Guienne, à
*M. le duc de ***. On ne peut douter que cet*
ouvrage ne soit celui de M. *Dupré de Saint-*

Maur, par l'*avertiffement de l'éditeur*, qui dit : « Je ne puis me perfuader que je rifque aucunement de compromettre le magiftrat qui, » fous un nom emprunté, paroît s'etre moins » occupé de fa propre défenfe, que de celle du » gouvernement. » Par ce mémoire très-violent contre le parlement, & récriminatoire de fes fameufes remontrances dont on a rendu compte, l'auteur prétend dévoiler les motifs d'intérêt & d'animofité qui ont excité les réclamations de cette cour contre une loi fagement établie pour le régime des corvées, fuivant laquelle elles fe payoient en argent dans une proportion conforme aux impôts, & ceux qui s'étoient fouftraits jufques-là, s'y trouvoient affujettis. Une inftruction fignée du roi, envoyée par M. de *Clugny*, devenu contrôleur-général, à fon fucceffeur en 1776, avoit d'abord été le guide de fa conduite. Depuis, cette inftruction a été modifiée & convertie en une ordonnance du confeil, du 3 mars 1783, par M. *Joly de Fleury*. Le parlement n'a ofé attaquer cette loi ; mais il a fuppofé des abus, dont on voit le détail dans la lettre du premier préfident aux lieutenants-généraux des fénéchauffées de la province, du 31 mars 1784, rapportée à la fuite de celle du fubdélégué. Du refte, dans un *nota* en *poftfcriptum*, M. l'intendant ne peut s'empêcher de convenir que le fyftême adopté aujourd'hui par le gouvernement fur la manutention des corvées, ne foit fufceptible d'inconvénients, & il y indique fommairement des remedes.

Ce qui fortifie encore les foupçons contre la bonté du nouveau régime, c'eft que dans l'avertiffement, on annonce une égale fermentation élevée dans le parlement de Languedoc contre l'administration des corvées.

2 Décembre. On parle d'une caricature, imaginée à l'occasion de la guerre. L'empereur, qui en est le principal héros, est au milieu, son épée à moitié tirée ; la Hollande en face, dans l'attitude d'une femme qui se défend ; le lion Belgique est à côté d'elle qui grince les dents, & semble rugir ; la France plus loin braque ses canons ; le roi de Prusse est derriere l'empereur, il le guette, & on le juge disposé à la surprise. Au bas on a écrit ces mots : *Ture lu tu tu rengaînes.*

2 Décembre. Il n'y avoit autrefois à Bordeaux que de petites affiches très-seches & très-ennuyeuses concernant le commerce, paroissant une ou deux fois par semaine. Deux jeunes gens de cette ville ont imaginé de les convertir en un journal absolument calqué sur celui de Paris, qui se distribue chaque matin sous le titre de *Journal de Guienne.* Il est dédié au maréchal de Mouchy, & a commencé le premier septembre. Il n'est point mal fait, & pourra même, à bien des égards, être plus curieux que celui de Paris, parce que, quoique soumis à un censeur, il sera susceptible de plus de liberté. Il est aussi littéraire, & nous ne pouvons résister au désir d'en citer pour échantillon la fable suivante, petit chef d'œuvre digne de *la Fontaine* ; elle est d'un M. *Dournu*, vicaire de paroisse.

La Corneille & l'Escargot.

Monsieur de l'Escargot, soyez le bien-venu :
Comment êtes-vous donc, lui dit une Corneille,
Monté

Monté fur cet hêtre chenu,
Vous qu'on fouloit aux pieds la veillé !
Mon fecret, répond-il, n'eft pas une merveille ;
C'eft en rampant que j'y fuis parvenu.

3 *Décembre.* A la derniere affemblée publique
de l'académie des infcriptions & belles-lettres,
on vit que l'abbé *Arnaud*, l'un de fes membres les plus affidus, manquoit. On dit qu'un
chancre horrible le tourmentoit ; on ne fait fi
c'eft une fuite de fes débauches; mais cet homme
d'eglife , un des plus vigoureux champions dans
les combats amoureux , vient de fuccomber. Plus
intrigant que littérateur , de rien il étoit parvenu a être abbé commendataire de Grand-
champ, l'un des quarante de l'académie Françoife & de celle des infcriptions & belles-lettres,
lecteur & bibliothécaire de *Monfieur*, hiftorio-
graphe des ordres de faint Lazare & de Jerufa-
lem. Il prétendoit avoir de grandes connoiffan-
ces en muíique, c'eft la matiere fur laquelle il
a commencé d'écrire. Du refte, il n'a guere fait
que des opufcules.

3 *Décembre.* Dimanche dernier, un jeune
homme très bien mis s'eft préfenté au lever du.
roi ; il a fendu la foule des courtifans , s'eft jeté
aux pieds de fa majefté, & lui a dit : « SIRE ,
» j'implore votre commifération & votre puif-
» fance pour me délivrer du démon dont je fuis
» poffédé ; c'eft ce coquin de *Mefmer* qui m'a
» enforcelé.... » Tout le monde eft refté ftupé-
fait. Le roi feul s'eft retourné en riant vers la
chapelle, c'eft-à-dire vers l'évêque de Senlis &
autres aumôniers & chapelains qui étoient là, &
leur a dit : « Meffieurs, c'eft votre affaire ; cette

» bonne œuvre vous regarde. »On craignoit que cet événement ne l'eût effrayé; mais on a bientôt été raffuré par la maniere dont il l'a pris. On s'eft emparé du quidam, il s'eft trouvé être le fils de M. *Millet*, receveur-général des finances, frere de deux femmes mariées à la cour, entre autres de madame la comteffe de *Mouftier*. On l'a jugé fou, & renvoyé à fes parents.

4 *Décembre.* Madame la baronne de *Burman* étoit d'origine fille d'une courtiere de diamants dans la place Dauphine. Elle avoit époufé un petit bijoutier nommé *le Coq*, qui a fait banqueroute, & eft mort en Efpagne. Devenu femme galante, elle a donné dans les yeux d'un riche Hollandois, de l'ordre équeftre, qui l'a époufée, puis s'en eft repenti, a voulu faire caffer fon mariage, & n'ayant pu réuffir, a laiffé fa femme fe livrer à tout fon libertinage. Elle eft aujourd'hui maîtreffe en titre du baron d'*Ogny*, intendant-général des poftes; elle a fur-tout en fous-ordre le fieur *Julien* de la comédie italienne, dont la femme a quelquefois porté des plaintes au baron; mais il en eft tellement engoué qu'il ne croit rien, & ne peut fe paffer de cette dame. Il vient d'en marier la fille au comte de *Peyfac*, avec des avantages confidérables & la plus grande pompe. Cet éclat a beaucoup fcandalifé Paris, & donné lieu de réchercher toute l'hiftoire de fa mere. Elle n'en fera pas moins préfentée, n'ira pas moins à Verfailles, ne jouira pas moins de tous les honneurs & de toutes les diftinctions des femmes de la cour. Le contrat de mariage a été figné par leurs majeftés le 21 novembre.

4 *Décembre.* La pédéraftie, aujourd'hui le beau vice à la mode, comme la tribadérie parmi les

femmes, a été portée depuis quelque temps à un
si haut point de scandale à la cour, que sa majesté vouloit qu'on sévît contre quelques seigneurs
pris en flagrant délit. On parle d'une espèce de
sérail qu'ils avoient établi à Versailles, où se
rendoient les bardaches à leur usage. On a représenté au roi que l'éclat d'un châtiment juri-
dique seroit très - dangereux, déshonoreroit
d'ailleurs beaucoup de grandes maisons, enfin
exciteroit sans doute de plus en plus le goût & la
curiosité de ce péché. Le roi en conséquence de ces
représentations, s'est contenté d'en exiler quelques-uns. On citoit sur-tout le marquis de *Cre****,
maître-d'hôtel de Madame ; on l'accusoit d'avoir
débauché un heiduque de la reine. Comme il
est absent depuis deux mois & dans ses terres
en Flandre, ce bruit s'est accrédité au point
qu'on assure que M. *d'Angiviller*, son ami, lui
a écrit qu'il feroit bien de revenir pour détruire,
en se montrant, les rumeurs fâcheuses qui se
répandoient à son sujet. Cependant il n'est pas
encore arrivé.

A ce même sujet, l'on cite un fameux prédicateur de Paris, le pere *Césaire*, carme dé-
chaussé, cousin du pere *Elysée* ; on dit qu'on a
voulu le perdre dans la Franche-Comté sa patrie, où il est actuellement, & qu'il est accusé
de sodomie au parlement de cette province. Il
faut attendre des éclaircissements sur cet étrange
procès.

4 *Décembre*. Extrait d'une lettre d'Auch, du
25 novembre. Tous les troubles élevés ici au
sujet de notre nouvel intendant, M. de *la Chapelle*, dont le régime des corvées avoit été la
cause, sont cessés. Nous avons reçu un arrêt du

C 2

conseil du 18 octobre, qui ordonne que les officiers municipaux seront tenus d'exécuter dans tous les cas les ordonnances du sieur intendant & commissaire départi ; il les dispense d'une peine portée contre eux par une ordonnance de cet intendant, mais pour cette fois & sans tirer à conséquence. Sa majesté, du reste, se réserve de faire connoître ses intentions sur l'objet des représentations desdits officiers municipaux, ainsi que sur tout ce qui concerne le régime des corvées. Il ordonne en outre que les termes & imputations contenus dans leur mémoire imprimé contre les ingénieurs des ponts & chaussées, seront supprimés comme injurieux & calomnieux.

Le 5 de ce mois M. l'intendant, avant de leur lire cet arrêt mortifiant, l'a adouci par un discours mielleux : il y a fait un pompeux éloge du ministre des finances, dont *la gloire retentit dans toute l'Europe*, & a annoncé que M. de *Calonne* s'occupoit d'un réglement général sur les corvées.

Le maire d'Auch a répondu d'une maniere noble, quoique soumise & respectueuse pour les ordres du roi...

5 *Décembre. Chànson* pour le jour de saint François, à une demoiselle que son amant jaloux avoit soustraite à toute son ancienne société.

Air : *De tous les capucins du monde.*

Je voudrois ce soir pour ta fête
Trouver chansonnette en ma tête
Digne de me faire écouter :
Mais, oh ! la maudite barriere !

Quoi ! l'on ne peut plus te chanter
    Qu'à travers la chattiere.

Tu m'inspirerois mieux , fans doute ,
Que ma mufe mife en déroute
Par les Cerberes de ton fort.
N'importe ! chantons , on peut faire
D'excellentes chofes encor
    A travers la chattiere.

De ton fermonneur ridicule ,
D'*Orgon* le merveilleux émule ,
Pourquoi ne pas rire en effet !
Et de loin imitant *Moliere* ,
Lui conter joliment fon fait
    A travers la chattiere.

Toujours s'accroît par la défenfe
Le doux plaifir de la vengeance ,
Et l'efprit en devient plus fin.
De l'amour la jeune écoliere
Ainfi trouve à duper enfin
    A travers la chattiere.

De ton cenfeur fuivant l'exemple ,
Sans remords tu pourrois , ce femble ,
Lui rendre une bonne leçon.
Crois-moi , tu n'héfiterois guere
Si tu favois combien c'eft bon
    A travers la chattiere.

C 3

Au reste, qu'il me le pardonne,
Pour son bonheur je le chansonne
S'il profite de mon éveil.
Quoique dure soit la maniere,
Il sort par fois un bon conseil
A travers la chattiere.

5 *Décembre.* Il paroît constant que le pere
Hervier, prédicateur devenu fameux depuis
qu'il s'est mêlé de magnétiser, est interdit par
M. l'archevêque de Paris. Il faut cependant
beaucoup rabattre de tous les mauvais propos
répandus contre ce religieux. On lit dans le
journal de Guienne un désaveu formel du comte
de *Verthamont*, chez lequel logeoit le pere
Hervier à Bordeaux, d'une prétendue lettre inférée, sous le nom de ce malade dans la gazette
d'Utrecht, suivant laquelle il l'auroit chassé de
chez lui. M. de *Verthamont* déclare, au contraire,
qu'il s'est très-bien trouvé des soins du révérend
pere, qu'il lui a beaucoup d'obligation, &c.

5 *Décembre.* Le principal changement fait par
M. *Guillard* au poëme de *Dardanus*, c'est d'avoir
fondu ensemble le quatrieme & le cinquieme
acte, pour en arranger un d'une longueur dé-
mesurée & chargé d'incidents, qui fatiguent le
spectateur, bien loin de lui faire paroître l'action plus vive & plus rapide : il a d'ailleurs
été très - circonspect dans les autres changements. Il a si bien senti les reproches qu'on
pouvoit lui adresser, qu'il a composé un long
avertissement, afin de les prévenir & de s'en
justifier. Il y déclare qu'il a consulté avec beaucoup de soin les différentes éditions de cet

opéra, joué pour la premiere fois en 1739, &
remis au théâtre en 1744, 1760 & 1768, afin
de fubftituer feulement l'auteur à lui-même, &
d'y mettre du fien le moins poffible. On juge
qu'il en a encore trop mis, ainfi que trop retranché : tort qu'il partage du moins avec le
muficien, auquel il voudroit le renvoyer tout
entier. Celui-ci en effet auroit dû imiter le chevalier *Gluck* qui, voulant refaire la mufique
d'*Armide*, a eu foin de conferver les anciennes
paroles, & de lutter ainfi corps-à-corps, en
quelque forte, avec *Lully*. Au lieu que M. *Sacchini* femble avoir voulu éluder les points de
comparaifon avec *Rameau*. Les connoiffeurs du
refte s'en tiennent, en admirant quelques morceaux, à réprouver l'entreprife, comme ne répondant pas à fa hardieffe.

Les danfes en font la reffource, comme de
bien d'autres opéra. Indépendamment d'un paffe-
pied d'un genre neuf, & fupérieurement exécuté
par Mlle. *Guimard* & le fieur *Veftris*, plufieurs
autres parties des ballets ont été fort goûtées.
Les Dlles. *Saulnier*, *Zacharie* & *l'Anglois* y ont
fur-tout brillé. La premiere a la majefté de
Mlle. *Heynel* & des graces moins féveres ; la
feconde, plus de correction & de naturel, avec
non moins de volupté que Mlle. *Guimard* ;
enfin, la derniere, abfolument nouvelle au
théâtre pour la danfe haute, à la vigueur &
l'aifance de toutes celles qui l'ont précédée, joint
déjà plus de nobleffe.

Les directeurs actuels du théâtre, voyant le
peu de fuccès de *Dardanus*, fe défendent de
l'avoir reçu & laiffé jouer, fur la haute protection
dont la reine honore aujourd'hui M. *Sacchini*.

C 4

6 Décembre. Le conseil, depuis la paix, est sur-tout occupé du soin de concilier l'accroissement des cultures des colonies d'Amérique, avec l'extension du commerce général du royaume. Il avoit déjà reconnu nécessaire de tempérer successivement la rigueur primitive des lettres-patentes du mois d'octobre 1727, dont les dispositions écartent absolument l'étranger du commerce des colonies. Il a observé que les circonstances actuelles sollicitoient de nouveaux adoucissements. En conséquence il a rendu un arrêt le 30 août 1784, concernant le commerce étranger dans les isles françoises de l'Amérique, où, en les accordant, il a multiplié encore les ports d'entrepôt au vent & sous le vent, afin de prévenir les abus d'une contrebande destructive, ou de la réprimer avec d'autant plus de sévérité, que les infracteurs en deviendroient plus inexcusables.

6 Décembre. Extrait d'une lettre de Nancy, du 25 novembre. L'affaire du chapitre de Remiremont, à laquelle vous vous intéressez, est finie depuis plus d'un an. Elle a été solemnellement jugée, le 25 octobre 1783, au conseil des dépêches, le roi y étant; les dames opposantes ont été déboutées, & l'élection de madame de *Ferrette* à la dignité de *secrete* a été confirmée; ce qui a donné gain de cause aux dames nieces contre les dames tantes, & tire les premieres de la servitude où celles-ci vouloient les tenir: en un mot, la jeunesse l'a emporté sur la vieillesse; victoire pas toujours conforme à la raison, mais au moins dans l'ordre naturel. Au reste, l'illustration de ce chapitre, la nature des questions qu'on agitoit sur sa constitution, la qualité des parties, l'importance, foit pour l'honorifique, foit pour le temporel, de la dignité qui donnoit lieu à la conteftation, & la maniere volumineufe autant que piquante dont les intérêts des parties ont été défendus, tout excitoit la curiofité, & donnoit de relief à ce grand procès.

7 Décembre. C'eft aujourd'hui l'évêque de Rennes qu'on prend à tâche, & qu'on affaffine de pamphlets. Quoiqu'un nouveau intitulé : *Dialogue entre un abbé & un ami des Bretons, ou petit Catéchifme des Bretons*, paroiffe contenir des vues plus patriotiques, on ne peut guere douter que le principal but de l'auteur n'ait été réellement de tourmenter ce prélat. Quoi qu'il en foit, on prétend que ce petit entretien eut effectivement lieu le 12 août dernier. Il roule fur les deux points : *la députation & les octrois municipaux*, qui exciterent tant de troubles aux états derniers ; on y déduit très au clair ces deux objets, en forte qu'ils font mis à la portée de l'intelligence de chaque membre, qu'il en peut raifonner pertinemment, & fentir la néceffité d'obtenir fatisfaction.

Outre l'évêque de Rennes qui revient dans ce pamphlet, on y parle encore du fieur *Panjaud de Montjourdain*, fur le compte duquel on révele plufieurs anecdotes peu fûres, & calomnieufes vraifemblablement. Il y eft queftion auffi d'un autre maltôtier, qui n'eft pas nommé.

Ce pamphlet, au refte, eft écrit fans prétention au ftyle ou à l'efprit : il eft très-court & intéreffant dans le moment des états, où l'on agite les matieres que traite l'auteur.

7 Décembre. Il paroît que le gouvernement,

intimidé, en quelque forte, par l'ordre des patriciens qui femble avoir pris fous fa protection le fieur *Mefmer*, dont beaucoup font enthoufiaftes de fa doctrine, n'a ofé agir ouvertement contre cette efpece de fecte, & a pris le parti, au lieu de l'expulfer par autorité, de faire tomber fa doctrine, en la couvrant de ridicule. On ne doute pas aujourd'hui que la piece des *Docteurs modernes* n'ait été compofée fous fes aufpices, & l'on veut qu'elle foit l'ouvrage, au moins en grande partie, de plufieurs médecins ayant le farcafme à la main, & qui auront guidé leurs prête-noms. On en juge par beaucoup de termes techniques qu'un poëte doit ignorer.

Quoi qu'il en foit, en attendant que la dénonciation ait lieu, quelques plaifants parmi les foutiens du docteur *Mefmer*, ont imaginé de repouffer la plaifanterie par la plaifanterie. C'eft fans doute l'origine d'une facétie qui fe répand depuis deux jours, intitulée : *Extrait des regiftres de la faculté de médecine de Paris, du premier décembre* 1784. On y parodie les actes de ce corps ; on y fait parler le doyen comme alarmé des progrès de la doctrine du *magnétifme animal*, prêt à s'élever fur les débris de la fienne, & l'on cherche les moyens d'en prévenir la ruine. On y tourne en ridicule les rapports combinés de la faculté & de la fociété ; l'ancien doyen *philips*, auteur du petit poëme de la *Mefmériade* : on y baffoue, & les auteurs des pieces contre le *mefmérifme*, & même les acteurs & les actrices qui les ont jouées. L'abbé *Aubert*, un des journaliftes le plus acharné à décrier cette doctrine, eft traité avec un mépris fouverain. On y exalte au contraire les bons ouvrages faits en sa faveur ; on nous les faits connoître , tels que les *Doutes d'un Provincial*, par M. *Servan*, avocat-général au parlement de Grenoble ; *les Observations de M. de Bonnefoy* ; *les Lettres de M. le comte de Puyſégur* ; *les Conſidérations ſur le magnétiſme animal , par M. Bergaſſe*.

Tel eſt le fond de ce pamphlet , qui n'eſt pas ſans ſel , c'eſt-à-dire , ſans beaucoup de méchanceté.

7 *Décembre*. Le ballon du ſieur *Pilâtre de Rozier* , c'eſt-à-dire, conſtruit ſous ſes yeux par MM. *Romain & Hemann* , a été emballé ces jours-ci & a dû partir pour Calais , d'où cet intrépide argonaute aérien prétend ſe rendre en Angleterre. Il eſt digne rival du ſieur *Blanchard*, qui , de ſon côté , ſe propoſe de ſe rendre à Douvres , & de paſſer de-là ſur le continent. Il faut voir qui des deux tiendra parole , & réuſſira le mieux. En attendant , le premier décembre le charlatan *Pilâtre* a ouvert ſon muſée dans les nouveaux bâtimens du Palais-Royal avec beaucoup d'appareil , & , entr'autres choſes , avec une illumination en feux de couleur. Deux illuſtres perſonnages ont bien voulu ſe prêter au ſpectacle , & l'on a vu dans l'aſſemblée M. de *Suffren* couronner le buſte de M. de *Buffon*.

Madame *Saint-Huberty* devoit chanter une eſpece d'hymne d'inauguration en l'honneur de l'hiſtorien de la nature , mais les dames n'ayant pas voulu admettre cette actrice dans leur cercle , elle s'eſt piquée , & n'a point chanté. C'eſt un muſicien de Notre-Dame qui l'a remplacée avec beaucoup de goût. Quant au poëme , il étoit médiocre.

8 *Décembre*. Les calembours ne tariſſent point

fur le compte de M. le duc de *Chartres*, à l'occafion des nouvelles boutiques qu'il fait conf-
truire ; on dit qu'il eft devenu *prévôt des marchands* ; on dit qu'il ne loge plus au Palais-Royal,
mais au *Palais Marchand* : au furplus, le coup
d'œil de ces barraques arrangées uniformément
eft affez joli, mais donne de plus en plus à ce
lieu l'air d'une foire, peu noble pour la demeure
d'un grand prince.

Une autre amufette attire aujourd'hui les
badauds dans le jardin, lorfque le temps le
permet. Il faut fe rappeller que dans le *profpectus*
du plan moderne de fon palais, M. le duc de
Chartres, afin d'adoucir les regrets des amateurs, promettoit de leur rendre la jouiffance
même de ce méridien qui attiroit tant de monde
à l'heure de midi. Il a tenu parole, & a enchéri ; car, outre le méridien, il a fait pratiquer dans la ligne véritable, une petite chambre
qu'on remplit de poudre, ce qui forme explofion
dès que le foleil y frappe, & avertit, non-feulement les promeneurs, mais tout le quartier,
que le foleil eft au milieu de fon cours.

8 Décembre. On fe rappelle ce billet plaifant :
» le martyr *Beaumarchais* eft venu voir la
» vierge *Target*, » qui a été l'époque de la
liaifon de ces deux perfonnages. Depuis, ils
font reftés ce qu'on appelle *amis* dans le monde,
c'eft-à-dire qu'ils fe voient fréquemment, qu'ils
boivent & mangent enfemble. Ils n'en font pas
moins très-oppofés de caractere, de mœurs,
de façon de penfer, d'agir. Me. *Target* ne fait
pas moins à quoi s'en tenir fur le compte de
cet ami prétendu, il n'en a pas plus d'eftime
pour lui. C'eft ce que prouve un mot piquant,

lequel lui eſt échappé derniérement chez le ſieur
de *Beaumarchais* même, où il dînoit. Il étoit
queſtion de la pompe à feu; l'amphitrion qui eſt
un des actionnaires, exaltoit beaucoup cette entrepriſe; il diſoit que ce projet national feroit infiniment d'honneur à ſes auteurs, qu'il en parloit
toujours avec enthouſiaſme: « Vraiment, je le
» crois bien, » lui répond Me. *Target:* « *c'eſt*
» *votre baptême.* » Le ſieur de *Beaumarchais* qui
ſent la morſure, rompt la converſation, parle
d'autre choſe, & cherche à étouffer ce ſarcaſme
ſanglant qui n'a pas été perdu pour tout le
monde.

8 *Décembre.* M. le baron de *Breteuil* continue
à s'occuper beaucoup de la partie de ſon département qui concerne les lettres de cachet. On
vante une lettre qu'il a écrite ſur ce ſujet aux
intendants des provinces de ſon département,
pleine de ſages inſtructions, bien digne de ſervir de modele aux autres ſecrétaires d'état, en
pareille circonſtance.

9 *Décembre.* On ne ceſſe d'imaginer de nouvelles inſcriptions pour la pompe à feu, ſans
qu'aucune ait encore paru ſatisfaiſante. Voici la
derniere connue, d'un M. de *Banſiere:*

Imperat hîc, LODOIX Vulcano, civibus undas
Mittere; vix loquitur, flumen ubique ruit.

« Le roi ordonne à Vulcain de fournir de
» l'eau à ſes ſujets; à peine le monarque a-t-il
» parlé, que la Seine ſe répand par-tout. »

9 *Décembre.* Mlle *Beaumeſnil,* après avoir
brillé au théâtre comme actrice, voudroit obte-

nir un rang parmi les compositeurs en musique,
on a vu qu'elle avoit déjà composé un petit acte
d'opéra; hier elle a osé se produire au concert
spirituel. Elle a fait exécuter un nouvel *oratorio*,
intitulé: *les Iseraélites poursuivis par Pharaon*,
sujet propre à fournir matiere à une grande,
forte et savante armonie. Cet ouvrage a produit
assez de sensation, pour qu'on le fasse entendre
une seconde fois au public.

9 Décembre. Une anecdote du séjour du comte
d'*Oels* à Paris, qui n'a pas causé autant de bruit
qu'elle auroit dû, & ne se répand que peu-à-peu,
n'en mérite pas moins d'être conservée, & l'on
va la consigner ici. Le prince ayant demandé
à un enfant s'il n'étoit pas venu dans un œuf,
l'écolier lui adressa le quatrain suivant:

> Ma naissance n'eut rien de neuf,
> J'ai suivi la commune regle;
> C'est vous qui vîntes dans un œuf,
> Car vous êtes un aigle.

*10 Décembre. La lettre de M. le baron de Bre-
teuil aux intendants des provinces de son département, au sujet des lettres de cachet & ordres de
détention*, est datée du 15 octobre dernier. Il
les invite d'abord à vérifier l'état de tous les
prisonniers renfermés extrajudiciairement dans
leur département respectif, à discuter les causes
de leur détention, & à ne pas tarder de lui
marquer les noms de ceux qu'ils estiment devoir être élargis. En convenant qu'il y a des
exceptions à faire souvent, il leur prescrit les
regles d'après lesquelles ils peuvent & doivent

fe déterminer, foit pour demander l'élargiffement des prifonniers, foit pour continuer leur
captivité, foit pour fe décider à l'avenir fur les
fautes, crimes ou circonftances qui exigeront
des lettres de cachet.

Le miniftre divife en trois claffes les perfonnes à renfermer de cette maniere. 1. Celles
dont l'efprit eft aliéné. 2. Celles qui, fans avoir
troublé l'ordre public par des délits, fans avoir
rien fait qui ait pu les expofer à la févérité des
peines prononcées par la loi, fe font livrées à l'excès du libertinage, de la débauche & de la diffipation. 3. Enfin celles qui ont commis des actes
de violence, des excès, des délits ou ces crimes
qui intéreffent l'ordre & la fureté publique, & que
la juftice, fi elle en eût pris connoiffance, eût
punies par des peines afflictives & déshonorantes
pour les familles.

Tels font les cas différents où M. le baron de
Breteuil eftime qu'on peut demander des lettres de
cachet; mais il prefcrit en même temps les regles
qu'il faut obferver dans l'examen & le jugement
de ces cas. Tout ce qu'il dit à ce fujet, eft très-
fage, & il entre dans des détails qui ne permettent
pas aux commiffaires départis de fe tromper,
du moins moralement parlant. Cette lettre fort
longue, refpire dans tout fon contenu, autant
l'amour de l'humanité que l'amour de la juftice
& de l'ordre; elle eft écrite avec beaucoup de méthode & de clarté. Le ftyle en eft fimple & noble,
l'on peut la regarder comme un petit traité fur
une matiere fi importante & fi peu approfondie
jufqu'à préfent, qui fembloit n'être foumife
qu'aux caprices du defpotifme ou aux paffions
des difpenfateurs des ordres illégaux du roi.

11 *Décembre.* Le sieur *Compere Laubier*, négociant d'Oléron, a présenté, il a quelque temps, au maréchal de *Castries*, ministre de la marine, un plan dont l'objet est d'indiquer aux navigateurs, par le moyen de balises, les parties de la côte, de cette isle où, dans un cas de naufrage, on peut sauver les équipages, les cargaisons & quelquefois les navires. M. de *Castries* en a ressenti toute l'utilité, il en a ordonné l'exécution sur le terrain, ainsi que la gravure & l'impression du plan, représentant les positions des balises, dans les différentes anses. Mais on ne dit point quelle récompense a reçu l'auteur patriotique, ou même s'il a été question de le récompenser.

11 *Décembre.* Le docteur *Jussieu* avoit été nommé dans le principe, c'est-à-dire le 5 avril dernier, l'un des commissaires de la société royale de médecine, pour examiner la doctine, les procédés & les effets du magnétisme animal pratiqué par M. *Deslon*. Il paroît que, pensant différemment, il s'est bientôt détaché de ses confreres, & pour justifier cette démarche, il a fait imprimer séparément son examen sous le titre de *Rapport de l'un des commissaires chargés par le roi de l'examen du magnétisme animal.* Il l'a daté de Paris le 12 septembre 1784.

Il reproche à ses confreres d'avoir porté un jugement simple sur quelques faits isolés, & de n'avoir point donné un exposé méthodique de faits nombreux & variés, propres à éclaircir la question, à éclairer le gouvernement & le public, & à déterminer l'opinion de l'un & de l'autre.

Quant à lui, il range les faits dont il a été témoin dans quatre classes : 1. Les faits généraux

& pofitifs, dont on peut rigoureufement déterminer la vraie caufe : 2. Les faits négatifs qui conftatent feulement la non action du fluide contefté : 3. Les faits, foit pofitifs, foit négatifs, attribués à la feule imagination : 4. Les faits pofitifs qui paroiffent exiger un autre agent.

Ce dernier ordre feul indique l'opinion de M. de *Juffieu*, qui admet quelquefois un agent, dans fon ouvrage écrit avec beaucoup de méthode, de clarté & de nobleffe. Il donne en même temps aux Mefmériftes d'excellents avis fur la maniere de foutenir, de faire valoir & de démontrer leur doctrine : mais il réprouve le charlatanifme & le myftere dont ils l'enveloppent. Il leur apprend que tout médecin peut fuivre les méthodes qu'il croit avantageufes pour le traitement des maladies, mais fous la condition de publier fes moyens, lorfqu'ils font nouveaux, ou oppofés à la pratique ordinaire. Il convient au refte qu'il faut profcrire tout traitement dont les procédés ne feront pas connus par une prompte publication. Ainfi en derniere analyfe, il ne nie, il ne profcrit pas le magnétifme, mais il décrie la maniere fecrete dont on l'emploie, & les abus du procédé & de la manipulation.

12 *Décembre*. Un abonné du Journal de Paris, dans une lettre datée de Caronge en Normandie, le 23 novembre 1784, propofe un prix pour la meilleure nourrice choifie parmi celles qui auront fait au moins cinq nourritures pour Paris. Chacun des cinq nourriffons aura dû être allaité au moins dix mois, & rapporté à Paris en bon état, & la nourrice ne pourra prétendre au prix que dans le cas où elle fe

préfentera en état, & dans la difpofition de
prendre un fixieme enfant. Le réfultat de ces
conditions, calcul fait, & que la nourrice qui
remportera le prix, aura donné au moins trois
enfants à l'état.

Le prix confiftera en une petite médaille d'ot
du prix de trente-fix francs, fur laquelle on
gravera ces mots : *Prix d'allaitement donné à la
nommée..... de la paroiffe de..... pour la ré-
compenfer des foins qu'elle a pris de cinq nourriffons
de Paris, qu'elle a allaités & rendus en bon état à
leurs parents.*

L'auteur défireroit pouvoir fonder vingt prix
pareils, qui eft le nombre à-peu-près des Provinces fourniffant des nourrices à Paris. Il eftime
que cette dépenfe ne pafferoit pas quinze cents
livres par an.

En attendant que ce projet fe réalife en grand,
il envoie foixante & douze livres aux journaliftes de Paris. C'eft Mad. d'*Hamecourt*, direc-
trice du bureau des recommandereffes qu'il prie
de fe charger de l'acquifition des effets & de la
diftribution.

Voilà le moment où le fieur de *Beaumarchais*
doit fe montrer & concourir au projet dont il
a fourni la premiere idée.

12 *Décembre.* La prétention de M. le duc de
Penthevre, eft d'être affimilé à tout aux princes
du fang, fuivant la volonté de *Louis* XIV, dans
fon édit enrégiftré en lit de juftice, en faveur
des princes légitimés. Le parlement qui ne reconnoît point cet édit, réfufe à ce prince les
honneurs qu'il exige : en conféquence il ne s'y
trouve jamais. La même difficulté auroit recom-
mencé, fi le parlement eût accordé au comte

d'*Arcq* la demande qu'il formoit, que le duc de *Penthievre*, dans le procès qu'il a intenté contre son altesse sérénissime, fût interrogé sur faits & articles ; le duc de *Penthievre* eût désiré que deux conseillers de la cour se transportassent dans son palais pour y recevoir ses réponses.

Le parlement n'a pas voulu le mortifier en lui refusant cette prérogative, il n'a pas non plus osé dénier tout-à-fait justice au réclamant : il pris la tournure d'éluder sa demande, en ordonnant, comme on a vu, que le comte d'*Arcq* seroit tenu de se retirer pardevers le roi. Il se flatte que ce personnage décrié n'obtiendra rien à Versailles, & mourra avant que le procès finisse.

13 *Décembre.* Le second pamphlet dont on a parlé en faveur du Mémérisme, a été distribué à la comédie italienne, le dimanche 5 décembre. On a jeté des paquets du cintre, avant que le spectacle commençât. On jouoit ce jour là *les Docteurs modernes*, & l'on conçoit que la sensation dût en devenir plus grande. Le premier avoit été distribué de même. On continue de l'attribuer à M. d'*Eprémesnil*, ainsi que le nouveau. On attend avec impatience la rentrée des enquêtes, qui n'a lieu que le quinze de ce mois, pour savoir si la dénonciation que se proposoit le magistrat, aura lieu.

14 *Décembre.* Une espece d'épigramme qui court le monde, intitulée *les Modes*, excite une grande fermentation parmi le beau sexe, qui dévoue son auteur, M. *Hoffman*, aux dieux infernaux ; car celui-ci n'a pas craint de se nommer. C'est le poëte des petites affiches, qui les alimente

souvent de ses pieces légeres, boutades, caprices, &c. Voici l'épigramme. Il faut se rappeller
le monstre imaginaire des Indes, dont on a donné la description, & qu'on a dit ressembler beaucoup aux harpies de la fable.

A Malbrough on vit succéder
Ce Figan que l'on admire ;
Figan, las de commander,
A son tour va quitter l'empire,
Qu'à la *Harpie* il va céder.
A la Hapie on va tout faire,
Rubans, lévites & bonnets ;
Mesdames, votre goût s'éclaire,
Vous quittez les colifichets
Pour des habits de caractere.

14 *Décembre*. M. de *Segur*, ministre actuel de
la guerre, bien différent de ses prédécesseurs
qui vouloient détruire le beau monument des
invalides, ne s'occupe que de son utilité, de
son embellissement & de sa décoration. On a
déjà rapporté ce qui s'étoit fait à cet égard par
ses ordres, & ce qui se faisoit encore aujour-
d'hui ; c'est une superbe horloge qu'on y va
voir. Elle est du *le Paute* cadet, qui soutient
l'honneur de ce nom fameux, & partage aujourd'hui la gloire de son frere, dans une carriere
que celui-ci a singuliérement agrandie. Le volume de cette machine n'est que d'un sixieme
de celle de l'hôtel-de-ville dont on a parlé,
pour laquelle il a eu ce singulier procès. Ce
n'en est pas moins un chef-d'œuvre aussi par-

fait. Les connoiſſeurs en ce genre d'orlogerie, y admirent tout à la fois la ſimplicité dans les moyens, la certitude dans la théorie, & le fini dans l'exécution. Elle eſt à équation, c'eſt-dire qu'elle indique conſtamment les heures ſolaires : par un méchaniſme unique, elle ſonne les heures, les quarts & les avant-quarts : tous ces effets ſe produiſent ſans augmentation de poids, & ſans aucun obſtacle pour la régularité & l'uniformité du mouvement.

14 *Décembre.* L'inſtitution patriotique formée depuis trois ans par M. l'évêque de Caſtres, pour l'inſtruction des femmes en couche dans ſon dioceſe, continue avec le plus grand ſuccès. Au dernier concours qui a fini le vingt-trois novembre, par la diſtribution des prix ; le nombre des éleves diſtingués entre les ſages-femmes, a été tel qu'il a fallu partager preſque tous les prix.

Les dioceſes limitrophes de St. Pons, St. Papoul & de Carcaſſonne, y avoient envoyé leurs ſages-femmes

M. l'archevêque de Touloufe, frappé de cet exemple, a appellé cette année pour inſtruire les ſages-femmes de ſon dioceſe, le ſieur *Jaert* chirurgien-profeſſeur de l'école des Caſtres, & ce prélat en a été ſi content, qu'il ſe propoſe de l'appeller tous les ans.

14 *Décembre* On a dû juger par la maniere dont la chambre des comptes s'étoit radoucie en faveur de M. *Sauſſaye,* ce receveur des impofitions ſi griévement diffamé par ſon commis, que ſon innocence commençoit à percer. Depuis, par un arrêt du 4 de mois, cette cour a déclaré les imputations du ſieur *du Paſquier,* fauſſes. &

calomnieuſes, & a réhabilité entiérement cet honnête citoyen.

L'ordre des avocats eſt actuellement occupé de la punition d'un jeune avocat qui a ſigné le dernier *factum* publié contre M. *Sauſſaye.*

15 *Décembre.* Lors de la ſéance publique de l'académie françoiſe, tenue le jour de la Saint-Louis derniere, on n'a fait qu'annoncer la remiſe du prix deſtiné au meilleur traité élémentaire de morale. Cet article mérite qu'on y joigne quelques détails qu'on a ſu depuis.

L'étendue & le nombre des ouvrages qui occuperent la ſéance, ne permirent pas à M. *Marmontel,* en ſa qualité de ſecretaire perpétuel, de lire un morceau qu'il avoit compoſé pour avertir les candidats de l'extrême difficulté du ſujet, & de l'attention qu'il exigeoit : il y développoit les deux conditions à remplir, ſelon l'énoncé du Programme, & que l'ouvrage ſoit élémentaire, & ſoit en même temps l'extrait, & comme la ſubſtance d'un traité de morale. Il les tournoit & retournoit dans tous les ſens, les préſentoit ſous toutes les faces, & finiſſoit par faire entendre aux concurrents, afin de ranimer leur émulation peut-être découragée, que ce n'eſt pas ſeulement une médaille d'or, mais une très-grande réputation qui attend l'écrivain philoſophe de qui l'académie ou plutôt notre ſiecle aura reçu ce beau préſent.

M. *Marmontel* annonçoit en outre que l'auteur d'un traité mis au concours, & que l'académie avoit jugé digne d'une mention honorable, l'avoit très-bien ſenti ; que ce traité dont le titre eſt *les Devoirs de l'homme & du citoyen ;* encore imparfait, n'étoit pas de nature

(71)

à obtenir le prix, & que ce n'étoit pas même l'intention de fon auteur ; mais qu'il étoit le travail préliminaire, la premiere élaboration de ces idées principales qui doivent en fubftance former l'ouvrage élémentaire.

On devoit en même temps faire part à l'affemblée de quelques morceaux du livre. La durée de la féance trop courte, quoique très-longue, ne l'a pas permis.

M. de *la Cretelle*, avocat, fe déclare aujourd'hui pour l'auteur du livre, & conféquemment renonce à concourir. Un engagement qu'il a contracté pour le *Dictionnaire de morale de la nouvelle Encyclopédie*, ne lui permet pas de s'amufer à cette bagatelle ; mais comme il n'a pas voulu perdre le léger grain d'encens qui lui venoit d'une main auffi flatteufe que celle du fecretaire de l'academie, il a demandé à M. *Marmontel* la permiffion de livrer fon difcours à l'impreffion. Celui-ci a été fort aife auffi de faire fortir de fon porte-feuille ce morceau précieux. Il eft imprimé dans le *Mercure* du 11 de ce mois, & c'eft un parfait modele de galimathias.

15 *Décembre*. La vente des tableaux de M. le comte de *Vaudreuil* s'eft effectuée en deux féances, & a rendu 300,000 livres ; les principaux dont le prix eft à conferver, ont monté aux fommes fuivantes :

Le Pietro de *Cortonne*.	35,000 liv.
La femme de *Rubens*.	20,000
L'Adrien de *van der Velde*.	19,000
La Vendeufe de pommes de *Gérard Douw*.	19,000
Les deux *van Huiffem*.	16,000
Deux petits *Rembrants*.	15,000

Trois Vaches de *Paul Poter.* 15,000
Le Préfident *Richardot* de *van Keh.* 14,800
Enfin , un tableau du *Guerchin.* 12,000

La plupart de ces tableaux ont été achetés pour le roi.

Les huit *Vernet* que l'on mit à 68,000 livres, n'ont point rencontré d'acheteur, parce qu'ils ne conviennent qu'à un prince ou à un quelqu'un qui auroit une grande galerie en tableaux : ils font trop grands pour un fimple cabinet d'amateur.

15 *Décembre.* Extrait d'une lettre de Philadelphie, du 10 octobre.... Le dix-huit feptembre. Sir *Henri Laurens* a préfenté au général *Waynes,* une médaille d'or frappée en France, que le Congrès avoit voté en 1779, pour ce général. D'un côté de la médaille, l'on voyoit le fort Anglois de Stoni-point, avec cette légende : *Aggeres, Paludes, hoftes victi.* A l'exergue on lit : *Stoni-point expug.* XV. iul. M.DCC.LXXIX.

Sur le revers de la médaille, eft un guerrier Américain affis fur une redoute angloife, tenant fon épée à la main, & ayant à fes pieds un drapeau anglois avec cette legende : *virtutis & audacia monumentum & proennium.*

D'après la lettre ci-deffus, il y a grande apparence que cette médaille eft la même commandée à M. *Duvivier* de l'académie de peinture, graveur-général des monnoies de France & des médailles du roi, dont on trouve l'annonce dans le catalogue du Salon de 1779, fous ce titre : *Médaille ordonnée par les Etats-unis de l'Amérique, à l'honneur de M. le chevalier de Fleury, pour s'être diftingué à la prife de Stoni-point,*

en

en 1779. La Gazette dans le temps, a fait mention de cet honneur reçu par le François.

16 *Décembre.* La fecte du magnétifme établie à Paris fous le nom de *fociété de l'harmonie*, fous la préfidence du docteur *Mefmer*, fon chef & fon fondateur, ne fe décourage ni par les perfécutions qu'elle éprouve, ni même par le ridicule qu'on verfe fi abondamment & fi conftamment fur elle. Elle ne s'en propage qu'avec plus de zele. C'eft ainfi qu'elle vient de former une colonie helvétique. M. *Langhans*, docteur en médecine de Berne, eft autorifé par elle à fonder une autre fociété pour la Suifle, au nombre de foixante membres felon la forme & les conftitutions de celle de Paris.

16 *Décembre.* Les colpoteurs annonçoient depuis quelques jours avec un grand myftere, un livre fort piquant par fon titre: *le livre fait par force, ou le myftificateur myftifié & corrigé par un Perfiffleur perfiffié.* Il perce & l'on ne peut le lire, c'eft le plus parfait galimathias qui ait jamais été compofé. Il eft inconcevable qu'un homme ait pu avoir cette patience, & il n'y auroit en effet que le motif de contrainte & de violence qui pourroit juftifier une entreprife auffi plate & auffi bête. Il contient pourtant près de 300 pages fans notes, & dont plufieurs d'un caractere très - ferré. S'il y a une clef, il faut être bien fin pour la deviner, & il ne mérite nullement qu'on s'en donne la peine. *Verba & voces, pratereaque nihil*, auroit dû être fa véritable épigraphe. Par une efpece de dédicace qui eft à la tête, datée du 30 août, on juge que cet ouvrage eft tout neuf. Il eft précédé d'une eftampe qui vaut mieux que fon contenu en entier.

Tome XXVII.   D

On y voit le pauvre auteur qui a l'air d'un écolier affis devant son bureau, une plume à la main ; deux masques lui mettent le piftolet fur la gorge, & une sotte de magiftrat derriere lui, fort attentif, femble attendre fa réponse pour prononcer son arrêt. On lit au bas : *faites - nous un livre, ou nous allons vous caffer la tête.*

16 *Décembre. Extrait d'une lettre de Rennes, du* 8 *décembre.* Les Etats se foutiennent avec la même tranquillité. Nos députés, à ce qu'on croit favoir, ont obtenu les deux objets qu'ils demandoient.

Les tables font auffi rétablies. Il faut fe rappeller qu'elles avoient été fupprimées par un arrêt du confeil, du 29 mars 1776. Il y a cependant eu dans l'ordre de la nobleffe des difficultés à cet égard. Mais l'avis pour le rétabliffement a paffé à la pluralité de deux cents dix-neuf voix contre cinquante-neuf. Il a été principalement motivé fur ce que cette fuppreffion n'a point tourné au foulagement défiré.

Une autre difficulté s'étoit élevée précédemment à l'occafion de la lettre que le roi eft dans l'ufage d'écrire aux états mêmes pour leur témoigner fa fatisfaction du don gratuit. Lorsqu'on l'a demandée à M. de *Montmorin*, il a répondu que ce ne pouvoit être qu'un oubli. On l'a fupplié d'interpofer fes bons offices pour en avoir une directe. On lui a déclaré que LOUIS XVI feroit le premier monarque qui n'eût pas rempli cette formalité. Je ne doute pas que cela ne foit fait.

17 *Décembre.* Rien de plus dangereux pour un poëte qui veut débuter dans la carriere drama-

tique, que d'essayer ses pieces sur un théâtre de société. Les spectateurs disposés favorablement, exagerent toujours les beautés qu'ils croient voir, & dissimulent les défauts: il ne peut ainsi se corriger, & son amour-propre en acquiert une confiance funeste. C'est ce qui vient d'arriver à l'auteur de l'*Avare cru bienfaisant*, comédie nouvelle en cinq actes & en vers, dont la premiere représentation a été donnée avant-hier. Les amis du poëte qui l'avoient vu jouer à la campagne, assuroient que la piece leur avoit paru délicieuse; & le public l'a trouvée détestable, pleine de défauts, à commencer par le titre qui n'est point du tout rempli, par le principal caractere qui n'est point fait. Sans entrer dans aucun détail qu'elle ne mérite pas, il suffit d'observer qu'il n'y a dans cette production ni assez d'intérêt pour la constituer drame, ni assez de gaieté ou de piquant pour l'appeller comédie; que c'est un monstre qu'on ne sait dans quelle classe ranger: le style même n'en a rien d'agréable, & nulle part ne rachete le fond.

Le pere de l'ouvrage est un M. *Desfaucherayes*, fils d'un feu procureur au parlement, nommé *Brousse*. Il a de la fortune, & n'est heureusement point dans le cas de travailler par nécessité. Ce qui l'a fait juger plus sévérement, c'est qu'il est fort présomptueux, fort critique, & qu'aux premieres représentations du *Jaloux* de M. *Rochon de Chabannes*, il se déchaînoit contre la piece avec autant d'indécence que de mauvais goût.

17 *Décembre.* La suite périodique des *Mémoires Secrets*, &c. connus sous le nom de *Bachaumont*, ne paroît guere ici que depuis la Saint-Martin:

elle forme les volumes 22, 23 & 24 de cette
collection. Ils embraffent toute l'année 1783.
Ils ne font pas moins intéreffants que les précédents. On y trouve d'excellents détails concernant les affemblées parlementaires de Paris &
d'autres villes, concernant la faillite momentanée de la caiffe d'efcompte, concernant la cour
& les miniftres, de petites pieces de vers rares
& curieufes, ou nouvelles abfolument ; en un
mot, on y trouve de plus en plus cette variété
étonnante de faits & d'anecdotes qui doivent
contribuer à en augmenter le débit, en ce qu'ils
offrent de quoi contenter tous les goûts & toutes
les claffes de lecteurs.

(Cet article eft tiré d'une gazette manuf-
crite très-accréditée dans Paris, dans les provinces, & même chez l'étranger.)

18 *Décembre*. M. *Servant*, ancien avocat-
général au parlement de Grenoble, après avoir
inftruit la magiftrature par des ouvrages pro-
fonds & remplis d'humanité fur la légiflation,
principalement à l'égard des criminels, s'eft
amufé dans fon loifir à défendre le mefmérifme, auquel il croit avoir l'obligation d'éprouver
dans fes maux un foulagement qu'il avoit inutilement cherché chez la médecine. Le livre
dont il s'agit eft anonyme, mais tout le monde
l'en dit auteur. Il eft en forme de *Doutes d'un
Provincial, propofés à MM. les commiffaires
par le roi de l'examen du magnétifme animal.*
Sous ce titre modefte, M. *Servant* releve avec
la plus grande étendue toutes les bévues que les
mefmériftes reprochent aux commiffaires. Indépendamment de l'excellente logique dont eft
foutenu l'ouvrage, il y regne une gaieté, une

plaifanterie continue, qui en rend la lecture très-agréable. On ne peut mieux le comparer dans fon genre qu'aux *dialogues de l'abbé Galliani fur les bleds*, qui eurent tant de vogue autrefois, en ce qu'ils mettoient la matiere à la portée de tout le monde, même des gens les plus frivoles & des femmes. Le nouvel ouvrage eft dans le même cas, & ramene beaucoup de monde du côté de *Mefmer*; car les François aiment toujours à rire, & donnent ordinairement gain de caufe à celui qui fait les amufer le plus.

18 *Décembre*. M. de *la Blancherie* a fi bien intrigué, qu'il vient encore de fe relever de fa nouvelle interdiction : fon falon de correfpondance doit fe rouvrir au mois de janvier prochain, & il en fera toujours le chef fous le titre impofant d'*agent général de correfpondance pour les fciences & les arts*. Malheureufement M. *Pilâtre de Rozier* lui a fait grand tort; il a furieufement envahi, durant la fufpenfion de ce rival, dans fes domaines & dans fa recette; il compte en ce moment pour 40,000 livres de foufcriptions.

19 *Décembre. Le vol plus haut, ou l'Efpion des principaux théâtres de la capitale, contenant une hiftoire abrégée des acteurs & actrices de ces mêmes théâtres, enrichie d'obfervations philofophiques & d'anecdotes récréatives.* Ce titre de la brochure dont on a parlé vaguement, n'eft pas encore entiérement exécuté. Outre un avis de l'éditeur, une préface, une poftface, & autres accefloires de remplifiage de cette efpece, il n'y eft queftion que du concert fpirituel & de l'opéra. Rien de plus mal fait que cette rapfodie, qui

D 3

pourroit être charmante en d'autres mains, & avec un autre ftyle. Les bonnes chofes qu'on y trouve, font des lambeaux pillés de *l'Efpion Anglois*, des *Mémoires Secrets*, des *Mémoires de l'abbé Terrai*, de *la Gazette littéraire de l'Europe*, &c. Tout mal fait que foit cet ouvrage, on ne doute pas qu'il ne foit couru par les filles & les libertins, ce qui fuffit pour lui donner de la vogue ; ils attendent la fuite concernant la comédie françoife & la comédie italienne avec grande impatience ; mais il eft bien à craindre qu'elle ne foit pas meilleure.

19 *Décembre*. Voilà le moment venu de l'élection du fuccesseur de M. de *Pompignan*. Il y avoit beaucoup de concurrents fur les rangs. On en défignoit fept principaux : M. l'ancien évêque de Senez, marquis de *Chimene*, marquis de *Bievre*, *Sauvigny*, abbé *Maury*, *Target* avocat, & comte de *Florian*. On étoit fur-tout étonné de voir parmi les concurrents Me. *Target*, qui cependant eft un des plus accrédités. On fait aujourd'hui que le jeudi 16, c'eft l'abbé *Maury* qui l'a emporté. Les brigues vont recommencer pour la feconde place qui refte vuide.

20 *Décembre*. M. l'abbé *Giraud - Soulavie*, prêtre du diocefe de Viviers, eft un jeune phyficien, auteur d'un ouvrage intitulé : *l'Hiftoire naturelle de la France méridionale*. Ce livre, ancien déjà, fut, à fon origine, accueilli par l'académie des fciences ; il obtint fon approbation ; & comme fa majefté a concédé à cette compagnie la permiffion de publier en fon nom fes propres ouvrages & ceux qu'elle adopteroit, elle permit à l'auteur de jouir de fon privilege. L'académie des infcriptions & belles-lettres, qui

avoit proposé aux savants & aux naturalistes des recherches sur les antiques limites de nos mers, honora celui-ci du titre de son correspondant. Les académies de Marseille, Dijon, Pau, la Rochelle, Châlons, Metz, Nîmes, Angers se l'associerent. Un censeur royal, nommé par l'administration, examina le livre de nouveau. On reconnut son utilité & son orthodoxie authentiquement & légalement. Le souverain, après une discussion ultérieure faite par ordre du ministre, daigna en agréer l'hommage.

Cependant un M. *Barruel*, prêtre du même diocese, l'un des auteurs de *l'Année Littéraire*, après avoir été l'ami & le confident de son confrere l'abbé *Soulavie*, l'a attaqué comme un hérétique, un impie & un athée; il a porté sa premiere accusation contre lui dans une espece de journal périodique répandu en Vivarais, leur patrie commune, sous le titre des *Helviennes*, destiné spécialement, ce semble, à défendre la religion contre les livres hétérodoxes. Non content de cette premiere escarmouche, il lui a livré un combat plus direct & plus en regle dans un pamphlet *ad hoc*, qu'il a nommé dérisoirement, *Genese selon M. Soulavie*, où, entr'autres choses, il lui fait un crime d'avoir observé dans les montagnes du Vivarais des couches de coquillages pétrifiées, avant les couches de plantes pétrifiées, tandis que *Moyse* dit les coquilles créées après les plantes; & il part de-là pour le dénoncer à la Sorbonne comme un philosophe audacieux digne de la censure, pour lui prodiguer les qualifications les plus injurieuses & les plus atroces.

M. *Barruel* a si bien fait, il s'est tellement

D 4

acharné contre M. l'abbé *Soulavie*, qu'il est parvenu à l'empêcher d'avoir un canonicat de Viviers, d'avoir des lettres de grand-vicaire, de prêcher devant le roi un sermon agréé, qu'il a fait suspendre les bienfaits du clergé envers ce membre si estimé, & qu'il est parvenu, sinon à le perdre tout-à-fait, au moins à le mettre dans le cas de se justifier.

La patience de M. l'abbé *Soulavie* s'est lassée enfin, & il a attaqué au criminel son calomniateur. L'affaire est actuellement en instance au châtelet, & commence à faire du bruit; elle en fera sans doute beaucoup plus lorsqu'elle sera plaidée.

20 *Décembre.* On peut se rappeller la Garre, dont il fut beaucoup question il y a quinze ans, pour mettre durant l'hiver les bâtiments & marchandises de la riviere à l'abri des glaces & des débâcles. On en avoit commencé une; elle avoit déjà coûté des dépenses énormes; mais le parlement n'y ayant pas donné son attache, ayant même fait des représentations à cet égard, les travaux sont restés suspendus depuis cette époque, & les avances ont été absolument perdues. Cependant on sent de plus en plus la nécessité d'une garre. Il s'agit aujourd'hui d'en construire une autre; l'académie d'architecture a été consultée là-dessus, & elle tient aujourd'hui une assemblée solemnelle, où la matiere doit être fort agitée. Elle s'en occupe beaucoup depuis sa rentrée.

21 *Décembre.* Un chevalier des dames, d'autant plus généreux qu'il ne se nomme pas, a

pris en main leur caufe contre M. *Hoffman*, &
a fait à fa piece des Modes la réponfe fuivante :

> *La Harpie* eft un mauvais choix ;
> Paffons fur ce léger caprice ;
> Mais dans fes modes quelquefois
> Le fexe fe rend mieux juftice,
> En fuivant de plus dignes loix.
> Mefdames, j'ai vu fur vos têtes
> Les attributs de nos guerriers ;
> On peut bien porter leurs lauriers,
> Quand on fait, comme eux, des conquêtes,

On voit que le poëte fait allufion aux plumes
dont nos jolies femmes continuent à fe pana-
cher.

21 *Décembre.* M. *Sefman Calmer* étoit un
juif riche, qui avoit acheté le duché de Chaulnes, étoit feigneur de la vidamie d'Amiens, &
avoit eu un procès contre l'évêque de cette ville,
refufant d'agréer des bénéficiers, auxquels il
avoit donné fa collation comme feigneur : le
prélat a perdu dans le temps.

Ce *Calmer* avoit de jolies filles, qui lui atti-
roient beaucoup de monde ; on croit même
qu'il en a marié une à un baron catholique.
Quoi qu'il en foit, lui & fes filles vivoient
beaucoup avec les chrétiens : il avoit eu auffi
de grandes relations chez madame la comteffe
Dubarri, il en avoit encore à la cour, & tout
récemment avoit vendu le duché de Chaulnes
à M. le comte d'*Artois.* Il eft mort le 7 de ce
mois fubitement & fans avoir fait abjuration,

de maniere qu'il a été tranfporté à la Villette;
où eft le cimetiere des juifs. Les rabins, indignés
contre ce mauvais difciple de la loi, avoient
dévancé le convoi, & lui ont refufé leurs prieres
& la fépulture. Il a fallu que le commiffaire
chargé de ce département fe tranfportât fur le
lieu, dreffât procès-verbal de leur réfiftance,
menaçât d'avoir recours à l'autorité, & de
prendre main-forte. On voit par-là que le fana-
tifme eft de toutes les religions.

21 *Décembre*. Suivant l'ufage, il court vers la
fin de cette année un vaudeville fur la cour, les
miniftres, les événements & anecdotes du jour.

22 *Décembre*. M. le marquis de *Chatellux*,
confervant pour les Américains l'eftime & le
zele que lui a infpiré fon féjour dans ces contrées, s'occupe, durant la paix, à l'avancement
des fciences & des lettres parmi les nouveaux
alliés de la France. Il a interpofé fes bons offices
auprès du comte de *Vergennes* à cet effet. En conféquence il a obtenu pour eux une belle & pré-
cieufe collection de livres, dont le roi a bien
voulu faire préfent à l'univerfité de Penfylvanie.
Il a fait cet envoi accompagné d'une lettre en
date du 8 mai dernier.

L'envoi arrivé, le 27 juillet, le bureau d'adminiftration de ladite univerfité a arrêté que le
préfident écriroit au marquis de *Chatellux* pour
lui témoigner la reconnoiffance du corps entier;
ce qui a été fait. Le marquis a reçu la lettre,
où l'on pourra juger du genre d'éloquence du
pays par cet éloge du roi.... « Ils (les adminif-
» trateurs) contemplent avec délice le caractere
» d'un monarque, dont la puiffance fe déployant
» jufques aux bornes de l'occident pour y fou-

» tenir les droits de l'humanité, femble fuivre
» le foleil dans fa courfe, & faire briller juf-
» qu'aux extrémités du monde des vertus qui
» ajouteront un nouveau luftre au trône le plus
» éclatant, & ferviront d'ornement à l'hiftoire
» des rois.... »

M. le marquis de *Chatellux* fe glorifie avec
raifon d'une pareille correfpondance, & la montre
à qui veut la lire ; il en a même fait inférer des
fragments dans le *Mercure*.

22 *Décembre*. Extrait d'une lettre de Mende,
du 12 décembre 1784...... La commiffion dont
vous demandez des nouvelles, érigée par lettres-
patentes du 22 juillet 1783, eft finie à la fatif-
faction de ces contrées. Je vous ai marqué, il
y a un an, que fon objet étoit de parcourir les
Cevennes, le Vivarais & le Gévaudan, afin d'y
entendre & recevoir les plaintes contre les juges,
avocats, procureurs & huiffiers. Les quatre confeillers
au parlement de Touloufe que je vous ai nommés
alors, accompagnés de M. de *Salaze*, doyen des
fubftituts du procureur-général & qui en faifoit
les fonctions, ont eu un travail immenfe : vous
ne fauriez vous imaginer à quel excès étoit porté
le brigandage des gens de loix, & vous frémi-
riez en lifant ces détails. Nombre d'avocats, de
notaires, de procureurs, d'huiffiers ont été con-
damnés aux galeres ou au banniffement. La
corruption étoit fi générale, qu'elle avoit entaché
les juges eux-mêmes. Des praticiens gradués
étoient à la fois fermiers & juges des feigneu-
ries ; leurs maifons préfentoient un affemblage
monftrueux de greffes, d'études de procureurs,
de dépôts d'actes de notaires, des régiftres des
droits domaniaux, & on les voyoit à la fois

D 6

par eux , par leurs clercs ou ayant caufe, parties, procureurs fiscaux , greffiers , procureurs poftulants , experts, juges , notaires, contrôleurs.

Une ordonnance des commiffaires réprime tous ces moyens de fraude , défend la réunion des différents offices , qualités ou fonctions en un même individu; trace des regles certaines pour les procédures , & prononce les peines les plus graves contre les infracteurs.

Voilà , comme vous voyez , une excellente befogne terminée avant que vous ayez rien fait à Paris à cet égard. On dit même ici qu'il n'y aura rien , que le roi dans fa derniere réponfe au parlement fur le mémoire de la compagnie, a trouvé tout bien , & que vous êtes dans le meilleur des mondes poffible.

22 Décembre. Les villes du commerce font fort mécontentes de l'arrêt du confeil qui admet les neutres dans nos colonies ; elles jettent les hauts cris , & menacent de ne plus faire d'expédition. Elles envoient des députés extraordinaires pour plaider leur caufe. Ceux du Havre , de Nantes , de Bordeaux font déjà arrivés. Il y eut dernièrement après-dîner chez le maréchal de *Caftries* une longe conférence à ce fujet entre plufieurs gens du métier. Un député du Havre développa dans la plus grande étendue le tort que cette miffion caufoit au commerce. M. de *Vaivres*, intendant-général des colonies , défendit l'arrêt du confeil avec beaucoup de zele : il affura que cet arrêt avoit été rendu en connoiffance de caufe & d'après l'avis des députés du commerce.

Il eft à remarquer à cette occafion que ces députés , quoique nommés librement par les villes , une fois choifis & formant bureau, peuvent ouvrir des avis oppofés au vœu de leurs commettants , & envifager en grand les intérêts du commerce en général. Voilà pourquoi dans certains cas les villes envoient des députés extraordinaires , chargés de défendre leurs intérêts refpectifs.

Les raifons militantes pour l'admiffion des neutres, eft l'impoffibilité où fe trouve la France de fournir les colonies de merrains, de bois de conftruction, de poiffon & de viande falés, & autres objets de cette efpece , dont on ne peut les laiffer manquer.

La grande objection des commerçants, c'eft que, fous prétexte de ces fournitures, on ouvre la porte à la contrebande.

On leur répond que c'eft pour éviter, autant qu'il fe peut, cet inconvénient, qu'on a changé les lieux d'entrepôt, qu'on les a placés fous les yeux des adminiftrateurs de la colonie , afin qu'ils puiffent mieux veiller aux abus , & fous les yeux des armateurs, commerçants & autres intéréffés à fe plaindre , pour qu'ils furveillent de leur côté les navires étrangers.

Enfin, M. de *Vaivres* a terminé le colloque par déclarer que, dès qu'on pourroit donner des preuves d'une contrebande tolérée, le gouverneur & l'intendant feroient révoqués fur le champ.

23 *Décembre.* Les colporteurs annoncent myftérieufement une efpece d'ouvrage périodique nouveau, intitulé *le Conteur.* On ne fait d'où il vient; il n'y a fur les numéros qu'on en voit, ni lieu d'impreffion, ni année. Au refte, ce

n'est qu'une rapsodie de vieilleries divisées sous
différents titres, *anecdotes historiques*, *anecdotes
littéraires*, *anecdotes politiques & civiles*, *anecdotes gaillardes*. Rien de neuf absolument dans
tout cela ; l'auteur ne fait que mettre à contri-
bution les gazettes, journaux & autres ouvrages
de toute espèce. Le seul mérite de celui-ci est
d'être court & varié dans ses notices : du reste,
style lourd & peu correct.

Le rapsodiste, qui ne veut pas effrayer les
acheteurs, promet de clorre son recueil après
trente numéros. C'est le fruit de ses lectures &
annotations qu'il communique au public.

23 Décembre. Mlle. *Contat* joue si délicieuse-
ment dans *le Mariage de Figaro*, que beaucoup
d'hommes en sont devenus amoureux, & même
des femmes, entr'autres Mlle. *Raucourt* sa camarade, renommée entre les tribades. Elle est
allée lui faire sa cour, mais en a été mal reçue
dès que Mlle. *Contat* a soupçonné ce dont il
s'agissoit. Alors elle a pris une autre tournure.
Instruite combien cette actrice étoit dérangée
dans ses affaires, & témoin d'une dette de deux
mille écus dont le billet présenté sous ses yeux
n'avoit pu être acquité à l'échéance, elle a voulu
faire sentir délicatement à Mlle. *Contat* qu'elle
pourroit lui être fort utile en ce genre ; elle
est allée trouver le créancier, s'est fait remettre
le billet & le mémoire quittancé des frais de
la procédure en train, & a renvoyé anonyme-
ment le tout à la débitrice ; ne doutant pas,
malgré cela, que Mlle. *Contat* ne découvrît d'où
venoit ce cadeau, elle s'est présentée chez elle
avec confiance, mais a trouvé la porte fermée.

Il faut favoir qu'à la même époque , un agréable de la cour , le comte de *Laudron* , foupiroit pour Mlle. *Contat* , mais inutilement , parce que perfuadé du pouvoir de fa figure , il ne parloit nullement de financer. L'actrice , à la vue du billet payé , s'eft imaginée que c'étoit cet amant qui s'étoit mis en regle , & apportant la même délicateffe dans fa renonnoiffance , elle l'a reçu dans fon lit fans parler de rien , & comme fi elle lui accordoit réellement le feul prix de fon amour. Ce jeune étourdi , comblé des faveurs de l'actrice , s'en eft glorifié dans le public , comme d'une conquéte due à fa féduction. L'hiftoire a fait bruit. Mlle. *Raucourt* furieufe , a rompu les barrieres , & a , dans la jaloufie , accablé de reproches d'ingratitude Mlle. *Contat.* L'imbroglio s'eft éclairci , & il en a réfulté que le jeune homme avoit recueilli les fruits de la générofité de la tribade ; ce qui , vu la circonftance , a paru plus plaifant encore. Cette hiftoriette eft l'anecdote du jour , & fait beaucoup rire.

2; *Décembre.* Le vaudeville annoncé ne contient que cinq couplets ; mais il ne laiffe pas que d'embraffer beaucoup de gens dans ce court efpace. Il y eft queftion de l'*empereur* , de la *reine* , de la guerre , du comte de *Vergennes* , du maréchal de *Segur* , de M. de *Miromefnil* , du maréchal de *Caftries* , de fon fils , du baron de *Breteuil* , enfin de M. de *Calonne*, Quoique les couplets ne foient pas auffi bien compofés qu'ils pourroient l'être , quelques-uns ne font pas fans fel , & femble d'un auteur qui connoît bien la cour & le miniftere.

24 *Décembre.* Extrait d'une lettre de Rennes,

du 20 décembre.... Vous ne sauriez vous imaginer la sensation qu'a produite dans les états
l'annonce que le roi leur accordoit les deux points
en contestation , concernant le nomination des
députés en cour , & les octrois des villes. Quant
au premier article , M. le duc de *Penthievre* s'é-
toit désisté depuis long-temps de sa prétention,
mais le droit des états n'est plus contredit en
rien.

Quoique tout cela ne soit qu'une restitution,
on a été si enchanté de voir le ministere se
désister de l'usurpation qu'il avoit faite, qu'on
s'est porté à des folies, on a crié *vivre le
roi! vivre Calonne!* Assurément MM. les pro-
cureurs-généraux du parlement , commissaires nés
du roi aux états , ne se seroient pas attendus
en 1766 , à entendre cette exclamation aux états
de 1784.

On a arrêté en outre dans l'assemblée du onze
d'ériger une statut à LOUIS XVI, dans une des
placces de cette ville , ou ailleurs , en mémoire de
ce grand événement. Cependant la province achéte
bien cher une cessation de violation de nos privileges & droits qu'on est venu au point de
regarder comme une grace , les demandes du
roi sont doublées.

A l'égard de l'affaire du tabac , il nous est
venu deux membres de l'académie des sciences,
commissaires du roi, pour visiter les tabacs saisis.
Les commissaires étoient les sieurs *Cadet* &
Beaumé, deux apothicaires. Leur mission auroit
pu occasionner du bruit avec la cour, si la sa-
gesse du parlement n'avoit prévenu le conflit d'autorité, & prévenu la violation de son greffe , en
rendant arrêt qui ordonnoit que le greffe seroit

ouvert auxdits commissaires. Ils ont fait leur
visite, & n'ont pu s'empêcher de reconnoître
que les tabacs saisis, même ceux provenants du
magasin de la ferme, étoient gâtés. Le parlement a également ordonné que les greffes des
jurisdictions subalternes, où étoient en dépôt
pareils tabacs saisis, seroient ouverts auxdits commissaires.... Je ne sais s'ils ont fait entiérement leur tournée, mais il n'y a pas de doute
que leur rapport ne soit uniforme.... & cette
fois les fermiers - généraux seront pris en flagrant délit. Cependant la cour reproche toujours
à notre parlement les tabacs brûlés par la chambre des vacations; elle a sur le cœur cet acte
d'autorité..... Il vient de le réitérer par un arrêt du 17 de ce mois, qui vous sera envoyé.

24 *Décembre*. M. *Linguet* sentant la nécessité
de faire quelque éclat, de mettre en avant quelque paradoxe bien hardi pour soutenir ses feuilles
tombées absolument en discrédit, que peu de
gens lisoient, & que beaucoup moins achetoient,
dans son numéro 88 a pris le parti de soutenir
la cause de l'empereur contre les Hollandois,
& de prétendre que la conduite de ce souverain
étoit non-seulement légitime, mais conforme à
celle que la France a tenue tout récemment à
l'égard du port de Dunkerque.

Cette feuille en effet excite une grande rumeur
parmi les politiques. Ses raisonnements au surplus ne sont que des sophismes, & le résultat
de son bavardage bien analysé, est une maxime
devenue triviale à force d'être connue & répétée,
que la seule loi des souverains est la loi du plus
fort, & même en général celle de l'humanité
entiere.

25 *Décembre.* Extrait d'une lettre de Bordeaux, du 21 décembre. ... L'auteur de la fable de la Corneille & de l'Escargot, est un vicaire de paroisse, dont vous avez pu voir déjà de petites productions dans les ouvrages périodiques. Il se nomme *Dourneau*; mais son mérite diminue beaucoup, depuis qu'on a su qu'il avoit imité ou traduit cette fable du latin d'un jésuite qui, je crois, est le pere *Desbillons.*

Le numéro 16, du journal de Bordeaux, a déjà valu une légere suspension aux auteurs. Ils avoient inféré, sans la montrer au censeur, une piece de vers érotiques, où on lisoit ces vers trop passionnés :

> Quand lasse d'être baisée,
> Tu veux baiser à ton tour ;
> Quand ta langue électrisée,
> Tes levres seches d'amour
> Cherchent ma bouche embrasée...

Heureusement l'interdiction n'a pas été longue, & les Journalistes en ont été quittes pour déclarer que la piece intitulée *mes Projets*, n'avoit pas passé sous les yeux du censeur, n'avoit été inférée que par méprise, & n'étoit pas destinée au Journal.

26 *Décembre.* Extrait d'une lettre de Bordeaux, du 21 décembre 1784.... Notre académie de peinture, sculpture & architecture n'a pu faire ouvrir cette année son salon ordinaire : la disette des morceaux d'exposition, a obligé de la renvoyer à 1785.

Elle a tenu seulement sa séance publique pour

la diftribution des prix. Le fujet de celui de peinture & de fculpture, étoit vraiment patriotique; il s'agiffoit de confacrer la mémoire du defféchement des marais de l'archevêché, en 1624; marais dont les exhalaifons nous avoient fi fouvent occafionné la pefte. Cet événement eut lieu fous le cardinal de Sourdis, alors archevêque de Bordeaux.

Le petit nombre de concurrents affez forts pour traiter ce fujet, a obligé de rendre le prix commun aux éleves de peinture & de fculpture.

Les deux couronnés font MM. *Briant* & *Barincourt*.

Le programme pour l'architecture, renfermoit un projet de premiere utilité pour cette grande ville de commerce : favoir, le plan, l'élévation & la coupe d'une halle ou marché au bled, à établir fur un terrain convenable, avec des dimentions prefcrites.

Les deux prix de ce genre ont été remportés par MM. *Thiac* & *Rochefort*.

Il eft à obferver que M. *Barincourt* qui a eu le fecond prix de peinture & de fculpture, a remporté auffi le prix du deffin d'après nature. Il a encore gagné celui de l'anatomie appliquée aux arts de peindre & de fculpter : ainfi il a été trois fois vainqueur & dans trois genres différents.

26 *Décembre*. Meffieurs de l'adminiftration du college de *Louis-le-Grand*, ont fait cette automne une expédition myftérieufe, dont ils fe gardent bien de fe vanter, parce qu'elle n'a tourné qu'à leur confufion. Ayant découvert une cave dont il n'avoient point eu connoiffance jufqu'à

préfent, ils ont paffé dans une feconde, où ils
ont obfervé une cloifon en moëllons plus fraî-
che que les autres murs, & fans aucune ouverture, ils fe font fait autorifer par la chambre des
vacations pour démolir la cloifon, & pénétrer
dans la partie fecrete. Quel a été leur étonnement, lorfque pour tout tréfor, ils n'ont vu
dans cet emplacement tout-à-fait vuide, qu'un
crâne humain. Ils ont fait fouiller dans la terre,
ils ont fait fonder les murs.... rien de plus.
Du refte, des conjectures fans fin fur le crâne
qui fembloit n'avoir pu être jeté là par un fou-
pirail, à plus de trois pieds de profondeur de
la rue. On eft encore à deviner à quel ufage les
Jéfuites avoient deftiné un pareil caveau.

26 *Décembre*. Prophétie dont l'accompliffement
paroît devoir être très-prochain. Tel eft le titre
d'un pamphlet publié depuis peu encore par les
défenfeurs du mefmérifme. Ils ont fenti la néceffité de mettre les rieurs de leur côté, & ils ne
s'y prennent point mal. Dans la nouvelle facétie
on décrie affez bien & les médecins, & leur
doctrine, & leur conduite, & leur charlatanerie,
depuis l'origine de leur fcience abftrufe & conjectu-
rale jufqu'à nos jours. On y défigne le docteur *Mefmer* fous la qualification d'*homme de génie*, à qui
la nature a révélé fon fecret. On y raconte de la
même maniere allégorique & prophétique, tout
ce qui s'eft paffé & fe paffera depuis fa venue en
France. La faculté de médecine & la fociété
royale qui, jufques là divifées, fe font réunies
contre l'étranger qui venoit les chaffer de leurs
écoles, font finguliérement maltraitées, même l'a-
cadémie des fciences. On baffoue les deux com-
miffions ; mais on en veut fur-tout à la comé-

die des *Docteurs Modernes*, parce que les adver-
faires regardoient ce moyen comme le plus fûr
pour faire tomber la *fociété de l'harmonie*. Entre
les gazetiers, journaliftes & folliculaires, on a
choifi l'abbé *Aubert*, comme le plus acharné,
pour le traîner dans la boue, & le couvrir d'ig-
nominie. On pouffe l'injuftice jufqu'à lui con-
tefter le titre de littérateur, qu'il mérite éminem-
ment, au gré des connoiffeurs, lorfqu'il n'a pas de
raifon d'être partial, & de parler contre fon
fentiment intime. Il paroît que le docteur *Paulet*
eft, après l'abbé *Aubert*, le journalifte que l'on
redoute le plus. Cependant l'on n'eft pas fûr de
le connoître pour un ennemi déclaré, & l'on
fe contente de le prévenir dans un avis de l'éditeur.

On finit par dire que les médecins & les
apothicaires difparoîtront de deffus la furface
de la terre ; & l'on ne peut que répondre en
chorus avec l'auteur, *ainfi foit-il !*

26 *Décembre*. Les lettres de la Guiane françoife portent que les girofliers ont donné quatre
milliers de leurs fruits ; que les canneliers ne
réuffiffent pas moins bien ; mais que les poivriers
& les mufcadiers y croiffent avec peine.

27 *Décembre*. Le premier rédacteur du *Courier
de l'Europe*, pendant toute fa correfpondance,
avoit foigneufement évité de fe compromettre
avec Me. *Linguet*. Soit prudence, foit crainte
de fa dent, foit vénération pour les talents de
l'annalifte, il n'en parloit en aucune maniere, &
l'on ne fe fouvient pas qu'il ait même jamais
prononcé fon nom. Le fucceffeur n'a pas imité
cette circonfpection. Il a commencé par recevoir
les diatribes du fieur *Caron de Beaumarchais*

contre l'édition purgée de *Voltaire*, que se proposoit de donner Me. *Linguet* à l'usage des dévots. Celui-ci, naturellement hargneux, nonseulement n'a pas répondu, mais a baissé pavillon devant son maître, & s'est désisté de son projet avec une modestie rare.

La renommée n'a point publié ce qui s'est passé depuis entre l'annaliste & le gazetier ; mais il faut que le premier ait eu des torts bien graves pour que le second se soit porté aux voies de fait, & lui ait donné un *soufflet*, ou quelque chose d'équivalent : ce qu'il lui rappelle dans son numéro 48, du mardi 14 de ce mois, de la maniere la plus cruelle & la plus outrageante, puisqu'il lui reproche en même temps la lâcheté de n'oser lui en demander raison, & de *s'enfuir honteusement & précipitamment devant lui, lorsqu'il le rencontre.* Toutefois, avant de le condamner, il faut voir comment Me. *Linguet* repoussera ces personnalités.

17 Décembre. Un M. de *Lamoignon*, avocat-général, avoit été invité par l'académie françoise de venir prendre séance dans son sein ; il le refusa sous prétexte de ses occupations qui ne lui permettoient pas d'accepter cette place. La compagnie piquée arrêta que dorénavant elle n'éliroit personne qui n'eût fait des sollicitations, c'est-à-dire, une visite à chaque membre.

C'est cet arrêté qui a fait que depuis il n'y a point eu d'avocat qui ait siégé à l'académie, par une délibération contraire de l'ordre, ne voulant pas qu'aucun de ses membres se soumît à postuler une place dont tous doivent être dignes, dès qu'ils sont inscrits sur le tableau.

Me. *le Normand*, orateur dont le nom est

encore en vénération au barreau, fut autrefois
tenté d'être de l'académie françoise ; il se permit
vraisemblablement des démarches : mais l'ordre
lui intima des défenses, & il s'abstint de pour-
suivre son projet.

Depuis peu Me. *Target* a eu le même désir :
il a prévenu le bâtonnier & les anciens, ses confreres. Ceux-ci moins séveres que leurs devan-
ciers, ont pensé différemment ; ils ont déclaré
à Me. *Target* qu'il pouvoit, sans craindre aucune
animadversion de l'ordre, se mettre sur les rangs
& postuler. Il n'a eu que sept voix à la derniere
élection ; il espere être plus heureux, & l'em-
porter lors de la prochaine.

27 *Décembre*. M. *Necker* a employé utilement
ses loisirs. Ne perdant point de vue son objet,
il a composé dans sa retraite un livre *de l'administration des finances de la France*, en trois
volumes. Il a chargé M. le maréchal de *Castries*
de le présenter au roi.

M. *Necker* est actuellement à Montpellier,
où il est allé conduire sa femme, dont la santé
est en mauvais état, & qu'un médecin de cette
faculté s'est chargé de rétablir. Monsieur *Necker*
a été accueilli dans cette ville de la maniere
la plus flatteuse ; il vouloit y louer un hôtel, &
personne n'a voulu de son argent ; chacun s'est
empressé de lui offrir sa maison On croit cependant
dant qu'il est passé aujourd'hui à *Avignon*, &
qu'il est bien aise d'apprendre-là quelle sensation
son ouvrage aura produite. On veut, comme il
y dit, des vérités fortes ; qu'il craigne les persécutions de ses ennemis ! tel est le langage de
ses partisans. Quant à son livre, il ne se vend

point encore, il eſt très - rare, & peu de gens
ſavent à quoi s'en tenir.

28 *Décembre.* M. le marquis de *Bievre*, comme on l'a dit, étoit ſur les rangs pour la place
vacante à l'académie françoiſe. Il n'a pas tardé
à voir que ſes démarches étoient inutiles, du
moins pour cette fois ; il a trouvé que l'intrigant abbé *Maury* l'avoit prévenu de maniere à
ne lui laiſſer aucun eſpoir : il a préféré de ſe dé-
ſiſter de bonne grace par le calembour ſuivant :
Omnia vincit amor & nos cedamus amori (à
Maury). Il eſt des gens qui l'attribuent au marquis de Chimene, dans le même cas.

28 *Décembre.* On n'a appris que depuis peu
la mort de M. de *la Louptiere*, dont on a rapporté quelquefois des pièces fugitives. C'étoit
ſon genre unique : il avoit de l'eſprit, de la grace
& tournoit aſſez bien un vers, ſur-tout dans ſes
dernieres années. On a de lui un recueil de poé-
ſies, & il étoit auteur des ſix premieres parties
du *Journal des dames*, lors de ſa naiſſance en
1761.

M. de *la Louptiere* étoit homme de condition, & né au château de ſon nom, dioceſe
de Sens, le 16 juin 1724. Son nom de famille
étoit de *Relongue* : eſtropié d'un bras, il n'avoit
pu ſuivre la carriere des armes, qui lui étoit
preſcrite par ſa naiſſance. Il avoit conſacré ſon
loiſir aux muſes, & s'étoit contenté d'être membre de l'académie de Châlons & de celle des Arcades de Rome.

28 *Décembre.* Extrait d'une lettre de Vienne,
du 8 décembre..... Les Gazettes Hollandoiſes
ont été défendues dans tous les états de S. M.
impériale. Nous ne reconnoiſſons point là le
caractere

caractere libre & franc de notre auguste maître.
Ce petit moyen ne peut que donner du relief
à de pareilles feuilles. C'est à qui les aura ou les
lira en contrebande. C'est ainsi que, lors de 'a
derniere guerre avec le roi de Prusse, on défendit le *courier du bas Rhin*, *ou la Gazette de
Cleves*; mais l'impératrice-reine vivoit alors, &
cette interdiction misérable pouvoit passer sur son
compte. Quoi qu'il en soit, il en résulte que ces
Gazettes qu'on décrie tant, sont cependant re-
gardées comme très - importantes par les souverains, qu'ils en font dépendre leur réputation,
& en effet ce font elles qui la fixent tôt ou
tard, du moins chez la postérité.

29 *Décembre* On ignore si M. *Vigée* a quelque mécontentement des comédiens françois
qui l'ont si bien traité jusqu'à présent; mais on
a été fort surpris de lui voir dégrader sa muse
en la faisant passer du grand théâtre au théâtre
de la comédie italienne. C'est ce qu'il vient de
faire en y donnant *les Amants timides*, comédie
en un acte & en vers, jouée hier. Il ne seroit
pas extraordinaire, au surplus, que cette piece
eût été refusée des premiers; elle auroit même
pu l'être des seconds, pour peu qu'ils eussent
voulu se rendre difficiles. Ce n'est qu'une très-
foible esquisse de *la Surprise de l'amour de Mari-
vaux*, si ingénieusement & si adroitement filée,
que possedent les Italiens. Un dialogue facile,
des vers assez bien tournés, une foule de ma-
drigaux, quelques instants de comique, résul-
tant plus du jeu des acteurs que du fond du
sujet, ont fait tolérer cette piece, reçue du
reste aussi froidement qu'elle avoit été com-

E

BIBLIOTHÈQUE B. F.

30 *Décembre*. Extrait d'une lettre de Boulogne sur mer, du 22 décembre 1784. Ce n'est point de Calais, c'est de ce port que le sieur *Pilâtre de Rozier* se propose de s'envoler pour l'Angleterre.

Parti de Paris dès le 22 décembre, arrivé le 21, il a parcouru la côte le 22.

Le point du départ est fixé sur les débris de l'emplacement de la fameuse Tour-d'Ordre, bâtie par *Caligula*, & d'où cet empereur partoit pour aller faire ses promenades ridicules sur les côtes de Bretagne. Cet endroit a été reconnu comme le plus favorable pour franchir avec moins de danger notre détroit. Il est élevé à pic de deux cents pieds au-dessus de la mer.

Nous avions commencé par recevoir les ustensiles de l'aéronaute & sa machine : nous jouissons enfin de sa personne.

Quant au ballon, il est doré comme un bijou ; on voit qu'il n'a pas été fabriqué aux dépens d'un particulier ; s'il n'étoit aussi immense, ce seroit le plus joli colifichet du monde. Du reste, le procédé est nouveau : c'est un mélange des deux agents, du feu & de l'air inflammable ; ce qui fait nommer cette machine, *Carlo-Mongolfieres*

Nos Physiciens ont interrogé le sieur *Pilâtre*, qui n'est pas foncé & parle mal. Mais le défaut de savoir est compensé chez lui par une grande audace, par une activité prodigieuse, & par un esprit d'intrigue inconcevable, qui lui a fait supplanter tous ses concurrents, bien plus dignes de la confiance du gouvernement, sur-tout M. *Charles*, auquel on ne peut refuser beaucoup de connoiſſances ; c'eſt lui qui, le premier, a réduit en art cette découverte.

Quoi qu'il en ſoit, il faut attendre à préſent le moment du vent. Du reſte, s'il le permet, le départ eſt fixé du premier au 6 janvier 1785.

Entre les peintures qui décorent le pourtour du ballon, on lit ces deux mauvais vers en l'honneur de M. le contrôleur-général qui a fourni à la dépenſe :

Calonne des François ſoutenant l'induſtrie ,
Inſpire les talents , les arts & le génie.

Mais ce diſtique ſera mieux payé que ne l'a été le poëme de *Milton*.

30 *Décembre.* Il paroît ici furtivement imprimées des remontrances du parlement de Bordeaux au ſujet des évocations, en date du 17 novembre dernier. On les dit de la plus grande force, & le conſeil en eſt fort ſcandaliſé.

30 *Décembre.* Il commence à paroître un *mémoire pour M. Girard-Soulavie, prêtre du dioceſe de Viviers ; contre M. Barruel, prêtre du même dioceſe, l'un des auteurs de* l'Année Littéraire , & *auteur du libelle intitulé,* Geneſe ſelon M. *Soulavie.*

Ce mémoire ſigné d'un avocat peu connu, Me. *le Vacher de la Terriniere*, ne répond pas à l'importance du ſujet. Il eſt long, embrouillé, mal écrit; mais, malgré ces défauts, on y juge le plaignant ſuffiſamment attaqué dans ſon état, dans ſa foi, dans ſon honneur, pour qu'il ait droit d'accuſer ſon adverſaire de calomnie, &

de lui demander les réparations ordonnées par les loix.

Un *post-scriptum*, très-favorable à l'abbé *Soulavie*, annonce que, tandis qu'on imprimoit ce mémoire, M. le garde-des-sceaux a ordonné la suppression du libelle du sieur *Barruel*.

Au reste, le sieur *Barruel*, provoqué depuis plusieurs mois, se tient sur la défensive, & reste dans un profond silence. On n'en a encore arraché que quatre lignes. Il s'est condamné lui-même devant M. l'archevêque de Paris, il lui a dit que *vraisemblablement il perdroit son procès dans ce malheureux siecle, où l'impiété domine si ouvertement ; mais qu'il y étoit tout résigné, qu'il lui seroit glorieux d'avoir souffert quelque chose pour venger la majesté de la religion.*

3 1 *Décembre.* Dès qu'on a su hier que MM. *Piccini*, pere & fils, étoient les deux auteurs de la piece nouvelle jouée aux Italiens sous le titre de *Lucette*, comédie en trois actes & en prose mêlée d'ariettes, chacun s'est écrié sur le champ, c'est-à-dire, mauvais poëme & bonne musique. Jugement qui s'est trouvé on ne peut pas plus juste. Seulement l'excellence de l'une n'a pu compenser & couvrir cette fois la platitude de l'autre.

3 1 *Décembre.* On a composé sur l'injonction donnée aux évêques de sortir de la capitale, & de résider dans leur diocese respectif, une assez bonne plaisanterie. C'est une *requête des filles de joie de Paris, à M. le baron de Breteuil*, où l'on fait sentir à ce ministre les inconvénients de son ordre si bien conçu en apparence, & cependant très-mal vu en politique. Comme la piece

n'eſt que manuſcrite & aſſez longue , on ne peut l'avoir que difficilement.

31 *Décembre.* La mort de M. *Court de Gebelin* n'a point éteint les diviſions du muſée de Paris. Ce chef a été remplacé par M. l'abbé *Rouſſier* ; mais les diffidents n'en ſuivent pas moins les bannieres du préſident expulſé, qu'ils croient ou font ſemblant de croire le vrai. Ils ont rouvert leurs ſéances au commencement de ce mois, & font des réceptions que les fondateurs originaires regardent comme nulles. Il faut voir qui l'emportera ; car deux établiſſements de cette eſpece ne peuvent durer enſemble. Nous rendrons compte de l'aſſemblée des diffidents , illuſtrée, dit-on , par la préſence d'un prince Africain.

31 *Décembre.* M. *Sylvain Maréchal*, jeune littérateur qui donne de grandes eſpérances, nous offre en ce moment l'exemple d'une nouvelle victime que le fanatiſme vient d'immoler. Il eſt bibliothécaire du college Mazarin , & il perd ſa place pour avoir compoſé un ouvrage moral, qui, quoique revêtu de toutes les formes légales , a paru aux ennemis de la philoſophie rempli d'audace & d'impiété. Il a pour titre : *Livre échappé au déluge.* Cette anecdote mérite d'être éclaircie plus amplement.

31 *Décembre.* La tribaderie a toujours été en vogue chez les femmes, comme la pédéraſtie chez les hommes ; mais on n'avoit jamais affiché ces vices avec autant de ſcandale & d'éclat qu'aujourd'hui. Quant au premier, comme il n'eſt pas puni par les loix , c'eſt moins étonnant. Auſſi nos plus jolies femmes y donnent-elles, s'en font-elles une gloire , un trophée !

E 3

Voici un couplet affez gai, tout récemment
éclos à ce fujet.

AIR : *De Figaro.*

Il eft des beautés cruelles,
Et l'on en voit chaque jour.
Savez-vous pourquoi nos belles
Sont fi froides en amour ?
Ces dames fe font entr'elles,
Par un généreux retour,
Ce qu'on nomme un doigt de cour.

P. S. La lettre circulaire de M. le baron de
Breteuil nous étant tombée fous la main, comme
elle devient de jour en jour plus rare par les
raifons qu'on a dites, on croit devoir inférer &
conferver ici en entier cette pièce intéreffante,
& dont la longueur d'ailleurs n'eft pas exceffive.

*Copie fur imprimé de la lettre circulaire adreffée
par M. le baron de Breteuil, miniftre d'état, à
MM. les intendants des provinces de fon département, au fujet des lettres de cachet & ordres
de détention.*

Verfailles, le 25 octobre 1784.

Vous trouverez ci-joint, monfieur, un état
des différentes perfonnes de votre département,
actuellement renfermées en vertu d'ordres du
roi, expédiées d'après vos informations & votre
avis, ou les informations & avis de MM. vos

prédéceffeurs. Vous verrez que quelques-unes de
ces détentions font déjà fort anciennes : je ne
doute point qu'il n'y en ait plufieurs qu'il eft à
propos de faire ceffer , & je vous prie de ne pas
perdre un moment pour vérifier & me marquer
quelles font celles dont la révocation vous paroîtra devoir être prononcée dès-à-préfent , &
quels motifs vous détermineront à penfer que
les autres doivent fubfifter.

Je conçois que la diverfité des caufes de
détention , & les différences que le fexe,
l'âge, la naiffance & l'éducation mettent né-
ceffairement entre les perfonnes détenues, s'oppofe à ce qu'on établiffe fur cette matiere des
principes fixes, & qui embraffent généralement
toutes les circonftances; mais il me femble
qu'on peut cependant fe faire quelques regles,
auxquelles on pourra du moins ramener le plus
grand nombre de cas, s'il n'eft pas poffible de
les y ramener tous.

La fuite des affaires de cette efpece, qui
paffent journellement fous mes yeux, m'a fait
reconnoître que ceux que l'on renferme le plus
ordinairement fe divifent en trois claffes.

La premiere comprend les prifonniers dont
l'efprit eft aliéné, & que leur imbécillité rend
incapables de fe conduire dans le monde, ou
que leurs fureurs y rendroient dangereux. Il ne
s'agit à leur égard, que de s'affurer fi leur état
eft toujours le même ; & malheureufement il
devient indifpenfable de continuer leur détention, tant qu'il eft reconnu que leur liberté feroit, ou nuifible à la fociété, ou un bienfait
inutile pour eux-mêmes.

Je mets dans la feconde claffe ceux qui, fans

avoir troublé l'ordre public par des délits, fans
avoir rien fait qui ait pu les expofer à la févérité des peines prononcées par la loi, fe font
livrées à l'excès du libertinage, de la débauche
& de la diffipation. Je penfe que, quand il n'y
a que de l'inconduite, & qu'elle n'eft accompagnée ni de délits, ni de ces baffeffes caractéri-
fées qui menent prefque toujours aux délits, la
détention ne doit pas durer plus d'un ou de deux
ans. C'eft une correction très-forte qu'un ou deux
ans de privation de liberté : elle doit fuffire pour
infpirer de fages réflexions, & pour opérer le
retour au bien dans une ame qui n'eft pas tout-
à-fait corrompue. Les familles, & même les
peres & meres, quoiqu'en général plus difpofés
à l'indulgence que les autres parents, exagerent
quelquefois le tort des fujets dont ils ont follicité
la détention : & fi l'on fe prêtoit trop facilement à la rigueur dont ils voudroient ufer ; il
arriveroit fouvent que ce ne feroit plus une
correction, mais une véritable peine qu'on infli-
geroit. C'eft ce qu'il eft effentiel de diftinguer,
& ce que je vous prie, monfieur, de ne pas
perdre de vue.

Lorfqu'indépendamment du libertinage, les
fujets détenus fe font rendus coupables de vols
d'argent, ou de fouftraction d'effets dans la
maifon paternelle feulement, ou lorfqu'ils ont
commis quelques infidélités, ou qu'ils fe font
permis des abus de confiance, ou enfin que,
pour fe procurer de l'argent & fatisfaire leurs
paffions, ils fe font fervi de ces moyens peu
délicats, que la probité défavoue, mais que les
loix ne puniffent pas ; la détention doit alors
être plus longue. Je penfe cependant qu'elle ne

doit jamais être prolongée au-delà de deux ou trois ans ; & même que c'est assez d'une année, lorsqu'il sera question de jeunes gens au deffous de vingt ans, qui ont été entraînés par la fougue de l'âge, ou féduits par de mauvais conseils, & qui, par inexpérience, ont pu ne pas sentir la conféquence & toute l'étendue de leur faute.

Je comprends auffi dans cette même seconde claffe, les femmes & les filles qui se conduifent mal, & les mêmes obfervations doivent leur être appliquées ; c'est-à-dire que, quand elles ne sont coupables que de fimples foibleffes, une ou deux années de corrections sont fuffifantes, & que la détention ne doit être prolongée jufqu'à deux ou trois ans, que quand il s'agit d'un libertinage pouffé jufqu'au degré du scandale & de l'éclat.

La troifieme claffe est de ceux qui ont commis des actes de violence, des excès, des délits ou des crimes qui intéreffent l'ordre & la fureté publique, & que la juftice, fi elle en eût pris connoiffance, eût puni par des peines afflictives, & déshonorantes pour les familles. Je conçois qu'il n'est guere poffible de rien préjuger fur la durée de la détention de cette efpece de prifonniers ; cela doit dépendre des circonftances plus ou moins graves du délit, du caractere plus ou moins violent du coupable, du repentir qu'il peut avoir témoigné, des difpofitions qu'il annonce, & de ce qu'on doit raisonnablement préfumer de l'ufage qu'il feroit de fa liberté, fi elle lui étoit rendue. Il faut feulement confidérer que, s'il est vrai que les prifonniers détenus pour crimes doivent en général s'eftimer trop heureux d'avoir échappé aux peines qu'ils

E 5

ont méritées ; il est constant aussi qu'une détention perpétuelle, & même une longue détention, est la plus rigoureuse de toutes les peines
pour ceux d'entr'eux dont les sentiments ne sont
pas totalement anéantis ou dégradés.

Du reste, ce n'est pas seulement par rapport
aux prisonniers renfermés pour crimes ou délits,
c'est pour tous les prisonniers, quels que soient
les motifs de leur détention, qu'il convient
d'avoir égard à la conduite qu'ils tiennent depuis qu'ils sont détenus, & indépendamment
des autres considérations qui peuvent concourir
à retarder ou accélérer leur liberté, il est juste
de la faire dépendre sur-tout de la maniere
dont ils se comportent, du plus ou du moins
de changement qui se fait en eux, & de ce
qu'on aura à craindre ou à espérer d'eux lorsqu'ils redeviendront libres.

Il est même à souhaiter que sur cet article,
vous ne vous en rapportiez pas entiérement
au témoignage des personnes chargées de la
garde des prisonniers : je désirerois que, pour
vous en assurer par vous-même, vous voulus-
siez bien, dans le cours de vos tournées, visiter,
avec un soin particulier, les lieux de détention
de votre département, soit maisons de force,
maisons religieuses, forts ou châteaux ; interroger vous-même les prisonniers, & vous faire
rendre compte en leur présence de tout ce qui
les concerne : je suis persuadé que de pareilles
visites faites une fois par an dans chaque lieu
de détention, produiroient un très-bon effet ; elles
auroient l'avantage de vous faire connoître,
non seulement la conduite des prisonniers, mais
encore la maniere dont ils sont traités ; vous

écouteriez leurs représentations, vous sauriez si
leur nourriture & leur entretien sont proportionnés
à la pension qu'on paye pour eux ; quel est l'ordre
& le régime de chaque maison ; quelles précautions on y observe pour maintenir la tranquillité
entre les détenus ; quelles mesures on prend
pour prévenir les évasions ; enfin, quels abus il
pourroit être essentiel de réprimer. Tous ces
détails sont dignes de l'attention de l'adminis-
trateur. Si vous ne pouvez pas vous en occuper
vous-même pour toutes les maisons, forts ou
châteaux de votre département, vous pourriez
du moins visiter ceux où il y a le plus de prisonniers, & faire visiter les autres par vos subdélégués, ou d'autres personnes de confiance,
sur l'exactitude desquelles vous croiriez devoir
compter. Je vous prie de ne pas oublier de me
faire part tous les ans du résultat de ces visites.
Vous ne devez point douter que je n'en rende
au roi un compte très-exact, & que je ne lui
propose d'adopter vos vues sur les changements
& les réformes qui vous paroîtront utiles ou
nécessaires.

Il ne vous échappera sans doute pas que,
lorsque je vous invite à prendre par vous-même
ou vos subdélégués, des éclaircissements sur la
conduite des prisonniers, je n'entends parler
que de ceux qui sont renfermés dans des maisons, forts ou châteaux de votre département.
A l'égard de ceux qui, d'après votre avis, ou
celui de MM. vos prédécesseurs, sont détenus
hors de votre intendance, je suis persuadé qu'en
vous adressant à MM. les intendants dans le
département desquels ils se trouveront, vous en
recevrez toutes les informations dont vous aurez
besoin.   E 6

Je n'ai jusqu'à préfent fait mention que des prifonniers actuellement détenus, compris dans l'état ci-joint, & fur le fort defquels il s'agit en ce moment-ci de ftatuer. Mais tout ce que j'ai obfervé à leur égard, & les mêmes principes, les mêmes regles qui m'ont paru devoir en général fervir à décider fi les ordres expédiées contre eux feront ou non révoqués, me paroiffent devoir s'appliquer aux perfonnes que, par la fuite, il pourra être queftion de renfermer.

Ainfi, monfieur, lorfque vous me propoferez l'expédition d'ordres demandés par les familles, je vous prie de me marquer en même temps de quelle durée vous penferez que doit être la détention, & je crois qu'en général, & fauf les circonftances particulieres qui peuvent fe préfenter, elle ne doit s'étendre au-delà de deux ou trois ans pour les hommes, lorfqu'il y a libertinage & baffeffes ; pour les femmes, quand il y a libertinage & fcandale, & au-delà d'un ou de deux ans lorfque les femmes ne fent coupables que de foibleffe, & les hommes que d'inconduite & de diffipation.

Je vous prie aufli de me propofer un terme pour la détention même de ceux qui feront prévenus d'excès, délits ou crimes. Cela doit, comme je l'ai dit, dépendre des circonftances, & ce fera à vous, monfieur, de les apprécier.

A l'égard des perfonnes dont on demandera la détention pour caufe d'aliénation d'efprit, la juftice & la prudence exigent que vous ne propofiez les ordres, que quand il y aura une interdiction prononcée par jugement, à moins que la famille ne foit hors d'état d'en faire les frais de la procédure qui doit précéder l'interdiction. Mais en ce cas, il faudra que la démence soit notoire, & constatée par des éclaircissements bien exacts.

Quand il s'agit de faire renfermer un mineur, ne fût-ce que pour la forme de correction, le concours du pere & de la mere a jusqu'à présent paru suffire. Mais les peres & meres sont quelquefois injustes, ou trop séveres, ou trop faciles à s'alarmer, & je pense qu'il faudra toujours exiger qu'au moins deux ou trois des principaux parents signent avec les peres & meres les mémoires qui contiendront la demande des ordres.

Le concours de la famille maternelle est indispensable lorsque la mere est morte, & celui des deux familles lorsque le pere n'existe plus ; à plus forte raison quand il n'y a plus ni pere ni mere.

Enfin, il ne faut accueillir qu'avec la plus grande circonspection, les plaintes des maris contre les femmes, celles des femmes contre leurs maris ; & c'est sur-tout alors que les deux familles doivent se réunir & autoriser par un consentement formel le recours à l'autorité.

Ces principes sont connus, & je sais qu'en général on les a toujours suivis. Mais je crois avoir remarqué que l'on a quelquefois demandé des ordres, & que MM. les intendants en ont quelquefois proposé dans des circonstances où, je vous avoue, qu'il ne me paroît pas convenable d'en accorder. Par exemple, une personne majeure, maîtresse de ses droits, n'étant plus sous l'autorité paternelle, ne doit point être renfermée, même sur la demande des deux fa-

milles réunies, toutes les fois qu'il n'y a point
de délits qui puissent exciter la vigilance du ministere public, & donner matiere à des peines
dont un préjugé très-déraisonnable, mais qui
existe, fait retomber la honte sur toute une famille. Il est vraiment essentiel, par rapport aux
faits dont on accuse les personnes qui ne dépen-
dent que d'elles-mêmes, de bien distinguer ceux
qui ne produisent pour leurs familles que des dé-
sagrémens, & ceux qui les exposent à un véritable déshonneur. C'est sans doute un désagrément pour des gens d'un certain état, & ils
sont avec raison humiliés d'avoir sous leurs yeux
une sœur ou une proche parente dont les mœurs
sont indécentes, & dont les galanteries & les
foiblesses ne sont pas secretes. C'est encore un
désagrément pour une famille honnête, & il est
naturel qu'elle ne voie pas avec indifférence que,
dans la même ville, dans le même canton qu'elle
habite, un de ses membres s'avilisse par un mariage honteux, ou se ruine par des dépenses in-
considérées, ou se livre aux excès de la débauche, & vive dans la crapule. Mais rien de
tout cela ne me paroît présenter des motifs assez
forts pour priver de leur liberté ceux qui sont,
comme disent les loix, *sui juris*. Ils ne font
de tort qu'à eux; le genre de déshonneur dont
ils se couvrent, ne tombe que sur eux, & leurs
parents ne le partagent point, & ne me paroissent avoir aucun droit à l'intervention de l'autorité.

Telles sont, monsieur, les réflexions que m'a
suggérée l'attention particuliere que je donne
à tout ce qui concerne les ordres de détention,
depuis que le roi a bien voulu me nommer se-

cretaire d'état. J'en ai rendu compte à SA MA-
JESTÉ, qui les a trouvées conformes aux vues
de juſtice & de bienfaiſance dont elle eſt animée.
Elle déſire qu'on ne s'en écarte que le moins
qu'il ſera poſſible, & comme elle ſait que c'eſt
ſur tout d'après l'uſage que l'on fait de ſon autorité contre les particuliers que ſe forme & s'établit
l'opinion du public ſur le gouvernement, elle
a jugé à propos que ſes intentions à cet égard,
fuſſent connues de toutes les perſonnes qui con-
courent plus ou moins directement à l'expédition
des ordres. Elle m'a en conſéquence autoriſé à
faire imprimer cette lettre, & à vous envoyer un
certain nombre d'exemplaires que vous voudrez
bien adreſſer à vos ſub-délégués, afin qu'ils puiſſent
en ſaiſir l'eſprit, & s'y conformer autant que
les circonſtances le permettront, dans les informations qu'ils auront à prendre, & à vous
tranſmettre ſur les demandes formées par les familles.

J'ai l'honneur d'être très-parfaitement, monſieur, votre très-humble & très-obéiſſant ſer-
viteur,

Signé, le baron DE BRETEUIL.

ADDITIONS.

ANNÉE M. DCC. LXXIII.

30 *Novembre* 1773. QUOIQUE *Ismenor* joué le 17 novembre à Versailles, ait été généralement désapprouvé, il n'est pas hors de propos de donner une esquisse de ce spectacle d'une magnificence rare. Les paroles sont de M. *Desfontaines*, censeur-royal. Elles ne sont pas aussi plates qu'on les avoit annoncées, mais l'intrigue de ce drame héroïque en trois actes, est triviale. Il est question d'un jeune prince, amoureux d'une princesse charmante. Il a pour rival apparent un génie, qui traverse sa passion par tous les obstacles les plus effrayants: rien ne peut éteindre la tendresse réciproque de l'un & de l'autre: une fée gouvernante de la princesse, intervient, mais n'oppose qu'une vaine puissance à celle du dieu mal-faisant & jaloux. Après l'épreuve suffisante, *Ismenor*, c'est le nom de l'enchanteur, déclare que leurs tourments sont finis, & qu'ils vont être parfaitement heureux.

Les décorations sont la partie brillante de cet opéra. Le théâtre, dans le premier acte, représente une avenue qui conduit au palais de la fée. C'est en ce lieu que le jeune amant a une explication avec son rival. Celui-ci pour le détourner de sa passion, lui annonce & son amour & sa puissance. Il persiste, il veut entrer dans le palais; des nymphes en sortent, le retiennent, & dansent autour de lui : la fée arrive

& donne lieu à de nouvelles fêtes ; il pénetre enfin après avoir reçu les hommages de Chinois & Chinoises, variant les ballets par leurs pantomimes.

Le second acte représente un bocage garni de massifs de roses & de divers arbustes chargés de fleurs. C'est là que se passe l'entrevue des deux amants : à la voix du prince qui chante son bonheur, les massifs qui décorent le fond du bocage, se développent en berceaux, d'où l'on voit sortir des nymphes & des bergers héroïques : le ciel se remplit d'amours qui suspendent des guirlandes de fleurs : on danse. Le ballet est interrompu par l'arrivée de l'enchanteur ; les berceaux qui décoroient le fond de la scene, se changent en cavernes sombres, d'où sortent les vents souterrains ; les vents orageux fondent du ciel & chassent les plaisirs, les amours, & les villageois : un groupe de vents portés par les nuages, enveloppe le prince & la fée, & les soustrait tous deux aux yeux de la jeune beauté. Le bruit du tonnerre redouble, & cette derniere disparoît, enlevée par *Ismenor*.

A l'ouverture du troisieme acte, on voit un désert où est la princesse. Elle veut sortir, des génies effrayants gardent les issues, & s'opposent à son passage. On entend le prélude d'une marche triomphante : des esclaves en différents costumes, & jouant de divers instruments, arrivent sur la marche précédente : ils sont accompagnés d'une troupe de guerriers portant des trophées ; *Ismenor* termine le cortege, il donne un coup de baguette ; le désert disparoît, & l'on voit la galerie de Versailles, où se trouve les deux amants & leur suite. Le théâtre change quelque temps après, & représente le parc de Versailles illuminé, pris en face du canal. Les côtés sont ornés de vases, de pyramides, d'arcades remplies de spectateurs : le fond est terminé par le temple de l'Hymen. Les amours qui avoient été dispersés par les vents, reparoissent en foule, & s'occupent à embellir la fête. Les uns portent des médaillons, les autres des présents, quelques-uns jouent de divers instruments : le tout se termine par des danses de nobles qui forment des quadrilles, de Béarnois & Béarnoises, de matelots, de jardiniers & jardinieres, & de petits suisses.

30 *Novembre*. Les gens de la maison de M. le comte d'*Artois*, se louent beaucoup de leur nouveau maître ; ce prince, ami de la liberté, leur a déclaré dès les premiers jours, qu'il avoit trop aspiré à ce bien, qu'il sentoit trop le bonheur d'en jouir pour vouloir les en priver. « Je vais souper, leur dit-il, ce soir-là » chez mon frere le comte de *Provence*; je » n'ai besoin que d'un valet de pied, personne » à mon coucher : retirez-vous ; demain à neuf » heures du matin. »

30 *Novembre*. M. de *Guibert* est de retour depuis quelques jours de ses différentes tournées dans le Nord. Il paroît extrêmement content de l'accueil qu'il y a reçu, & il parle sur-tout avec la reconnoissance la plus vive du roi de Prusse & de l'empereur. Le premier a daigné faire manœuvrer ses troupes devant lui & l'initier aux mysteres de sa tactique, qu'on sait n'être nulle part, mais résider dans la tête de ce monarque, & d'une douzaine d'officiers-généraux qui ont sa confiance. Le second lui a parlé avec la mo-

deftie qui convient à un jeune prince, encore
novice dans l'art de la guerre; mais il lui a en
même temps fait des objections savantes &
profondes, qui annoncent un génie déjà mûri
pour les expéditions difficiles & les grands ex-
ploits. On ne doute pas que M. de *Guibert*,
de fon côté, n'ait mis à profit ces utiles leçons
& ne s'en ferve pour perfectionner fon ouvrage,
ou pour en faire un autre.

1 *Décembre* 1773. Cette tragédie (*Bellero-*
phon) n'eft qu'en quatre actes. Le premier repréfente une avant-cour du palais du roi de Lycie,
au fond de laquelle s'élève un grand arc de
triomphe, & au-delà on découvre la ville de Patare, capitale du royaume. Là veuve de *Pretus*, roi
d'Argos, toujours amoureufe de *Bellerophon*, qu'elle
a fait envoyer par fon époux à cette cour étrangere, fous prétexte qu'il lui vouloit infpirer une
coupable ardeur, vient l'y chercher depuis que
la mort de fon mari l'a rendue libre. Elle apprend que ce héros, vainqueur de tous les dangers que lui a fait affronter le monarque de Lycie, fon gendre, eft épris de la fille de ce prince,
& va l'époufer. Elle reproche au roi de n'avoir
pas fatisfait les défirs de fon beau-pere, & le
fomme de remplir fa parole, & d'en acquitter
la vengeance : il fe défend; elle le menace de
fon reffentiment & s'en va. Une troupe d'Ama-
zones & de folimes enchaînés, dont ceux qui
les conduifent portent les armes, entre, &
forme une efpece de triomphe pour *Bellerophon*,
leur vainqueur. Il arrive après que ces captifs
ont paffé devant le monarque & pris leur place :
ont ôte leurs fers, & ils deviennent libres.

La décoration du fecond acte, s'ouvre par un

Jardin délicieux, au milieu duquel paroît un berceau en forme de dôme, soutenu à l'entour de plusieurs termes. Au travers du berceau on découvre trois allées, dont celle du milieu est terminée par un superbe palais dans l'éloignement. La fille du roi de Lycie se félicite de son hymen avec *Bellerophon* qu'elle aime; mais la reine d'Argos n'ayant pu inspirer à ce dernier la même passion dont elle brûle pour lui, a recours à un magicien amoureux d'elle, à qui elle promet sa main, s'il peut la venger. A l'instant le jardin disparoît, & l'on voit à sa place une espece de prison horrible, taillée dans les rochers, & percée à perte de vue, avec plusieurs chaînes, cordages & grilles de fer qui le renferment de toutes parts. Les enchantements commencent; la terre s'ouvre, & l'on voit sortir trois monstres qui s'élevent au-dessus de trois buchers ardents, l'un en forme de dragon, l'autre en forme de lion, & le dernier de bouc. Danses & chants; la terre s'ouvre, & les magiciens descendent aux enfers.

Le théâtre, au troisieme acte, représente le vestibule du temple fameux où *Apollon* rendoit ses oracles dans la ville de Patare. Le temple s'ouvre. La reine déclare au roi de Lycie, consterné, que les calamités qui vont accabler son état, ne sont dues qu'à sa négligence à venger *Prétus* par la mort de *Bellerophon*. Il vient consulter le dieu. *Bellerophon* demande à aller combattre le monstre: cérémonie des sacrifices pour obtenir un oracle. On immole une victime; on jette le cœur & les entrailles dans le feu; le grand-prêtre les examine; l'autel s'enfonce, & la Pythie sort de son antre, les cheveux épais:

on entend en même temps de grands éclats de tonnerre, le temple s'ébranle, & on le voit tout brillant d'éclairs : la Pythie s'incline vers la terre, tandis qu'*Apollon* paroît. Il prononce un oracle ambigu, qui déclare qu'un fils de *Neptune* appaisera le courroux céleste, & qu'il faut lui donner la princesse. Inquiétude de *Bellerophon* qui se croit fils de *Glaucus*. La Pythie s'enfonce dans l'antre d'où elle est sortie, & le peuple se retire. Les deux amants redoublent de tendresse & d'ardeur malgré l'oracle.

Des rochers très-hauts & très-escarpés, couverts de sapins & d'autres arbres solitaires, forment d'abord la décoration de la scene, au quatrieme acte. Dans le fond du théâtre, paroît un rocher immense qui en remplit toute la hauteur ; il est entouré des mêmes arbres. Il est percé par trois grottes, au travers desquelles on découvre un paysage à perte de vue. *Bellerophon* se dispose à combattre le monstre. *Pallas* arrive dans un char de nuages, du côté droit du théâtre, & en même temps on voit un char vuide qui descend jusques sur le théâtre, du côté gauche. Elle invite le guerrier à monter dans ce dernier, pendant qu'on entend le peuple qui exprime sa désolation. La chimere se montre au fond du théâtre, & *Bellerophon*, monté sur Pegase, fond du haut des airs. Après plusieurs combats, le monstre est tué. Joie universelle. La décoration change : le théâtre représente une avant-cour d'un palais élevé dans la gloire ; on y monte par deux degrés qui forment les deux côtés de cette décoration en ovale, & qui sont enfermés de deux bâtiments d'architecture d'une hauteur extraordinaire. Les deux degrés, & la galerie qui les environne, font remplis des peuples de Lycie, raffemblés en ce lieu pour y recevoir *Bellerophon* que *Pallas* y ramene après la victoire, & dont elle dévoile la naiffance : ce qui explique la vérité de l'oracle.

On voit par fa defcription que cet opéra offre un magnifique fpectacle, où les danfes variées & pittorefques font amenées naturellement, & tiennent à l'action. Quant au poëme ; il eft écrit avec une molleffe, un fentiment & une onction dignes de *Quinault*. Il eft fâcheux que le peu de répétitions de ce fpectacle ait empêché que l'exécution ne fût auffi parfaite qu'elle devoit l'être.

2 *Décembre*. Enfin il paroît décidé que les fermes iront à la bibliotheque du roi. Cette tranflation eft arrêtée pour le commencement du bail, c'eft-à-dire, pour le mois d'octobre 1774. La bibliotheque doit être renvoyée au Louvre, fuivant l'arrêt du confeil rendu à ce fujet, il y a près de dix ans, & refté fans exécution. On affure auffi que M. le contrôleur-général eft décidé à fignaler fon intendance des bâtiments, par la terminaifon du Louvre, fuivant la maniere indiquée.

Il fe préfente déjà une compagnie qui offre dixfept cents mille francs de l'hôtel des fermes.

Malgré ces projets & ces apparences, la double tranflation dont il s'agit, offre tant de difficultés, & doit entraîner de fi groffes dépenfes, qu'il eft plus vraifemblable encore qu'elle n'aura pas lieu.

2 *Décembre*. Il y a depuis long-temps un dépôt des plans & des cartes de la ma-

rine, à la tête duquel est ordinairement un officier-général, aujourd'hui sous l'inspection seulement de M. *Chabert de Cogolin*, capitaine des vaisseaux du roi & membre de l'académie des sciences; mais cette partie étoit trop négligée. M. de *Boynes* a fort à cœur de la remonter & d'y ramasser sur-tout beaucoup de matériaux anglois, dans l'idée d'y puiser des instructions & des connoissances très-utiles, propres à perfectionner la théorie de nos marine.

2 *Décembre*. On a repris la tragédie d'*Orphanis*, depuis la fin du voyage de Fontainebleau, & par un revers commun aux gens célèbres dans tous les genres, M.le. *Raucourt*, l'idole du public, a été sifflée, il y a quelques jours, de la maniere la plus humiliante.

3 *Décembre*. M. le prince de *Conti*, dont le goût pour le plaisir ne se ralentit point, mais qui n'a aucun attachement durable, vient de reprendre pour son usage, madame *Larrivée*, qu'il avoit honorée autrefois de sa faveur, & dont il a vraisemblablement tellement oublié la jouissance, qu'elle est devenue un morceau neuf pour son altesse.

4 *Décembre*. Le sieur *Marin* commence son mémoire par une citation du poëte *Saadi* contre l'ingratitude. Il restitue ensuite les faits tels qu'il les prétend s'être passés, & de son récit il résulteroit qu'il ne s'est immiscé dans l'affaire que comme ami du sieur *Caron*, bien loin de l'avoir fait comme ami du sieur *Goezman*; qu'il ne connoissoit le dernier que pour avoir approuvé quelques-uns des ouvrages de ce magistrat auteur, lorsque le sieur *Marin* étoit chargé de la librairie sous

M. de *Sartines*. Il trace enfuite le plan de la machination de fon adverfaire ; il y oppofe fes réfutations & nie fur-tout le propos atroce qu'on lui impute contre le fieur *le Jay* : il colore le tout du mieux qu'il peut & s'appuie beaucoup du mémoire du fieur *Dairolles* ; il fait en outre une fortie effroyable fur le fieur *Gardanne* médecin , qui doit fon exiftence , fon bien - être , fon état au fieur *Marin*, & le déchire aujourd'hui cruellement, & eft regardé par fon bienfaiteur comme le principal inftigateur des accufations du fieur de *Beaumarchais* contre lui.

Ce *factum* , moins mal fait que les précédents , eft d'une méchanceté qui plaît toujours au public ; fans réfuter victorieufement toutes les accufations intentées contre l'orateur , il inculpe fortement le Sr. *Caron*; il l'accufe fur-tout de propos , de plaintes, de déclamations graves,propres à le compromettre par des réticences cruelles qui pourroient engager le miniftere public à s'immifcer dans le procès, & à requérir que le fieur *Marin* fût interrogé fur faits & articles.

4 *Décembre*. Le fieur *Quinquet* eft un clerc de procureur , âgé de dix-neuf ans , beau de figure , grand , bien bâti , annonçant beaucoup de vigueur. Il s'eft rendu en *domino* au bal mafqué donné à Ver - failles pour une des fêtes occafionnées pour le mariage du comte d'*Artois* : comme le grand nombre des mafques , il s'eft trouvé dans la bagarre où madame la comteffe *Dubarri* étoit fur le point d'être étouffée ; il eft allé à elle , il l'a prife fous le bras , l'a raffurée , l'a garantie de la preffe excitée vraifemblablement par des filoux qui méditoient de lui voler le fuperbe collier de diamants qu'elle avoit , l'a remife faine & fauve en lieu de fûreté &

entre

entre les mains du roi. Interrogé quel il étoit,
ce qu'il vouloit; il a déclaré qu'il n'étoit rien
& ne vouloit rien : il a long-temps résisté
ainsi aux instances de la favorite pour le connoître & lui témoigner sa reconnoissance : enfin
il s'est démasqué, & son visage n'a pu qu'exciter un plus grand intérêt en sa faveur. Il paroît que madame *Dubarri* presse vivement sa
majesté de faire la fortune de ce jeune homme, auquel elle doit la vie. Il a eu rendez-vous
à Versailles, & l'on assure qu'il jouit déjà d'une
pension sur la cassette; mais qu'il n'en restera
pas là.

Un nommé *Maton*, autre particulier, est cité
pour un trait d'adulation ingénieux & qui a très-
bien pris C'est aussi au bal masqué où s'est pas-
sée la scene. Il s'est habillé en Turc, vêtement qui
alloit très-bien à sa haute & droite stature; il a
fait sensation dans le bal par la richesse de sa
décoration, au point que tout le monde s'écrioit :
Ah! le bel Orosmane! le superbe Musulman! On
l'a fait remarquer au roi, qui d'abord n'y a pas
porté une grande attention : le masque alors,
les bras croisés, s'est mis à fixer le monarque
d'une façon très-caractérisée, au point que sa
majesté l'a remarqué & à jeté ses regards éton-
nés sur lui. Alors, au moyen d'un petit ressort
qu'il tenoit tout prêt, son turban s'est entrouvert,
& sa majesté a pu lire distinctement un *vive le
roi* très-brillant. Le masque, satisfait d'avoir
réussi dans sa manœuvre, a fait jouer le ressort,
& le turban s'est refermé; il a affecté de se mêler
dans la foule, se doutant bien qu'il seroit suivi.
Effectivement le roi a su quel il étoit & l'on
prétend qu'il veut aussi lui faire sa fortune.

6 Décembre. On a donné famedi à Verfailles *Sabinus*, tragédie lyrique de M. de *Chabanon*, & mufique du fieur *Goffec*. Il ne paroît pas que cet ouvrage ait pris beaucoup.

6 Décembre. A Warburton : telle eft l'adreffe d'un petit pamphlet en 4 pages de M. de *Voltaire* à cet écrivain, qui, pour l'avoir contredit à l'égard des Juifs, pour avoir pris la défenfe de ce peuple malheureux, effuie de la part du philofophe une bordée cruelle d'injures, dont on fait qu'il fait fouvent ufage au lieu de raifons.

Il paroît que ce *Warburton* eft un auteur vivant Anglois, qui a commenté *Shakespear* & écrit ce que M. de *Voltaire* appelle une rapfodie en quatre gros volumes, efpece de commentaire fur *Moyfe*.

6 Décembre. Vendredi dernier a été un jour remarquable dans l'univerfité par l'inauguration des nouvelles écoles de droit, dans lefquelles cette faculté s'eft enfin inftallée. Cette cérémonie publique s'eft faite avec beaucoup de pompe. C'eft M. de *Larlourcey*, profeffeur & doyen, qui l'a ouverte par un difcours latin, dans lequel il a reppellé les bienfaits du roi, qui non-feulement a fait bâtir ce monument moderne, mais a voulu le faire meubler de fon garde-meuble, & doit y mettre le comble à fes bienfaits par le don de fa ftatue dont eft chargé le fieur *le Moine*, & qui fera érigée au fein des écoles.

Afin de rendre la fête plus pleine & plus remarquable, on y a joint la réception d'un nouveau docteur qui a remporté au concours la chaire vacante ; il fe nomme *Sabourraux de la Bonnerie*. Ce qui a fourni matiere au refte du discours de l'orateur. Suivant l'usage des assemblées académiques, il a d'abord fait l'éloge du défunt, M. *Craffoux*, & ensuite celui du successeur, dont la modestie a, ce semble, eu moins à rougir, au moyen de la langue étrangere dans laquelle étoit enveloppé, pour ainsi dire, l'encens dont on le parfumoit.

Le discours fini, le récipiendaire est allé se revêtir de la robe rouge, & s'est présenté au doyen pour recevoir l'installation, qui consiste à supposer qu'on le revêt successivement de tous les ornements de sa dignité & à lui en expliquer le sens allégorique. La robe est une espece de bouclier, signe extérieur du courage, de la vigueur avec laquelle il doit défendre les loix confiées à son interprétation. On lui présente les livres de ces loix, fermés d'abord, pour qu'il comprenne avec quel soin il doit les tenir renfermés dans sa mémoire & dans son sein; ouverts ensuite, emblême de la publication qu'il doit en faire par ses enseignements. On lui met le bonnet carré sur la tête, caractere qui doit le désigner aux candidats comme autorisé à promulguer la doctrine de la faculté : le doyen lui met l'anneau d'or au doigt, symbole de l'alliance éternelle qu'il contracte avec elle ; il l'embrasse enfin en signe de concorde & d'union. Toute cette explication se fait en latin.

Après ce préambule, le Docteur de *la Bonnetrie* est descendu de chaire, & est venu donner l'accolade à M. de *Laverdy*, ancien ministre agrégé d'honneur ; il est remonté de suite embrasser les docteurs assis dans une chaire inférieure, prolongée à la droite de l'orateur, & de-là il est redescendu pour aller faire la même cérémonie aux agrégés, figurants de même à la gauche ; il est passé enfin dans la tribune à la place du doyen, qui la lui a cédée, & il a prononcé un *discours sur la gloire*.

Quoique, comme on l'a rapporté, tout se dise en latin, il y avoit beaucoup de femmes à la cérémonie, où assistent aussi les gens du roi.

9 *Décembre*. On assure que M. le maréchal duc de *Brissac* étant chez madame la comtesse *Dubarri* à lui faire sa cour, dans un excès de ravissement s'est trouvé ragaillardi au point de l'embrasser ; sur quoi le roi est intervenu : mais ce preux chevalier ne s'est point déferré, &, demandant respectueusement pardon de son audace, qu'il attribuoit à un délire du moment : « De quel heureux augure, SIRE, a-t-il dit, » n'est-ce pas pour votre majesté ! Quelle per- » spective de plaisir ne doit-elle pas entrevoir » dans la jouissance d'une beauté qui réveille » les désirs jusques chez un vieillard de mon » âge ? »

9 *Décembre*. Le sieur *Monval* de la comédie françoise, a composé une idylle sur la belle action de madame la dauphine à Fontainebleau ; il est allé à Versailles hier porter cette pièce à la princesse. On y trouve de la délicatesse, du sentiment, de la poésie, & une heureuse facilité. Si tous les comédiens avoient le mérite de celui-là, les auteurs ne répugneroient pas tant à se voir jugés par eux.

10 *Décembre*. L'évêque du Mans ayant prétendu que le professeur de philosophie chez les peres de l'oratoire de cette ville, dictoit des cahiers peu orthodoxes, en a porté des plaintes

au général. Celui-ci, après avoir fait examiner
la doctrine de l'accusé, a répondu au prélat
qu'il ne pouvoit faire au professeur l'injustice &
l'injure de le déplacer pour une accusation aussi
mal-fondée : sur quoi monseigneur en a référé
à la faculté de théologie, qui s'est assemblée
le jour de sainte Barbe, afin d'examiner les
propositions prétendues jansénistes. Il est reconnu
que ces cahiers sont ceux d'un ancien professeur
de Paris au college des Quatre-Nations, qui a
enseigné la philosophie pendant dix ans, sans
qu'on y ait rien trouvé à redire. M. l'archevêque
de Paris prend fait & cause pour son confrere,
& cet événement échauffe beaucoup la Sorbonne.
On espere que l'autorité arrêtera ces querelles,
qui tendent à ramener les troubles causés trop
long-temps par les malheureuses disputes du
molinisme & du jansénisme. Ce qu'il y a de
remarquable, c'est que M. de *Grimaldi*, évêque
du Mans, est un jeune prélat fort galant, fort
dissipé, connu par beaucoup d'étourderies & de
scandales, & passant pour ne pas croire infiniment en Dieu.

10 *Décembre.* Madame la comtesse *Dubarri*,
sentant l'impossibilité d'obtenir jamais les bonnes
graces de madame la dauphine, qu'elle s'est
aliénée irrévocablement par des propos où elle
déprisoit la figure de cette princesse, dont on
exaltoit la noblesse & les charmes, cherche à
s'impatroniser chez madame la comtesse d'*Artois*,
à laquelle son beau-frere est attaché comme
capitaine des Cent-Suisses de son altesse royale.
On ne peut juger encore si ces avances de la
favorite prendront à un certain point. On présume toutefois que M. le comte d'*Artois*, fort

F 3

attaché à M. le dauphin son frere , déroutera son auguste épouse d'une liaison si peu sortable.

10 *Décembre.* Dimanche dernier on a fait à l'église de Saint Sulpice une publication de bans qui a fait ouvrir les oreilles à tous les assistants. *Il y a promesse de mariage entre haut & puissant seigneur , &c. la Tour-du-Pin , &c. & très-haute & très-puissante demoiselle , &c. de Saint-André , fille mineure de cette paroisse.* Ce qui annonce que le mariage dont on avoit parlé depuis long-temps, & retardé pour des raisons qu'on ignore, va se conclure enfin. Le roi a donné en outre des lettres-patentes à la demoiselle , par lesquelles elle est reconnue issue d'une maison ancienne, dont les titres sont détériorés , perdus. &c. Ainsi nul doute aujourd'hui que ce ne soit une bâtarde du roi.

11 *Décembre.* Le sieur *Dauberval*, fameux danseur de l'opéra , & le plus agréable au public par des pantomimes gaies & faciles, n'a point paru du tout aux fêtes de Versailles , & y a produit un grand vuide. Il est parti ou se dispose à partir pour la Russie : on lui offre à la cour de l'impératrice un sort considérable. Il paroît que le dérangement de sa fortune lui fait prendre ce parti violent. D'ailleurs il aspiroit à la place de maître des ballets de la cour : il en avoit traité avec le sieur *Laval*; mais les sieurs *Vestris* & *Gardel* se sont plaints qu'on leur enlevât une dignité à laquelle ils avoient un droit antérieur par leur ancienneté : le premier d'ailleurs a prétendu que le genre de *Dauberval* ne devoit jamais le faire regarder que comme un baladin, un sauteur, & ne pouvoit s'assimiler

au fien : le fecond , maître à danfer de madame la dauphine , a intéreffé cette princeffe , & le marché du fieur *Danberval* a été caffé.

13 *Décembre*. On parle de plufieurs autres mariages de femmes diftinguées de la cour, femblables à celui de la duchefle de Chaulnes, aujourd'hui madame *Giac* , & même plus in-décents que le fien. On ajoute que le roi a dit plaifamment à ce fujet , qu'il y auroit bien des tabourets à envoyer au garde-meuble. Il femble que ces femmes dévergondées n'attendoient qu'un exemple pour donner un libre cours à leurs extravagances. La maréchale d'*Eftrées* eft du nombre. Au refte, tous ces mariages ne font pas auffi fûrs que celui de la premiere. Il pour-roit fe faire que cette tournure ne fût qu'une méchanceté des courtifans pour dévoiler au public les amours illicites & peu glorieux de ces dames.

14 *Décembre*. *Sabinus*, tragédie lyrique, eft la tragédie d'*Eponine*, de M. de *Chabanon*, re-tournée & mife en mufique par le fieur *Goffec*. La fcene eft à Langres.

Dans le premier acte, le théâtre repréfente une place publique. Il roule fur le mariage de *Sabinus*, prince Gaulois, petit-fils de *Jules-Céfar*, avec *Eponine*, princefle Gauloife auffi. *Mucien*, Romain, gouverneur de la Gaule, fait annoncer qu'il s'oppofe à cet hymen, & que celle qui époufera *Sabinus*, doit périr. Cette menace ne fait qu'enhardir *Eponine* ; elle force fon amant à recevoir fa main. Il eft enrichi de danfes, d'abord gaies, enfuite féveres. La trom-pette fonne : appellés par elle, trois jeunes Gaulois s'échappent des bras de leurs maîtreffes,

F 4

qui arrivent après eux, & cherchent à les re-
tenir. Les trois jeunes guerriers cedent un moment aux séductions de l'amour ; mais l'instrument belliqueux les rappelle à leur devoir, & ils
brisent les guirlandes de fleurs dont ils sont
couverts. Leurs maîtresses partagent elles-mêmes
cet enthousiasme militaire, & ce sont elles qui
arment leurs amants : *Eponine* arme son époux,
& l'embrasse ; l'acte finit par une marche guer-
riere.

Au second acte, on voit la forêt sacrée des
druides : un autel est au milieu, & sur l'un des
côtés un antre fermé par des portes d'airain.
Eponine vient s'y informer de son destin : des
bergers, des bergeres, des pâtres, des pastou-
relles, des vieux & vieilles, & des enfants s'y
réfugient contre les horreurs de la guerre, & y
forment des danses diverses. Le grand druide
remplit toutes les formalités des mysteres redou-
tables de sa religion ; les portes d'airain s'ouvrent, touchées du guy de chêne, & il s'enfonce
pour consulter la divinité ; il sort échevelé.
Mucien vient enlever *Eponine* ; la forêt est abat-
tue, l'autel renversé, les Gaulois s'enfuient en
désordre.

Solitude affreuse, rochers, précipices, à l'ouverture du troisieme acte. Monologue de *Sabinus*
incertain de ce qu'il doit faire ; il apprend
qu'*Eponine* vit encore, il veut aller la secourir ;
le tonnerre gronde, la foudre tombe à ses pieds,
il recule ; le génie de la Gaule paroît devant
lui, & lui ordonne de descendre dans le tombeau de ses aïeux : pour affermir son courage,
il lui présente l'image des siecles futurs, de la
grandeur de la France. Le fond du théâtre

s'ouvre ; on voit *Charlemagne* fur fon trône, entouré des peuples de l'empire, ce qui amene un changement de décorations : fuccede une falle richement ornée & préparée pour des fêtes ; de-là des quadrilles de différentes nations de l'Europe attirées à ces fpectacles.

La vue extérieure du palais de *Sabinus*, où eft la fépulture de fes ancêtres, ramene un ton lugubre au commencement du quatrieme acte. Toute cette enceinte eft fermée par des murailles. *Mucien* ne pouvant difpofer *Eponine* à rompre fon hymen avec *Sabinus*, ordonne à fes foldats de mettre le feu au palais, croyant y faire périr ce héros : on exécute ce cruel ordre : une pluie de feu tombe des airs : le génie de la Gaule les traverfe fur un nuage enflammé : il tient un flambeau dans la main ; il le fecoue au-deffus des murailles, & elles s'écroulent. Les efprits de feu qui ont allumé l'incendie, achevent la deftruction du palais, & difparoiffent enfuite. L'incendie ceffe : on voit parmi les ruines & les débris un autel de pierre, fur lequel eft une urne, & au-deffus duquel font écrits des mots qui apprennent à *Eponine* que c'eft fon mari qui les a tracés : elle croit que ce vafe funéraire contient les cendres de *Sabinus*, elle s'en faifit, & l'embraffe en pleurant. *Mucien* arrive, auquel elle montre l'urne : le tyran eft auffi perfuadé de la mort de fon rival. Cette trifte fituation n'excite à aucune danfe.

Le coup d'œil lugubre continue au cinquieme acte. Le théâtre repréfente les fouterrains obfcurs où les princes Gaulois font inhumés ; *Sabinus* y eft, il fe renferme dans un tombeau qui eft au milieu du théâtre, & qui a de tout temps été

Ĩ 5

deftiné pour fa fépulture. *Eponine* y vient pleurer la mort de fon époux ; *Mucien* accourt pour prévenir le deffein qu'elle a de fe tuer fur le tombeau de fon mari. Elle fe fouftrait à fon empreffement, le poignard à la main, prête à fe frapper : *Mucien* la fuit ; le héros, fortant de fa retraite, fe faifit du bras d'*Eponine*, lui arrache le fer, provoque le tyran, & commence un combat : il tue fon adverfaire ; cependant *Eponine* eft allée avertir fes concitoyens de l'heureufe nouvelle. On fe retrouve fur la place publique, on entend un bruit de guerre, pendant lequel on voit les Romains défaits par les Gaulois ; le génie de la Gaule defcend dans toute fa gloire, & ramene les jeux & la danfe.

14 *Décembre*. Madame la comteffe *Dubarri* a acheté la maifon du fieur *Binet* dans l'avenue de Verfailles, & y fait travailler. M. le dauphin, en allant chaffer & paffant devant, a demandé ce que c'étoit. Sur le compte qui lui en a été rendu, ce prince a hauffé les épaules, & a paru s'indigner du fafte & de la dépenfe de cette dame.

15 *Décembre*. Pour l'intelligence de la piece fuivante, il faut favoir que M'le. *Laudunier*, dite *la Caille*, ancienne figurante de l'opéra, eft une éleve de madame *Gourdan*, fameufe prêtreffe de Vénus, qui, à tant de titres, a le droit de prêcher cette nymphe. Déjà Me. *Lingues* l'avoit fait connoître par une lettre aigre-douce, où, l'an paffé, il lui reprochoit les fruits amers qu'elle lui avoit fait cueillir au fein du plaifir. L'auteur de cette épître, frappé plus vivement, a cru devoir en avertir auffi le public pour fon falut, & prefcrire à la courtifane des leçons

utiles qu'il a mifes, afin de leur donner plus de
poids, dans la bouche de fa premiere inftitutrice.

Epître de madame Gourdan à Mlle. la Caille.

Bel enfant de l'amour; vous que ce Dieu propice
Auroit dû préferver de chancre ou chaudepiffe,
Dites-moi quel eft donc le monftre, le cruel,
Qui, d'un encens impur fouillant le facrifice,
N'a pas craint d'infecter la prêtreffe & l'autel !
Si vous le connoiffez, nommez, nommez le traître,
Pour le falut commun, faites-nous-le connoître.
Pouvoit-il ignorer, le dangereux mortel,
Qu'à mille honnêtes gens il préparoit des larmes,
Que le premier venu peut prétendre à vos charmes,
Et que par moi formée aux combats de Vénus,
Vous ne fûtes jamais ce que c'eft qu'un refus?
Du *Condon* cependant vous connoiffez l'ufage,
La Caille, & l'on peut lire aux faftes de Paphos
Que, dans les temps heureux de votre apprentiffage,
A chaque compagnon de vos galants travaux
Vous faviez le chauffer avec beaucoup d'adreffe.
Je conviens avec vous que la délicateffe
D'une fille d'honneur en doit beaucoup fouffrir.
Mais, ma chere, n'importe, il s'y faut affervir;
Il n'eft eau de *Preval* (*), ni vinaigre qui tienne ;
La vérole s'en f..., vous connoiffez la mienne :
Ces vains palliatifs n'ont pu me prémunir,
On ne nous donne, hélas ! qu'infideltes recettes ;
Le *Condon*, c'eft la loi, ma fille, & les prophetes!

_____

(*) Médecin qui prétend avoir une eau préferva-
tive, avec laquelle on peut affronter tous les dangers.

16 *Décembre.* Des deux évêques défignés par le roi pour les ifles du vent & fous le vent, eft un certain abbé de *la Roque*, ci-devant barnabite, & frere d'un premier commis ; dès qu'il a été nommé, il a quitté fon froc, il s'eft jeté dans le monde, & vit dans Paris & à la cour en prélat petit - maître, affichant le luxe & la galanterie. Ce fcandale offufque M. l'archevêque de Paris, & le prélat de mœurs aufteres ne veut pas laiffer fubfifter plus long-temps dans le monde ce moine dépayfé. Comme cet évêché prétendu fouffre beaucoup de difficultés à Rome, & même de l'impoffibilité, M. de *Beaumont* va travailler à faire rentrer dans fon cloître l'abbé de *la Roque*, ainfi qu'il y a repouffé, il n'y a pas long-temps, des bénédictins abbés fe plongeant trop dans les vanités du fiecle.

16 *Décembre. Orphanis*, dont on a repris depuis long-temps les repréfentations, continue à aller, parce que tout va : cette tragédie peu améliorée, en eft à fa dixieme réprefentation.

18 *Décembre.* Un duel arrivé lundi dernier excite aujourd'hui l'attention de Paris, tant par fes circonftances, que par la difficulté d'en approfondir l'origine & les détails. On fait en général que le comte de *Rouault Gamache* a été bleffé à mort fur le champ de bataille, tranfporté chez un chirurgien voifin qui n'a voulu lui rien faire, & qu'il y a expiré, fans vouloir nommer fon adverfaire. Quant au combat, les deux rivaux arrivés, chacun d'un bout de la rue des Prouvaires, ont fait mettre en travers leur voiture, & fe font ainfi formé une lice inabordable. On a trouvé au cadavre une bleffure à gauche, ce qui annonce que le vainqueur étoit

gaucher, ou avoit changé son fer de main. Quoi qu'il en soit, on a beaucoup varié sur lui, & l'on prétend constaté aujourd'hui que c'est un M. *le Prêtre*, officier, chevalier de Saint-Louis, fils du *le Prêtre*, trésorier de l'ordinaire des guerres. On veut que celui-ci fit avec trop de soin la cour à la femme de M. de *Gamache*, son ami, mais dont la jalousie s'est manifestée d'une façon si vive, que l'autre a été forcé de se défendre. Au reste, le roi lui-même a semblé désirer que l'affaire n'eût point de suite, s'il a déclaré que *Gamache* étoit mort d'un coup de sang.

19 *Décembre*. le Wauxhall d'hiver de la foire St. Germin, a eu permission d'ouvrir de bonne heure & de donner son spectacle deux fois par semaine, à cause de la brièveté du carnaval. Pour varier, on a permis au directeur de fournir cette salle à un concours d'armes. Tous les éleves qui y ont tiré, étoient masqués.

19 *Décembre*. On croit que les directeurs de l'opéra, quand ils seront débarassés des spectacles de la cour, & que les acteurs auront pris du repos, donneront à Paris, *Sabinus*, du moins c'est leur projet ; ce qui alarme les amateurs regardant, cet opéra comme très-mauvais. Il est certain qu'il est on ne peut plus triste, mais on y trouve de grands morceaux de musique & des airs de danse délicieux.

20 *Décembre*. Le troisieme mémoire du sieur de *Beaumarchais*, paroît enfin aujourd'hui pour les juges, & ne sera rendu public que demain. Il a pour titre : *Addition au Supplément du Mémoire à consulter pour* Pierre - Augustin Caron, *&c. servant de Réponse à madame* Goëzman *accusée; au sieur* Bertrand d'Airolles, *accusé; aux*

ﬁeurs Marin , *gazetiers de France*, & d'Arnaud Beculard , *conﬁller d'ambaﬁade*, *aﬁgnés comme témoins.*

Il eﬅ foufcrit d'une confultation en date du 18 décembre, ﬁgnée *Bidault*, *Ader*: il eﬅ plus volumineux que les précédents, & la porte de l'auteur eﬅ déjà inveﬅie de curieux qui le follicitent pour en avoir des exemplaires.

22 *Décembre*. La princeﬁe de *Talmont* vient de mourir d'une ﬂuxion de poitrine. C'étoit une femme d'efprit, fort extraordinaire. Elle étoit proche parente de la feue reine, & a inﬅitué fa légataire univerfelle, madame *Adélaïde*.

32 *Décembre*. Au premier acle (d'*Ernelinde*) le théâtre repréfente l'intérieur de la cour d'un palais, dans la partie la plus proche de la demeure du fouverain: des façades fur les ailes. Cette cour paroît féparée par des baluﬅrades: fur les côtés, des avant - cours; des morceaux de fortiﬁcation font la partie éloignée dans la perfpective. On voit d'un côté fur le devant, un autel confacré au dieu *Oden*, ou *Mars*. La fcene commence par les efforts d'*Ernelinde* pour empêcher fon pere d'aller à la défenfe de fon palais aﬁégé. Elle n'y peut rien; il la quitte, elle tombe évanouie au pied de l'autel. *Sandomir*, amant de la princeﬁe, mais au rang de fes ennemis, fe montre au milieu de la breche, fuivi de fes foldats; il vient à elle, la raﬁure. *Riccimer*, le vainqueur, arrive porté fur un pavois: les autres guerriers viennent fucceﬁivement fur le théâtre par la breche, à travers laquelle on découvre le camp des aﬁiégeants, & pluﬁeurs de leurs machines de guerre.

Le monarque donne une couronne de laurier à *Sandomir*; celui-ci ne demande qu'*Ernelinde* pour partage. Cependant on dreſſe un trône à *Riccimer*, décoré d'ornements militaires & de richeſſes enlevées dans le palais de *Rodoald*, pere d'*Ernelinde*. Les ſoldats en dreſſe un autre au général, qui eſt aſſis à la droite de *Riccimer*: celui-ci a devant ſes yeux les récompenſes militaires qu'il fait diſtribuer par des Suédoiſes armées. Les danſes de cet acte ſont toutes guerrieres, & conſiſtent ſimplement en marches.

On voit, au ſecond acte, l'intérieur du palais des rois de Norwege. Le vainqueur apprend à *Sandomir* ſa paſſion pour *Ernelinde*; rage de celui-ci : le roi ordonne qu'il s'éloigne avec ſes vaiſſeaux Danois : il ſe pique de générofité envers les vaincus, les fait déchaîner; ce qui amene un ballet pantomime. Des bergers & des bergeres jouiſſent des plaiſirs de la vie champêtre, des guerriers & des guerrieres viennent les troubler; la paix & ſes compagnes paroiſſent, s'avancent & uniſſent les guerriers aux bergeres, & les bergers aux guerrieres.

Un port de mer fixe les yeux au troiſieme acte : on voit des vaiſſeaux à la rade, des barques mobiles ſur le devant, de longues jetées, un phare en partie démoli : ſur l'un des côtés eſt un palais d'une architecture détruite à moitié, des baſes, des chapiteaux, des tambours de colonnes renverſées ſur les perrons. *Ernelinde* implore la clémence de *Riccimer* pour ſon pere : le vainqueur veut lui rendre ſa couronne s'il lui donne ſa fille : refus de l'un & de l'autre; *Sandomir* dont les ſoldats & les matelots ſe diſpoſoient à partir, leur ordonne de reſter, &

veut venger son amante & *Rodoald*. Le roi de
Suede menace de faire périr le pere & l'amant
d'*Ernelinde*, si elle ne l'épouse ; elle tombe dans
une espece de délire : on l'entraîne.

Au quatrieme acte, le théâtre représente une
prison ; vers le fond on apperçoit divers souterrains ; sur les côtés, plusieurs cachots fermés
par des grilles de fer. *Ernelinde* vient trouver *Sandomir* aux fers ; le pere de la princesse, sous
prétexte d'engager son amant à la céder à *Riccimer*, profite de sa liberté pour ranimer ses
soldats & ses peuples : point de danse.

Le cinquieme acte s'ouvre par la vue d'un
temple magnifique, où tout est préparé pour le
couronnement & l'hymen d'*Erlinde*, que *Riccimer* croit avoir été déterminée à l'épouser.
A l'instant on lui annonce que tout est révolté.
Il court au combat. *Rodoald* arrive vainqueur,
se re oint à sa fille & à *Sandomir* : *Riccimer* survient ; son rival engage *Rodoald* à lui pardonner, à lui rendre son épée ; le captif s'en sert
pour se tuer ; on l'entraîne, & l'on célebre
l'hyménée du prince Danois avec la fille du roi
de Norwege.

23 *Decembre*. C'est de madame *le Prêtre* dont
le comte de *Gamache* étoit amoureux ; & c'est
à la comédie italienne où le mari a trouvé sa
femme dans la loge de son amant, qu'a été
donné le défi ; ce qui est la leçon la plus vraisemblable de cette malheureuse histoire.

24 *Décembre*. C'est effectivement *Sabinus* que
l'académie royale de musique se propose de donner, mais réduit en quatre actes, à cause de
l'un des cinq où il n'y a point de danse, & que
l'on refond dans le cinquieme.

24 *Décembre.* Le troisieme mémoire du sieur de *Beaumarchais*, est couru avec plus d'avidité encore que les premiers, par le scandale que cause son affaire qui acquiert de plus en plus une publicité générale. Celui-ci ne paroît cependant pas aussi bien fait que les autres; il est plus décousu; il y a moins de gaieté franche; les injures n'y sont pas aussi finement déguisées, & l'humeur perce fréquemment. Les gens de qualité sont sur-tout furieux d'y voir inculper un officier-général de la façon la plus injurieuse; c'est le comte de *la Blache*, qui y est indiqué en toutes lettres, & assez maltraité en plusieurs endroits; il est question des cinq cents louis que l'on a prétendu qu'il avoit fournis au sieur *Goezman*, & qui avoit fait pancher la balance de son côté. Le président de *Nicolaï*, les sieurs *Nau de Saint-Marc* & *Gin*, autres membres du nouveau tribunal, n'y sont pas plus ménagés; mais le plus maltraité est le sieur *Marin*, le gazetier de France. On ne croit pas qu'il puisse se dispenser de répondre aux reproches graves & diffamants, articulés contre lui, d'autant que ce mémoire aussi répandu & plus fêté que la gazette, doit percer dans les deux mondes. On espere que l'anecdote du palais arrivée le jour de la séance, fournira matiere au sieur de *Beaumarchais*, pour s'égayer sur le compte du président de *Nicolaï*, & nous faire rire aux dépens de ce magistrat qui prête infiniment aux sarcasmes.

26 *Décembre.* On a dit que la princesse de *Talmont* étoit très-singuliere, même un peu folle, & son testament en a fourni la preuve. Elle étoit Polonoise, & avoit demandé par ce der-

nier acte à être inhumée suivant la méthode de
sa nation, c'est-à-dire, toute habillée : elle avoit
désigné la robe superbe avec laquelle elle devoit être portée à sa paroisse dans un fauteuil,
le visage découvert ; en un mot, elle exigeoit
qu'on suivît en tout le rite polonois ; mais l'archevêque de Paris s'est opposé à cette nouveauté,
& la princesse a été inhumée à Saint-Sulpice,
à la françoise.

27 *Décembre.* Dans le premier acte de la pas-
torale héroïque d'*Issé*, le théâtre représente un
hameau. *Apollon* déguisé en berger, sous le
nom de *Philemon*, est amoureux d'*Issé*, nymphe,
fille de *Macarée* : *Pan*, aussi déguisé en berger,
confident d'*Apollon*, en conte à *Doris*, sœur d'*Issé* ;
mais il fait l'amour à la françoise en petit-
maître : le dieu du jour, au contraire, est sérieusement épris, & met beaucoup de délicatesse & de défiance dans son intrigue. *Hylas*,
berger véritable, autre amant d'*Issé*, est encore
dans un genre différent : c'est l'héroïsme de
l'amour pour la fidélité, le dévouement, la
constance. Quoiqu'il ait lieu de présumer
n'être pas écouté, il vient donner une fête à la
nymphe. Ce divertissement, & par le chant &
par la danse, tend à fléchir le cœur d'*Issé*.

On voit à l'ouverture du second acte, le palais d'*Issé* & ses jardins. *Apollon* survient, il fait
sa déclaration, & elle se défend de façon à faire
juger de son retour. *Pan* traite la chose plus
cavaliérement avec *Doris* ; il se donne tout
uniment pour un volage, il exhorte sa suite à
célébrer l'inconstance : ce qui donne lieu à des
danses & à des chants caractérisés & très-op-
posés à ceux du premier acte.

La forêt de Dodone offre une nouvelle scene au troisieme acte : *Issé* vient y consulter l'oracle sur son amour ; elle trouve *Hylas* qu'elle désespere par sa froideur. *Pan* y forme une épisode avec *Doris*, qui consent enfin à la passion de cet amoureux, & veut essayer s'il lui apprendra à changer, ou si elle le rendra fidele. Enfin le grand - prêtre fait parler l'oracle pour *Issé* ; il prédit à la nymphe qu'*Apollon* doit être aimé d'elle : les prêtres & les prêtresses, les dryades, les sylvains viennent en conséquence rendre hommage à cette nouvelle souveraine. De-là, un divertissement d'un troisieme genre, amené naturellement encore.

Issé paroît dans une grotte, au quatrieme acte : elle s'y plaint amérement de l'amour qu'*Apollon* ressent pour elle ; elle déclare qu'elle ne changera pas pour ce dieu le fidele berger qu'elle aime. Elle entend une symphonie douce ; danses agréables, formées par les songes flatteurs. *Issé* s'endort : *Hylas* la cherche de nouveau, la trouve endormie, apprend à son réveil qu'elle a cru être aimée d'*Apollon*, mais qu'elle ne changera point de passion ; qu'elle préfere *Philemon*. *Hylas*, voyant qu'il a contre lui & l'amour & la gloire, s'en va sans retour.

Au cinquieme acte, *Issé* ayant appris les inquiétudes de *Philemon* sur la passion d'*Apollon*, vient rassurer le berger : ce qui donne lieu à une scene de tendresse entre eux deux dans une solitude. Le théâtre change tout-à-coup, & représente un palais magnifique : on voit les Heures sur des nuages, tout annonce l'arrivée d'*Apollon*: l'inquiétude de la nymphe redouble ; elle tremble pour *Philemon*, qui se découvre enfin ; ce qui amene un superbe divertissement composé des peuples des différentes parties du monde.

28 *Décembre.* Extrait d'une lettre de Sens, du 25 décembre.... On a célébré ici, le 20, le service annuel pour feu monseigneur le dauphin. M. le comte *du Muy*, menin de ce prince & son favori, qui a fait creuser sa tombe auprès de son ancien maître, y étoit avec l'édification qu'il donne toujours; mais il a offert un spectacle plus chrétien encore, il a voulu descendre dans son caveau, & y repaître ses regards de toute l'horreur que doit inspirer un lieu pareil. Cette action a fait frémir les autres courtisans assistants à la cérémonie.

29 *Décembre.* On a lu dans le *Mercure*, des vers d'un seigneur Russe, prétendu en l'honneur de M. de *la Harpe*, que cet adjoint au journal en question y avoit insérés modestement; ce qui a donné lieu à l'épigramme suivante, qu'on attribue à un M. *Guinguené*, débutant dans la carriere :

N'a pas long-temps, un seigneur Moscovite,
Grand connoisseur, d'un pauvre auteur sifflé
En vers françois a prôné le mérite,
Dont le rimeur, d'orgueil tout boursoufflé,
Dans son *Mercure* a colloqué l'épître.
Or, mes amis, savez-vous à quel titre
Telle patente il a pu mériter ?
Ses vers qu'ici nul ne veut écouter,
Ont à Moscou charmé plus d'une oreille :
Chacun y dit : ma foi, sans le flatter,
 Ce François-là parle Russe à merveille !

29 *Décembre*. Extrait d'une lettre d'Amster-
dam, du 24 décembre.... On devoit imprimer ici un journal intitulé *l'Observateur Hollandois à Paris*; il étoit annoncé par un prospectus
très-répandu : M. le comte de *Noailles* ambassadeur de S. M T. chrétienne auprès des États Généraux, s'est alarmé de cet ouvrage sans le connoître ; il a remué ciel & terre pour en empêcher la publication : enfin il y a eu prière à
l'imprimeur de la suspendre, & une prière dans
une état républicain équivaut à une défense dans
un état despotique.

30 *Décembre*. Ce matin M. de *Saint - Auban*,
officier-général d'artillerie & cordon rouge, se
promenoit sur les boulevards à cheval, ainsi
qu'il fait tous les jours. Un autre cavalier l'a
suivi long-temps, enfin l'a abordé, lui a demandé
s'il n'étoit pas M. de *Saint-Auban* ? Celui-ci ayant
répondu, « oui, je le suis. Et moi, je me nom-
» me le baron de *Chargey*, neveu de M. de
» *Bellegarde*, a dit alors l'inconnu : vous êtes
» l'instigateur de la persécution de mon oncle
» & du jugement infame qu'il a subi, rendez-
» m'en raison. » L'officier-général a déclaré y
être disposé ; mais ne le pouvoir dans ce moment, où ses pistolets n'étoient point chargés....
L'assaillant n'en a pas moins tiré le sien, &
sans blesser son adversaire, n'a percé que l'o-
reille du cheval ; il a mis soudain le sabre à la
main, & a voulu tomber sur M. de *Saint-Auban*,
qui par des caracoles adroites, a éludé tous les
coups ; il s'est bientôt attroupé du monde, & le
jeune homme ayant perdu la tête, s'est mis à
fuir. M. de *Saint - Auban* l'a poursuivi quelque
temps, mais à la faveur d'embarras, son adver-

faire lui a échappé. L'officier-général est allé faire sa déposition à M. de *Sartines* qui, au signalement, a reconnu le personage: il en a écrit en cour, & cette querelle contée ainsi par M. de *Saint-Auban*, si les circonstances sont vraies, doit avoir les suites les plus funestes pour le baron de *Chargey*.

31 *Décembre*. Depuis quelque temps on parle de disparates de M. de *Boynes*; on prétend qu'il lui en est échappé dans le conseil; les partisans de ce ministre disent que c'est un bruit faux, accrédité méchamment par le chancelier qui, après s'être servi de l'exellente tête de M. de *Boynes* pour ses opérations, le redoute aujourd'hui qu'il n'en a plus besoin & voudroit le perdre. Quoi qu'il en soit, on raconte que madame de *Boynes*, à ce propos, s'est écriée plaisamment : *si mon mari manque par la tête, il ne manque pas par tous les bouts.* En effet, cette dame est d'une fécondité merveilleuse.

1 *Janvier* 1774. Le suicide des deux dragons a fait un bruit considérable, &, malgré la vigilance de la police pour empêcher que leur testament de mort ne perce dans le public, il est répandu, & chacun en prend copie. Le marquis de *Monteynard*, en rendant compte au roi de ce fait, a voulu faire entendre à sa majesté que c'étoit un délire : le monarque par un signe de tête très-négatif, lui a donné à comprendre qu'il n'étoit point dupe de cette tournure, qu'il n'en croyoit rien, & lui a tourné le dos.

3 *Janvier*. « Le sieur *Beaumarchais*, dit-il, » (le sieur *Marin*) mettant le comble à son » audace, vient de le diffamer de nouveau dans » un troisieme libelle encore plus atroce que les

» premiers. Cet homme , après avoir infulté
» à la majefté des loix , injurié la magiftra-
» ture entiere , bravé le tribunal qui doit le
» condamner , outragé des citoyens honnêtes
» qui ne l'ont point offenfé , notamment le
» fuppliant , vendant publiquement contre les
» arrêts de la cour , les réglements de la
» librairie , les devoirs de l'honnêteté, ce que
» fa noire méchanceté lui fait imprimer ; por-
» tant la frénéfie jufqu'à accufer l'adminiftration
» dans fes premier & fecond libelles , enhardi
» par l'impunité , vient encore par la diffamation
» la plus atroce acufer un citoyen de crimes dignes
» de la plus grande punition. On lit entr'autres
» abominations dans ce libelle : *j'appelle un*
» *chat un chat , & Marin un fripier de mémoires , de*
» *littérature , de cenfure , de nouvelles , d'affai-*
» *res , de courtage , d'ufure , d'intrigues ,* &c. Impu-
» tations inouies , qui rendroient la perfonne du
» fuppliant infame Une fi affreufe licence , de
» telles calomnies , fi elles n'étoient réprimées
» promptement , feroient portées par cet homme
» audacieux au point de produire enfin des écrits
» qui femeroient la haine & la divifion parmi
» tous les ordres de la fociété, finiroient par ar-
» mer les citoyens les uns contre les autres : on
» ne pardonneroit ces attentats qu'à des peuples
» fauvages chez lefquels la nature , en laiffant à
» l'homme la liberté indéfinie , lui donne le
» droit de venger fes propres injures : la religion
» fainte & les loix ayant fagement mis des bor-
» nes à cette liberté naturelle , ont établi des
» juges pour réparer des offenfes publiques &
» particulieres : leur miniftere eft néceffaire &
» ne peut fe refufer à l'innocence opprimée par

» la vexation & la calomnie. Les outrages abo-
» minables faits au suppliant exigent une répara-
» tion prompte & éclatante : il réclame cette répa-
» ration. Ce citoyen, blessé dans son honneur
» qu'il préfere à la vie, iroit se jeter aux pieds
» du roi, pere & premier juge de tous ses su-
» jets, pour lui demander justice, s'il ne l'atten-
» doit de la cour, &c. »

. 3 *Janvier*. Madame la princesse de *Talmont*
avoit un mobilier considérable, qu'elle a distribué en grande partie par des dispositions particulieres envers ses amis & amies. Il paroît que
celle en faveur de madame *Adelaïde* a été peu
agréable à la cour & qu'on la regarde comme
une jactance qu'on y a tournée en ridicule. Elle
laisse cent mille francs aux Enfants-trouvés, à la
charge de cinq mille livres de rentes viageres à
plusieurs de ses domestiques.

3 *Janvier*. Sur le compte qui a été rendu au
roi de l'assassinat de M. de *Saint-Auban*, sa majesté a ordonné qu'on fît les perquisitions les plus
séveres du meurtrier, & qu'il fût puni suivant la
rigueur des loix En conséquence on lui doit faire
son procès criminellement. Des lettres anonymes qu'a reçu fréquemment ce officier-géreral
depuis le jugement de M. de *Bellegarde*, servi-
ront de base à la procédure. Jusqu'à présent le
baron de *Chargey* est réputé très-coupable, parce
qu'on n'a que la narration de M. de *Saint-Auban*;
mais les gens sages suspendent leur jugement, &
ne peuvent se persuader qu'un gentilhomme
connu jusques-là par des mœurs très-honnêtes,
ait médité une pareille atrocité; qu'il ait eu la
folie de vouloir l'exécuter en plein jour, sur les
boulevards, & qu'il ait eu la mal-adresse de s'y
prendre aussi gauchement.   4

4 *Janvier*. C'eft du feptieme livre des méta-
morphofes d'*Ovide* (fables 17 & 18) qu'eft pris
le fujet de *Céphale & Procris*. *Céphale* étoit un
chaffeur que l'*Aurore*, devenue amoureufe de lui,
avoit enlevé ; il avoit époufé *Procris*, nymphe de
Diane, & la déeffe ne pouvant lui faire oublier
cette époufe chérie, le renvoya en lui annonçant
dans fa colere qu'un jour il fouhaiteroit ne l'avoir
jamais revue. En effet , *Procris* jaloufe d'une
certaine *Aura*, que *Céphale* appelloit tendrement,
en fe repofant des fatigues de la chaffe, voulut
épier fon mari : cette *Aura* n'étoit autre chofe
qu'un vent rafraîchiffant, l'haleine légere des zéphyrs : au moment où fa tendre époufe, écou-
tant les exclamations vives de *Céphale*, fans en
voir le fujet, dans un accès de fa douleur exhaloit
fes plaintes ; celui-ci ayant entendu quelque
bruit, crut que c'étoit une bête féroce : il lance
fon javelot & perce fon époufe.

Au premier acte, on voit un bois d'un om-
brage agréable. L'*Aurore* ouvre la fcene , déguifée
en nymphe des forêts : à fa préfence les buiffons
fleuriffent & les oifeaux chantent : elle annonce
fon amour pour *Céphale* ; il arrive, elle fe cache ;
celui-ci fait la defcription de fon bonheur : l'*Aurore* paroît dans fon déguifement & , fous prétexte de fe plaindre d'un amour malheureux qui
la tourmente , par la crainte que *Diane* ne le
découvre, elle lui apprend que cette déeffe, dans
fa vengeance, a condamné *Procris* , une de fes
compagnes , à périr de la main de fon époux.
Douleur du chaffeur. La nymphe lui confeille
d'aller trouver l'*Aurore*, fille du dieu du jour ,
le frere de *Diane*, & de l'engager à fléchir la
déeffe courroucée. Elle le quitte. Survient *Procris* ;

Tome XXVII. G

à qui fon époux annonce l'arrêt fatal de *Diane* ; douleur de tous deux : cependant ils fe retirent aux approches des nymphes de la divinité des foréts, qui viennent célébrer la réception d'une jeune nymphe armée chafferefle : elles enfeignent à leur nouvelle compagne à fuir les pieges de l'Amour : l'une d'elles, ayant fur le front le bandeau de ce dieu, en imite toutes les rufes ; la jeune nymphe s'en défend & l'on applaudit à fon triomphe ; ce qui donne lieu à des danfes, à des chants & à une pantomime pleine d'expreffion.

Le théâtre change au fecond acte &. repréfente des nuées légeres qui environnent le palais de l'*Aurore* ; fur le prélude de la premiere fcene, une partie de ces nuées commencent à fe diffiper. Dans la premiere fcene, fur le devant du théâtre, l'*Aurore*, *Flore* & *Palès* font affifes, formant des guirlandes de fleurs : les Heures du matin reçoivent ces guirlandes des mains des trois déefies, & les font paffer aux Zéphyrs, qui vont en décorer le char & le palais de l'*Aurore*. Celle-ci, après avoir quelque temps déguifé fa paffion, eft obligée de l'avouer aux déefies : elle leur dit qu'elle attend *Céphale* & les invite à embellir fa cour pour le féduire : la cour de *Flore* & celle de *Palès* s'affemblent en danfant, les Heures fe mêlent avec elles : à l'arrivée de *Céphale*, l'*Aurore* fe retire avec fa fuite dans l'intérieur de fon palais. *Flore* feule refte fur le veftibule pour émouvoir *Céphale* en faveur de l'*Aurore*, qu'elle lui apprend être amoureufe d'un mortel, fans lui dire quel il eft ; elle lui montre les préparatifs de la fête difpofée pour lui : il veut attendre cet amant fortuné, afin de l'engager à folliciter la déefie en fa faveur. Divertissement occasionné par la cour de l'*Aurore*, qui environne *Céphale*, & s'empresse à lui plaire. Les nuages qui déroboient le palais de l'*Aurore* se dissipent : elle se montre sur son trône, au milieu de sa cour. Celle-ci se retire & la laisse seule avec *Céphale*. Il la reconnoît pour la nymphe qu'il a déjà vue. Elle lui découvre son amour, & veut le déterminer par la crainte de l'accomplissement des menaces de *Diane* : il résiste. Cependant le char de l'*Aurore*, & les Heures viennent avertir leur souveraine qu'il est temps d'annoncer le jour. Dernier effort de celle-ci pour un *quatuor* entre elle, *Flore*, *Palès* & *Céphale* qui est toujours rebelle : l'*Aurore* monte sur son char, & accompagnée des Heures du matin que portent de légers nuages, elle s'éleve dans les airs.

Au commencement du troisieme acte, on revoit la même décoration de l'ouverture. La jalousie annonce à sa suite son projet atroce. Pantomime du ballet, au milieu duquel la divinité cruelle paroît tout-à-coup transformée en nymphe, sous le même déguisement que l'Aurore dans le premier acte ; ce qui promet les plus funestes effets, dont la troupe infernale se réjouit. Elle se retire à l'arrivée de *Procris* ; la jalousie reste, & porte au cœur de cette malheureuse épouse son souffle empesté ; elle lui fait accroire que *Céphale* soupire pour *Aura*. Elle veut qu'elle en ait la preuve : toutes deux se cachent pour entendre *Céphale* exhaler sa passion, & celui-ci, entendant du bruit, lance son javelot, & perce sa femme. Il s'apperçoit de son crime ; la jalousie, pour comble d'horreur, se découvre, & certifie à *Procris* qu'elle est la cause

G 2

de son désastre. L'époux maudit l'Amour, puis l'invoque pour réparer son forfait. Le dieu vient avec toute sa cour, il ressuscite *Procris*. Dans ce moment paroît *Diane*, irritée contre l'amour qui lui dérobe sa vengeance, & le javelot à la main, elle veut elle-même s'élancer sur *Procris*. L'amour, portant la main à son carquois, la menace & la fait reculer de frayeur. Survient l'*Aurore*, à qui elle veut inspirer le ressentiment qui l'anime. L'Aurore plus douce l'invite à pardonner comme elle, & lui montre dans le jeune *Hesper* le vainqueur que l'Amour lui donne. *Hesper* est le dieu qui préside à l'étoile du matin. Il se joint à l'*Aurore* pour appaiser *Diane*; mais *Diane* plus indignée, se précipite à travers la foule des Plaisirs qui veulent en vain l'arrêter: comme elle va frapper *Céphale* qui défend *Procris*, & qui se présente à ses coups, l'Amour la désarme & la blesse. *Diane* tombe dans les bras de l'*Aurore*, & à l'instant même elle voit *Endimion* à ses genoux. Elle résiste & se défend; mais elle est réduite à se rendre; & ces deux couples, l'*Aurore* & *Hesper*, *Diane* & *Endimion*, enchaînés par les Plaisirs, viennent tomber aux pieds de l'Amour. Ariette & ballet général.

5 *Janvier.* L'aventure de M. de *Saint - Auban* continue à faire beaucoup de bruit; mais elle ne prend pas une tournure assez favorable pour lui, à cause de la diversité de ses dépositions, de celles de son laquais qui le suivoit à cheval. Cependant comme il est question de maintenir le respect & la confiance dus à un conseil de guerre; que celui de Lille occasionna aussi beaucoup de fermentation & de lettres anonymes, le roi veut que le procès soit fait pa

contumace au *quidam*, & l'on assure que la
plainte est rendue au Châtelet.

7 Janvier. M. de *Saint-Auban* a été fort mal
accueilli à Versailles. On désapprouve qu'il ait
poursuivi le baron de Chargey, & sur-tout qu'il
ait été faire sa déposition chez M. de *Sartines*.
Quoiqu'il ait la réputation d'un homme de
courage, on ne trouve pas qu'il se soit conduit
en loyal chevalier dans cette rixe.

7 Janvier. M. le duc d'*Aumont*, qui entre
de service cette année, en qualité de gentilhomme de la chambre, a congédié tous les
gens de l'opéra, & arrêté qu'il n'y auroit plus
de pareils spectacles à Versailles, comme trop
dispendieux, & peu amusants pour les princes
& princesses.

8 Janvier. Dès long-temps menacé d'une disgrace, le marquis de *Monteynard* reste toujours
in statu quo. Il n'a point ouvert le porte-feuille
depuis le voyage de Fontainebleau. Les courtisans sont dans l'attente, les ministres tourmen-
tent sa majesté qui a peine à se décider, & voudroit que M. de *Monteynard* offrît de lui-même
la démission. Celui-ci s'obstine à attendre les
ordres du maître : ce qui donne de l'humeur au
monarque. Depuis quinze jours il siffle fréquemment, & c'est à ce signe infaillible que ceux
qui ont l'honneur d'approcher de sa majesté,
reconnoissent qu'il n'est pas dans son assiette.

8 Janvier. Il est assez d'usage qu'au renou-
vellement de chaque année il paroisse des couplets sur les filles d'opéra, où l'on constate leurs
talents, leur galanterie, leurs aventures, les
noms de leurs amants, en un mot, tout ce qui
peut intéresser les paillards sectateurs de ce

fpectacle. On n'a pas manqué de chanfonner
celles de la génération actuelle dans deux vaudevilles, dont l'un eft un *noël à l'ufage de l'académie royale de mufique*, fur l'air : *Tous les bourgeois de Châtres*, &c. en trente-cinq couplets :
l'autre eft fur l'air *des mirlitons*. On n'y trouve
pas malheureufement cette gaieté piquante de
plufieurs autres plaifanteries du même genre ;
& celle-ci n'eft curieufe que pour conflater la
chronologie & le tableau très-mouvant de ces
demoifelles.

9 Janvier. Depuis le délire des deux jeunes
gens de Saint-Denis, & la publicité de leur finguliere cataftrophe, ainfi que de leur teftament
encore plus fingulier, quantité de particuliers
ont quitté la vie, fans dire pourquoi ; & l'on
préfume que l'exemple funefte des premiers n'a
pas peu influé fur ceux-ci.

9 Janvier. Depuis quatre mois on joue à
l'opéra l'*Union de l'amour & des arts*, & ce ballet
eft conftamment fuivi. On répete cependant
Sabinus.

10 Janvier. On parle d'une brochure très-
méchante contre les artiftes, en forme de *dialogues*. Elle eft extrêmement rare, & défole ceux
qui y font maltraités de la façon la plus cruelle,
entre autres le fieur *Pierre*.

11 Janvier. M. l'abbé de *Bulté*, jeune cha-
noine de l'églife de Paris, qui n'étoit encore que
diacre, a entendu la meffe le jour de l'an, a fait
fes aumônes à l'églife, eft rentré chez lui, a
donné les étrennes à fa cuifiniere & à fes autres domeftiques, eft refforti & n'a point reparu
depuis. Comme il eft de Blois, on a écrit à fes
parents qui n'en avoient point eu de nouvelles,

& font arrivés ici en diligence : on eſt à la recherche du perſonnage, ſur lequel on ne trouve encore aucun renſeignement. On ſoupçonne qu'il ſe ſera noyé, ſans qu'on ſache cependant qu'il ait eu aucune raiſon de prendre cet étrange parti.

12 *Janvier*. Dimanche dernier on a joué aux François *Eugénie*, drame du ſieur *Caron de Beaumarchais*, le héros du jour : on peut juger de l'affluence qu'il y a eu. A un certain endroit où il eſt queſtion de juge & de procès, on a applaudi à tout rompre. A la fin de la piece, on a demandé quand on joueroit ſon *Barbier de Séville*. Les hiſtrions n'ont tenu aucun compte de ces apoſtrophes du parterre, auxquelles ils n'ont pas répondu, ſuivant leur impertinence habituelle. Mais l'auteur ayant paru aux foyers après la piece, a été entouré & conduit en triomphe à ſon carroſſe, à peu près comme *Wilkes* l'étoit autrefois en Angleterre.

Mardi dernier la même foule s'étoit portée aux Italiens à la piece des *trois Freres jumeaux Vénitiens*, pour entendre les *lazzis* d'arlequin relatifs au ſieur *Marin* : on a été ſurpris qu'il les ait ſupprimés, on a voulu en ſavoir la raiſon, on a appris que cet acteur avoit été mandé à la police, où il avoit reçu une ſévere réprimande, & injonction de ne pas récidiver.

Enfin, par un calembour bien digne des Pariſiens, & qu'on répete comme une choſe très-ingénieuſe, on dit que *Louis quinze* a détruit le parlement ancien, & que quinze louis détruiront le nouveau.

13 *Janvier*. On attribue au ſieur *Renou*, peintre & poëte, la brochure contre les artiſtes, on l'ex

soupçonne d'autant plus volontiers l'auteur, qu'il a lieu d'être fort mécontent de ses confreres, & sur-tout du sieur *Pierre*, le plus maltraité. Il faut pour cela se rappeller l'anecdote de son tableau de Mlle. *Coffé*, qu'on a fait enlever ignominieusement du salon dernier, comme indécent & comme très-mauvais ; en outre, la diatribe en question seroit une vengeance sanglante, dont le sieur *Pierre* a été très-affecté, au point d'en tomber malade. L'auteur ne fait grace à personne, & maltraite ceux même dont le talent est le plus reconnu ; tels que MM. *Vernet*, *Greuse*, &c. On juge aisément d'ailleurs, à la fabrique de l'ouvrage, à son style lourd & technique, qu'il est d'un artiste.

13 *Janvier*. M. *le Prêtre de la Martiere* ayant tué M. *de Gamaches*, est rentré chez lui, &, montrant à sa femme son épée encore teinte du sang de l'amant de cette dame, « *Vous l'avez* » *voulu, madame,* lui a-t-il dit, *reconnoissez ce* » *sang.* » Elle est tombée sur le champ dans un état affreux, où elle est restée depuis lors, & où elle est encore ; elle n'a recouvré la connoissance que depuis peu de jours ; elle a demandé son confesseur & son mari. Celui-ci s'étoit soustrait aux regards du public, & même avoit quitté Paris pour éviter le premier éclat d'un duel. Mais sa majesté ayant elle-même déclaré que M. *de Gamaches* étoit mort d'un coup de sang, il n'a pas craint de reparoître, & il est auprès de sa femme. On désespere qu'elle en revienne, & l'on trouve que la mort est ce qui peut lui arriver de mieux en circonstance pareille.

15 *Janvier*. Le nouveau tribunal fait publier un arrêt du 31 décembre, par lequel il supprime

les deux brochures dont on a parlé, l'une intitulée : *Lettre du marquis de... brigadier des armées
du roi, à M.... avocat au conseil* ; & l'autre : *le
Vœu de la noblesse, lettre à M... avocat au conseil.*
Elles font, comme on a observé, une critique
raisonnée de l'arrêt de la grand'chambre. On les
qualifie comme contenant des expressions atten-
tatoires au respect dû à l'autorité de la cour.

Il paroît un autre arrêt du 10 janvier. Il est
précédé d'un réquisitoire de l'avocat-général
Jacques de Vergès, où il s'éleve en termes em-
phatiques contre le livre du *Bons sexs*, & contre
celui intitulé de l'*Homme*, qu'il suppose être
faussement attribué à feu M. *Helvétius*, pour
éviter de sévir contre sa mémoire.

En conséquence la cour, la grand'chambre
assemblée, a ordonné que lesdits livres seroient
lacérés & brûlés par l'exécuteur de la haute-jus-
tice, comme impies, sacrileges, & tendant à
troubler la tranquillité des peuples, & à ébranler
les fondements de la religion, &c.

L'exécution n'a eu lieu que le mercredi 12
janvier.

15 *Janvier.* Si les mémoires dans l'affaire du
sieur de *Beaumarchais* son suspendus, il court
des requêtes qui ne sont qu'une forme plus ju-
diciaire de les répandre. On distribue imprimée
celle du sieur *Dairolles*, principalement dirigée
contre le docteur *Gardanne*. Il y paroît que le
négociant s'étant détaché du parti du héros
principal, avoit rendu plainte contre le médecin
le 3 septembre, & que celui-ci a récriminé par
une requête signifiée le 14 septembre, dont le
sieur *Dairolles* demande que son adversaire soit
débouté. On y peint au surplus le sieur *Gardanne*

G 5

comme un homme d'un caractere inquiet, zélé
sans prudence, mettant dans ses procédés une
chaleur, un enthousiasme capables d'entraîner
les ames honnêtes dans la séduction, comme
ayant apporté dans cette affaire, pour capter le
témoignage du suppliant en faveur du sieur de
Beaumarchais, des soins empressés, dont ses
amis essentiels sont souvent capables, & que
les amis infideles se donnent sans efforts, comme
d'accusé étant devenu agresseur, & par une
délation odieuse ayant obligé le sieur *Dairolles*
à se défendre, enfin comme ayant coopéré au
premier mémoire du sieur *Caron*, & réglé la
dose du poison pour en étendre & répandre les
ravages... Tel est le caractere du docteur, esquissé
en bref, & dont on est d'autant plus porté à
croire la vérité, que, malgré les injonctions
de la faculté, il n'ose entrer en lice, & reste
dans un silence qui ne peut lui faire honneur
dans le public.

16 *Janvier*. L'affaire du secretaire de M. de
Guignes, qui a perdu une somme énorme en
Angleterre au *jeu des actions*, commence à faire
bruit ici. Quoique cet ambassadeur renie absolument cet homme, prétende ne l'avoir pris
que comme un joueur de violon, propre à faire
de la musique avec lui; son évasion, sa détention à la Bastille, & l'œil vigilant qu'il porte
sur lui, quoique de loin, tout fait présumer
qu'il y avoit de l'intelligence entre eux. On assure
que les joueurs adverses sont ici, & veulent
intenter contre le prisonnier une action, qui
ne peut faire honneur au ministre de France en
Angleterre, & nécessitera son rappel. En général,
on parle mal à la cour & à la ville d'une inculi-
pation aussi fâcheuse.

16 *Janvier.* Quoique les mariages ridicules de quelques femmes de la cour projetés à l'inftar de celui de madame la ducheffe de *Chaulnes*, ne foient pas publics, bien des gens s'obftinent à les croire vrais, entr'autres celui de madame la ducheffe de *Brancas* avec l'abbé *Cerrati* ; celui de madame la maréchale d'*Eftrées* avec M. le *Fevre d'Amecourt*, confeiller du parlement ancien ; celui de madame la comteffe de *Gifors* avec M. *la Tour-du-Roch*, militaire eféroc & intrigant, &c.

17 *Janvier.* Il paroît qu'aujourd'hui le grand adverfaire du marquis de *Monteynard*, c'eft le le prince de *Condé*. Celui-ci ne l'avoit propofé que dans l'efpoir de trouver en lui un miniftre favorable, qui le feconderoit dans fon projet de faire recréer en fa faveur la charge de grand-maître de l'artillerie. Le nouveau fecretaire de la guerre, dans l'enthoufiafme de fon exaltation, avoit promis à fon alteffe tout ce qu'elle avoit voulu. La difgrace des princes, qui fuivit peu après, le mit à fon aife pour ne point tenir parole à fon alteffe. Mais depuis leur retour à la cour, le prince de *Condé* étant revenu à la charge, aidé de madame la comteffe *Dubarri*, M. de *Monteynard* a travaillé fous main à ne point fe laiffer enlever le plus beau fleuron de fa couronne. Il a repréfenté au roi que cet objet de 400,000 livres de rente étoit une charge de plus pour l'état, dans un temps où l'on retranchoit dans les départements, bien loin d'augmenter ; il a d'ailleurs prouvé la néceffité de tenir fous fa main celui de l'artillerie, pour remédier aux déprédations dont il a fait voir un échantillon par le procès de M. de *Belle-*

G 6

(156)

garde. Au fond, on ne blâme point ce ministre d'avoir parlé dans la sincérité de son cœur, & conformément à l'obligation de son état, mais bien sa manœuvre sournoise, & ses souplesses vis-à-vis le prince de *Condé* son protecteur, tandis qu'il agissoit d'une manière différente auprès de sa majesté. Madame *Dubarri*, de son côté, est intéressée à tourmenter sur cet objet le roi qui lui avoit donné sa parole que la chose s'effectueroit au premier travail. Il y a apparence que c'est cette anxiété de sa majesté qui l'empêche de travailler avec M. de *Monteynard*, sans que d'un autre côté elle puisse se déterminer à renvoyer un ministre auquel elle n'a rien à reprocher. On ne sait quand se terminera cette décision, par laquelle tout reste en suspens.

17 *Janvier.* Le sieur *Renou*, auteur de la tragédie de *Terée*, tombée à la première représentation, a fait imprimer cette piece avec une préface, où il rend compte de ses tracasseries avec les comédiens, & rapporte les lettres de ces histrions. Elles sont d'une insolence incroyable. Le sieur *Monvel*, l'un d'eux, semblant préférer à la qualité d'auteur celle d'histrion, prend parti pour ses confreres contre les gens de lettres, & répand des *observations sur la préface de Terée & de Philomele.* Cette diatribe dirigée d'abord contre le sieur *Renou*, implique bientôt tous les auteurs, mériteroit un châtiment sévere à l'écrivain, s'il est véritablement le pere d'un pamphlet aussi indécent: le ton de la plaisanterie, en général très-déplacé, est poussé ici jusqu'à l'ironie la plus insolente.

20 *Janvier.* On parloit, il y a quelque temps,

chez M. le chancelier de son parlement, & le chef de la magistrature se félicitoit de son érection ; il avouoit qu'il n'auroit pas cru en être sitôt quitte, & trouver autant de sujets qui s'enrôlassent dans la nouvelle milice ; un jeune seigneur lui répondit : Mais, monseigneur le chancelier, quand on veut empoisonner un » étang, on ne manque jamais de fretin. » Plaisanterie qui décontenança un peu M. de *Maupeou*.

22 *Janvier*. Comme tout ce qui sort de la plume de M. de *Voltaire*, est précieux, il est essentiel de restituer dans la piece intitulée *la Tactique*, quatre vers supprimés dans la plupart des copies qu'on a eues, & même dans les imprimés faits en France. Ils contribuent merveilleusement à prouver l'acharnement de ce grand homme contre ses petits ennemis, qu'il injurie tant qu'il peut & par-tout où il peut. Ils sont après le cent vingt-huitieme vers : *Siffler Semiramis, Mérope & l'Orphelin :*

Ainsi que le dieu Mars, Apollon prend les armes ;
L'église, le barreau, la cour ont leurs alarmes ;
Au fond d'un galetas, *Clément & Savatier*
Font la guerre au bon sens sur des tas de papier...

On sent que cette faute d'orthographe *Savatier*, au lieu de *Sabatier*, est faite exprès.

23 *Janvier*. Il paroît que messieurs les chanoines de l'église de Paris, savent à quoi s'en tenir sur l'évasion de l'abbé de *Bulté*, leur confrere, qu'il n'est pas absolument perdu ; mais que le dérangement de sa fortune occasionné

par de groffes pertes au jeu chez le fieur *le Clerc,*
premier commis des finances, lui a fait tourner la tête, & l'a déterminé à prendre un parti
auffi violent, qui le met hors d'état de reparoître à Notre-Dame, & l'on ne doute pas qu'on
ne lui faffe donner fa démiffion.

24 *Janvier.* L'aventure de M. de *Saint-Auban,*
loin de s'éclaircir avec le temps, devient de plus
en plus embrouillée, ou du moins, ne fe dé-
brouille pas à fon avantage. Cet officier en ayant
voulu entretenir M. le duc de *Chartres,* ce
prince lui a ri au nez, & lui a tourné le dos.

25 *Janvier.* M. *Portier,* jeune procureur au
Châtelet, s'eft brûlé la cervelle, il y a quelques
jours ; on attribue cette cataftrophe finiftre à
différentes caufes qui lui ont tourné la tête, il
paroît auffi par quelques propos qu'il avoit tenus
précédemment, que l'hiftoire des deux dragons,
leur teftament & fur-tout la lettre de *Bordeaux,*
l'avoient échauffé d'une belle émulation. Il n'y
a point de femaine où il ne fe paffe quelque fui-
cide. Celui d'un homme qui du Pont-rouge
s'eft jeté dans la Seine, eft fingulier ; il s'eft
trouvé que c'étoit un mal-faiteur qui bourrelé
de remords, & fe croyant pourfuivi, quoiqu'il
ne le fût pas, a voulu fe fouftraire ainfi au
fupplice ; mais ayant lui-même donné des fignes
de fon envie de revenir à la vie, il a été fé-
couru à temps. Ce ne fera malheureufement
que pour éprouver le fupplice, cet accident ayant
conduit à le découvrir & à le reconnoître.

26 *Janvier.* On a donné hier, à l'opéra,
les trois actes annoncés : on les connoît depuis long-temps, & il ne s'y eft rien paffé
de nouveau; mais il y a eu un grand tumulte

dans le partette, à l'occafion de trois artifans
très - mal accoutrés , qui font venus fe mettre
en premieres loges avec une femme de la même efpece. Ce fpectacle a occafionné tant de
huées de la part du parterre , qu'un fergent eft
venu arranguer ces perfonnages, & les prier de
fe mettre en lieu d'où ils caufaffent moins de
tumulte; on les a transféré aux fecondes loges.

27 *Janvier.* Extrait d'une lettre de Marfeille ,
du 17 janvier.... Il eft encore arrivé ici à la
comédie, une cataftrophe fanglante. Voici à
quelle occafion. Un officier du régiment d'Angoumois, étoit dans une premiere loge , il s'é-
toit retourné pour parler à quelqun : le parterre
piqué de cette indécence, a crié : *à bas, cul blanc.*
(le blanc eft le fond de l'uniforme de l'infanterie). Cet officier s'eft retourné & s'eft remis
en pofture convenable. Le foir , des jeunes gens
du même régiment, ont fait des reproches à
leur camarade de s'être laiffé infulter; ils ont
prétendu qu'il falloit en tirer vengeance. En
conféquence ils ont été au nombre de quinze dans
des loges, & ont montré leur cul au parterre ;
ils y avoient préalablement envoyé quarante
foldats déguifés en bourgeois avec leurs fabres
fous des redingotes. Le public inftruit du com-
plot, ne dit mot : alors les officiers enragés font
defcendus dans le parterre, y ont preffé beaucoup, ont en un mot fait tout ce qu'il a dé-
pendu d'eux pour chercher noife à leurs voifins,
& provoquer une querelle : à la fin on n'a pu
tenir à tant d'infultes, on s'eft échauffé , il y
a eu des épées tirées , & l'on prétend qu'il y a
eu quarante bleffés plus ou moins gravement.
Toute la ville eft en rumeur à cette occafion,

on s'eft muni d'armes à feu & l'on tire fur chacun des officiers de ce régiment, qui paffe dans les rues ; en forte qu'ils font obligés de fe tenir cachés. On attend les ordres de la cour.

27 *Janvier.* L'hiftoire de nos modes, toutes frivoles qu'elles paroiffent & qu'elles foient ; pourroit être entre les mains des critiques à venir d'une très-grande utilité pour l'éclairciffement de quantité de faits & d'anecdotes : il en eft beaucoup qui ont rapport à l'aventure du jour. On vient par exemple d'inventer des *Ecrans à la Monteynard.* Ils font établis fur un pied, en forme de boule, bafe mobile, qui fert à les faire rouler aifément par-tout & comme l'on veut ; mais elle eft en même temps plombée ; de façon que, de quelque maniere qu'on les renverfe, les écrans fe relevent toujours d'eux-mêmes : image affez naturelle de la pofition où fe trouve aujourd'hui le miniftre très - ballotté, & cependant exiftant.

29 *Janvier.* Hier matin , à onze heures, M. le duc de *la Vrilliere*, eft venu trouver à Paris M. le marquis de *Monteynard*, pour lui annoncer de la part du roi, que fa majefté le remercioit de fes fervices, & lui demandoit fa démiffion de fa charge de fecretaire d'état. Il n'eft point exilé, mais il lui eft fimplement défendu de paroître devant le roi. On s'attendoit tellement depuis long-temps à cette cataf-trophe, que le fuiffe du miniftre difgracié, dès qu'il a vu le petit Saint, n'a pu s'empêcher de lui dire : *Monfieur, je crains bien que vous ne nous apportiez une mauvaife nouvelle.* A quoi le duc a répondu fans myftere : *tu as raifon.* Il

est à espérer que dans cette partie extrêmement négligée, il y a plus de trois mois, on va réparer le travail arriéré ; que les bureaux qui ne finissoient rien depuis ce temps, & plaisantoient indécemment sur le renvoi futur du chef, du suprême, vont enfin reprendre leur activité.

C'est M. le duc d'*Aiguillon* qui a *l'intérim*, dit-on : on assure aussi que l'abbé *Terrai* demande à présider aux fonds de cette partie pendant quelque temps, pour connoître la réforme dont elle seroit susceptible.

30 *Janvier*. On a su dans le temps qu'il y avoit une lettre de cachet décernée contre le duc de *Sully*, à la réquisition de sa famille. On a rendu compte de la maniere dont ce seigneur s'y étoit soustrait & avoit échappé à sa captivité. Le sieur de *la Borde*, le premier valet de chambre du roi, profitant sans doute de l'intimité dans laquelle il vivoit avec ce seigneur, & de la confiance que ce dernier avoit en lui, a eu assez d'ascendant sur son esprit pour l'engager à se reproduire & à se rendre au château de Dourlens, auquel il étoit envoyé : il lui a donné sa parole d'honneur que, lui duc de *Sully*, au moyen de cette soumission aux ordres du roi, seroit élargi au bout de quinze jours, & que s'il ne l'étoit pas, il s'offroit à venir se constituer prisonnier à sa place. Le duc persuadé par ces assurances, a subi le châtiment qui lui étoit infligé ; le sieur de *la Borde* s'est mis en quatre pour engager la famille de ce seigneur à tenir une parole qu'il n'avoit donné qu'au nom des parents ; & ses sollicitations n'ayant pu rien obtenir, au bout du délai fatal, il s'est rendu à Dourlens, & témoignant tous ses regrets au

prisonnier, lui a déclaré qu'il venoit lui tenir compagnie, & ne partiroit point que la lettre de cachet ne fût levée. On espere que ce trait l'amitié généreux & héroïque, de la part d'un homme agréable au roi, ne manquera pas de produire son effet, & de valoir son élargissement au duc de *Sully*.

31 *Janvier*. La police ayant obligé l'arlequin de la comédie italienne d'aller faire des excuses au sieur *Marin*, relativement aux mauvais lazzis qu'il avoit lâchés sur son compte dans la piece *des trois Freres jumeaux vénitiens*, l'a désolé de nouveau par son compliment. « Monsieur, je » viens vous témoigner combien je suis fâché » des interprétations malignes que le public » peut avoir données à mes plaisanteries in- » nocentes. J'abjure tous sens étrangers, & » vous proteste que je n'ai jamais voulu don- » ner que le sens naturel de la phrase, en di- » sant, *ce marin n'est pas mal bête*; oui, mon- » sieur vous n'êtes pas *Malbête*, je le soutien- » drai envers & contre tous. »

3 *Février* 1774. Dans la gazette de France, du lundi 24 janvier, N°. 8, le sieur *Marin* fait mention d'un supplice qu'il prétend usité à la Chine, aussi atroce que dégoûtant : il est question d'une culotte de cuir extrêmement forte, dont on revêt les fesses du criminel; elle est fabriquée de façon qu'il ne peut plus la défaire, & qu'obligé de prendre des aliments à l'ordinaire, il expire lentement dans un tourment dont on ne peut calculer la longueur & les angoisses. Ce détail a révolté les femmes & les lecteurs délicats de cette capitale. C'est sans doute un de ces derniers qui, dans sa mauvaise hu-

meur, a exhalé ses plaintes contre le gazetier de
la maniere suivante :

La Culotte chinoise.

Que ne chausse-t-on à *Marin*
Cette culotte vengeresse,
Dont en Chine le mandarin
Punit les gens de son espece ?
Du coupable que l'on nourrit,
L'avant-train lentement pourrit
Corrodé par sa propre ordure ;
Puis infecté de ces parfums
Qu'il faut que sa narine endure,
Il descend parmi les défunts.
Mais que j'abrègerois bien vîte
Ce sale tourment qu'il mérite,
A ses trousses si je lâchois
Le redoutable *Beaumarchais :*
A l'aspect de son écritoire,
Du gazetier en désarroi,
Tremblant & pâlissant d'effroi,
Tout le sang tourneroit en foire.

6 Février. On prétend que les ordres ont été
envoyés à Marseille pour y renfermer à la citadelle les officiers du régiment d'*Angoumois,*
dont on a rapporté les excès ; ils avoient été
mis sur le champ aux arrêts, & la justice particuliere les avoit décrétés de prise de corps.
6 Février. On espere que la famille royale
viendra au bal de l'opéra sur cette fin de car-

naval. M. le dauphin, Mad. la dauphine, &
leurs freres & sœurs y sont venus le dimanche
30 janvier, & y sont restés jusqu'à quatre heures : ils ont semblé y prendre beaucoup de goût,
même M. le dauphin, qu'on n'auroit pas cru
partisan d'un tel divertissement.

6 Février. Un mariage assez singulier amuse
les courtisans. M. le marquis de *Pontchar-
train*, frere cadet du comte de *Maurepas*, mais
âgé de 71 ans, infirme & gouteux, vient d'é-
pouser une jeune chanoinesse, fille de Mad. la
comtesse de *Béarn*, la marraine de Mad. la
comtesse *Dubarri*, à la cour. On prétend que
c'est M. le duc d'*Aiguillon* qui a fait cet hymen,
tant pour prouver une sorte de reconnoissance à
Mad. de *Béarn*, d'une démarche que toute sa famille lui reproche & qu'elle pleure tous les jours,
que pour perpétuer un nom à la veille de s'éteindre, puisque M. le comte de *Maurepas* & M. le
duc de *la Vrilliere*, n'ont point d'enfants. Reste
à savoir si le podagre en question qu'il a fallu
porter à l'église, sera bien état de se donner
de la postérité.

7 Février. On a parlé des tracasseries suscitées
par M. l'évêque du Mans au pere *le Roi* de l'Oratoire, professeur de philosophie dans cette ville,
relativement à des cahiers où le prélat trouvoit
des propositions erronées, ou au moins repré-
hensibles : on a dit que sur le refus de la congré-
gation de retirer ce religieux, monseigneur
avoit dénoncé la doctrine en question à la faculté de théologie, qui devoit s'assembler le 24
janvier pour prononcer. Depuis, par l'entremise
de quelque médiateur, le pere *le Roi* avoit été
changé de destination, & M. du Mans étoit

convenu d'affoupir cette querelle , toujours rifible
dans ces temps d'irréligion & de fcandale : le
mezzo termine [imaginé pour cela, avoit été de
faire donner à la faculté une lettre de cachet qui
lui défendoit de fe mêler de la querelle ; mais
ce corps a trouvé cela très - mauvais , il s'eft
aflemblé au *primâ menfis* de ce mois, & a pris
des conclufions , par lefquelles il fe plaint de la
conduite trop pufillanime du prélat. Il déclare à
tout l'univers que l'accommodement s'eft fait
fans fa participation, qu'il n'approuve point les
palliatifs admis par l'évêque, & ne peut fouf-
crire à une doctrine équivoque & fufceptible
d'induire les fidèles en erreur. Arrêté que les
conclufions feront imprimées , & cependant
envoyées auparavant à M. le duc de *la Vrilliere*
pour être mifes fous les yeux du roi.

7 Février. Il paroît qu'un des motifs qui
fait défirer au gouvernement d'envoyer M. e
marquis de *Noailles* à l'ambaffade de la Grande-
Bretagne, c'eft l'afcendant qu'il a pris fur les
Etats - Généraux relativement au commerce de
l'imprimerie & de la librairie. Il s'eft fi bien
conduit par fes infinuations fecretes & par fes
réquifitions vigoureufes, que cette république
eft aujourd'hui prefque aufi fage que Paris,
& fe contient, fur-tout en politique, au point
de ne laiffer paroître rien qui puiffe déplaire au
miniftere de France. L'Angleterre eft le feul état
d'où il fe répande encore des pamphlets défa-
gréables & mortifiants pour notre adminiftration ;
mais la difpofition où l'on y femble être de travailler à reftreindre la liberté de la preffe, feroit
un moment favorable pour y faire arriver le
marquis : il échaufferoit le miniftere anglois fur

cet objet, lui proposeroit ses idées, & lui feroit sentir combien il seroit avantageux au repos
de l'Europe que les têtes chaudes, les génies voulant toujours se mêler d'inspecter les souverains,
& de critiquer leur régime, fussent obligés de
s'alimenter autrement, faute de pouvoir donner
l'essor à leur philosophie cynique, à leurs criail-
leries continuelles contre le despotisme, qui
empêchent les peuples d'être tranquilles, con-
fiants & heureux.

7 *Février*. Madame *Savalette*, la veuve d'un
garde du trésor royal, vient de mourir. C'étoit
encore une des *cruches* de M. le curé de *Saint-
Roch*. C'est le roi qui qualifie ainsi les vieilles
dévotes, riches financieres dont abonde cette paroisse, & dans la bourse desquelles le pasteur
puise à son gré, sous prétexte de charités &
d'œuvres pies.

8 *Février*. Les comédiens italiens se proposent
de donner le jeudi-gras une parade nouvelle en
un acte & en vers, intitulée *le Rendez-vous bien
employé*.

10 *Février*. Il y a eu différentes assemblées
d'avocats, formées à l'occasion de Me. *Linguet*; le
résultat a été de le tenir pendant un an dans
une sorte d'interdiction de la plaidoirie. Cet
orateur a trouvé la pénitence trop dure, & il
vient de composer une espece de manifeste intitulé : *Réflexions pour Me. Linguet, avocat de la
comtesse de Bethune*, où, après avoir rendu
compte de sa conduite depuis qu'il est au barreau jusques en 1770, & depuis cette époque jusqu'au moment actuel, il discute la délibération
de ses confreres du 1 février, il la trouve illé-
gale, un vrai délit dans l'ordre politique, un

attentat à l'autorité de la cour ; il la qualifie d'ab-
furde, d'injufte, &c. Il y repréfente Me. *Gerbier*
comme l'inftigateur des perfécutions qu'il effuie ;
il y déclare qu'il a rendu plainte contre cet avocat,
& il l'inculpe de faits fi graves, qu'il le met né-
ceffairement dans le cas de répondre. Ce combat
eft un nouveau fpectacle qui fe prépare pour
les oififs de la capitale, & qui devient extrêmement intéreffant à raifon de la célébrité des
rivaux.

10 *Février*. Tout Paris eft dans l'attente du
quatrieme mémoire de M. de *Beaumarchais*. Il l'a
déjà lu chez fes amis qui en font enchantés, & le
regardent comme fupérieur encore aux autres ;
c'eft ce qu'il faudra voir.

11 *Février*. La parade des Italiens, quoiqu'affez
bien faite, n'a pas eu de fuccès, à raifon fur-tout
de la mufique très-médiocre.

14 *Février*. On prétend que M. de *Voltaire* fait
intriguer beaucoup par des magiftrats adroits
auprès de la famille du Sr. de *la Beaumelle*, pour
faire fouftraire le commentaire que ce cruel ennemi préparoit fur tous les ouvrages du grand
poëte en queftion, & principalement fur la *Hen-
riade*. Quant à la derniere, ce feroit affurément
bien mal entendre fes intérêts, d'autant que le
fieur de *la Beaumelle*, croyant mieux appuyer fon
commentaire, s'étoit avifé de refaire le poëme.
Ce n'eft point par-là qu'il eft regretté, mais à
raifon de fes *Mémoires de madame de Maintenon*,
de quelques écrits polémiques, & fur-tout d'une
lettre qu'il écrivit à l'occafion de fes démêlés
avec le patriarche de la littérature. On difoit
auffi du bien d'une traduction de *Tacite* qu'il di-
géroit. Il s'étoit marié peu avant fa mort, &

avoit époufé la fœur de ce jeune *la Vayffe* de Touloufe, dont il a été fi fouvent queftion lors de l'affaire des *Calas*; ce qui auroit dû ralentir l'animofité du philofophe, défenfeur de cette famille infortunée.

14 *Février*. On commence à fe louer beaucoup du nouveau prévôt des marchauds. Les affaires de la ville de Paris étoient en fort mauvais ordre, lorfqu'il eft entré à la tête du corps municipal : par l'économie qu'il y a mife, il a déjà payé beaucoup de dettes. Il a fur-tout retranché les dépenfes énormes des repas; leur profufion folle faifoit depuis long-temps regarder les échevins comme des gloutons qui ne s'occupoient qu'à boire & à manger : fans fupprimer ceux abfolument néceffaires par une meilleure adminiftration, il les a réduits à un prix très-modique.

15 *Février*. On parle d'une petite rixe, au fein de la famille royale, entre M. le dauphin & M. le comte d'*Artois*. C'eft une affaire d'amour-propre. Il eft queftion d'une contre-danfe que défiroit répéter le premier à un de fes bals, à laquelle il ne vouloit point de témoin, excluant même fon frere. Celui-ci piqué, d'une tribune a fifflé fon aîné ; ce qu'il a trouvé très-mauvais : on prétend même qu'ufant de fon droit d'aîneffe, il s'eft permis des mouvements de colere ; ce qui eft affez dans le caractere de ce prince, très-entier & très-violent ; mais l'excellence de fon cœur l'a bientôt fait revenir aux fentiments de la nature.

16 *Février*. La parade des Italiens, fans avoir eu beaucoup de fuccès, fe foutient. Les paroles font du fieur *Anfeaulme*, & la mufique très-médiocre eft du fieur *Martini*.

19

19 *Février*. Le facrifice généreux que M.^{le} *la Borde* a fait de fa liberté pour tenir fa parole à M. le duc de *Sully*, a produit enfin fon effet ; ce prifonnier eft forti du château de Dourlens il y a trois femaines environ , & fe loue beaucoup de fon libérateur.

20 *Février*. L'académie royale de mufique donne décidément mardi la prémiere repréfentation de *Sabinus*. Il en a été fait hier une répétition générale qui a eu peu de fucrès.

21 *Février*. M. *Cheu d'Erchigny* eft un ancien gouverneur de nos colonies , qui , par un exemple de défintéreffement bien rare , eft revenu de fa miffion avec une fortune fi médiocre , qu'il a été obligé de fe retirer à la campagne pour y vivre dans la plus grande fimplicité. Un Américain fe refouvenant de lui , s'eft empreffé à fon arrivée dans ce pays de s'en informer. Il l'eft allé voir , & , frappé de furprife de trouver cet homme qui avoit fait le deftin de fon pays , dans une forte d'indigence , il en a témoigné fa douleur à fes compatriotes : ceux ci , enflammés d'un beau zele , fe font cotifés , & ont formé une fomme de cinquante mille écus qu'ils ont prié M. d'*Erchigny* d'accepter , en lui marquant qu'il ne s'en fît faute , & qu'on réitéreroit auffi long-temps que cela feroit néceffaire pour le maintenir dans l'état de décence convenable à fon ancienne dignité.

21 *Février*. La faculté de théologie a reçu défenfes de donner aucune fuite , ni publicité aux conclufions dont on a parlé. On croit qu'elle va s'occuper à cenfurer le livre *de l'Homme* de M. *Helvétius* ; livre déja recommandable par la brûlure dont l'a honoré le nouveau tribunal.

Tome XXVII.

H

23 *Février*. On a été fort surpris que M. le comte de *Viry*, ambassadeur du roi de Sardaigne, n'ait annoncé aucune fête à l'occasion du mariage de M. le comte d'*Artois*, d'autant qu'il en avoit été donné une au sujet de celui de M. le comte de *Provence*. Cette excellence s'en défend, & prétend que c'est le roi son maître qui n'a pas voulu. Les femmes de Paris qui n'aiment qu'à danser, trouvent cela très-mauvais, & critiquent la trop grande économie de sa majesté Sarde. Les gens de bon sens applaudissent à cette suppression ; ils estiment que ce monarque fait infiniment mieux de soulager les pauvres de son royaume, ou de ne point charger son peuple de quelque nouvel impôt.

26 *Février*. Le sieur *Dayrolles*, outre son *mémoire à consulter*, &c. répand une *addition* qui fait plus de bruit : il y établit qu'il n'a jamais été l'ami du Sr. de *Beaumarchais*, qu'il n'a jamais désiré l'être ; qu'il a été injustement décrété d'ajournement personnel, puisqu'il n'avoit aucun intérêt dans l'affaire ; qu'il n'y est impliqué qu'à raison de services généraux & gratuits ; qu'en un mot, il y est étranger absolument. Il se défend ensuite sur des billets que répétoit son adversaire, ainsi que sur le prétendu cartel. Il finit par des réflexions dolentes sur les invectives dont il a été couvert. Tout cela est appuyé pour la forme de la consultation d'un avocat de grenier.

Si les faits établis dans cette *addition* sont vrais, le sieur *Bertrand* n'est en effet coupable que d'indiscrétion, de bonhomie trop grande, & d'une bétise extraordinaire. Du reste, on n'y trouve de curieux que le portrait suivant qu'il

trace de fon ennemi. Il le peint comme un
homme qui, « fatisfait de lui-même, & mé-
» content des autres, fe réferve une eftime
» exclufive ; qui, n'ayant que l'abus de l'efprit,
» croit s'embellir en défigurant ceux qui lui
» refufent leur admiration ; orateur cynique &
» bouffon, qui, par la licence & l'amertume de
» fes farcafmes, fournit des aliments à la mali-
» gnité ; fophifte effronté qui, par l'audace de
» fes affertions, éblouit fans jamais éclairer ;
» peintre infidele, qui puife dans fon ame la
» fange dont il ternit la robe de l'innocence ;
» méchant par befoin & par goût, fon cœur
» dur, vindicatif, implacable, repouffe les fen-
» timents doux & paifibles de fes proches,
» s'étourdit de fon triomphe paffager, étouffe
» fans remords la fenfible humanité.... » On
conviendra que ce morceau eft d'un ridicule
rare, & que l'auteur auroit dû s'en tenir aux
faits, fans prétendre à l'éloquence. Il eft difficile
de compofer rien de plus barbare, de plus amphigourique & de plus plat.

26 Février. Le fieur Marin qui vouloit refter
maître du champ de bataille, & ôter la réplique
à fon redoutable adverfaire, ne fait paroître
qu'aujourd'hui, au moment du jugement, fon
nouveau factum. Il contient d'abord une réponfe à ce qui le concerne dans le troifieme
mémoire du fieur de Beaumarchais. Elle eft
courte, & roule principalement fur des faits
d'ufure & autres infamies, dont il fe défend
par un déni formel.

Suit une addition, où, répondant en gros au
quatrieme mémoire dudit fieur de Beaumarchais,
il fe difculpe de la double imputation d'avoir

H 2

été odieux aux auteurs dans ses censures, &
d'avoir désolé, pour s'enrichir, les malheureux
libraires ; & il nie de nouveau tous les faits
avancés en accusation contre lui. Il déclare n'être
point l'auteur des articles insérés dans la gazette
d'Utrech & dans les nouvelles à la main. Il re-
nouvelle à cette occasion les injures dont il a
déjà chargé les rédacteurs des gazettes étrangeres, en les représentant comme des écrivains
forcenés qui ne respectent souvent ni les particuliers, ni les magistrats, ni les ministres, ni
même les têtes couronnées. Quant aux nouvelles
à la main, il certifie aussi effrontément n'y
avoir aucune part, quoiqu'on aille chez lui pour
y prendre des souscriptions. Enfin, il répond aux
insinuations du sieur de *Beaumarchais*, qui
prétend que le sieur *Marin* voudroit le faire
soupçonner d'être l'auteur de la correspondance.
Il lui déclare au contraire qu'il le croit incapa-
ble de l'avoir faite, aussi bien qu'*Eugénie*, quoiqu'une très-mauvaise piece. Il lui conteste même
ses mémoires dont il veut qu'il ne fournisse que
les méchancetés. Il revient sur le sieur *Gardanne*,
ce docteur auquel il reproche les épigrammes &
autres pieces satiriques faites contre lui, & qui,
malgré tant d'atrocités dont il le charge, s'obstine à ne rien dire.

26 *Février*. Le sieur *Gardanne* entre enfin en
lice. Il publie une *réponse* pour lui docteur-régent
de la faculté de médecine de Montpellier, censeur
royal, correspondant de plusieurs académies,
aux libelles imprimés & publiés par les sieurs
Marin & *Bertrand Dayrolles.*

Cet écrit est sage, assez satisfaisant pour la
justification du docteur, & ne peut que produire

un bon effet ; il ne contient du reste aucun détail qui vaille la peine d'être développé.

27 *Février.* M. l'archevêque de Lyon est en litige sous le nom du syndic du clergé de son diocese contre les comtes de Lyon, attachés à leurs rits, à leurs usages & à leurs cérémonies. Ils prétendent que les procédés du prélat dont ils se plaignent, doivent être attribués à ce qu'ils n'ont pas voulu se prêter à ses vues étranges concernant la rédaction des nouveaux livres liturgiques ; & ils viennent de les exposer dans un mémoire relatif à l'appel comme d'abus, qu'ils ont fait des délibérations prises, malgré leurs oppositions, par le bureau diocésain, qu'ils regardent comme incompétent, & ayant mal-à-propos ordonné, aux dépens de la caisse du clergé, des frais d'impression d'un nouveau bréviaire, dont la publication est suspendue. On insinue dans ce mémoire que le bureau diocésain n'a été que l'instrument qu'on a fait mouvoir pour consommer, par voie de fait, une entreprise à laquelle résistent tous les principes de la discipline ecclésiastique. Cette contestation fait bruit relativement au siege de Lyon, auquel on attache la dignité de primat des Gaules ; à celui qui l'occupe, M. de *Montazet*, archevêque très-fameux dans son ordre par ses querelles & par ses galanteries ; & enfin au chapitre le plus distingué de France.

1 *Mars* 1774. M. le comte de *Guines*, notre ambassadeur auprès de sa majesté Britannique, est absolument décidé à ne plus retourner à Londres ; il a même loué ici un petit hôtel très-médiocre : ce qui annonce un projet de se retirer des affaires, de vivre modestement, &

de réparer les breches que ſes deux miſſions lui ont fait faire à ſa fortune. On juge aiſément qu'un détachement auſſi ſubit n'eſt pas volontaire. On convient que ce miniſtre avoit perdu tout ſon crédit auprès des Anglois, & toute la confiance de notre cour par l'aventure de ſon ſecretaire, qui lui fait un tort irréparable. Il reſtera avec le ſobriquet de *Guines* le *magnifique* : c'eſt ainſi que l'appelloit le peuple de Londres à raiſon de ſon faſte étonnant. M. du *Chatelet* avoit été nommé le *chicaneur* ; M. de *Guerchy*, le *contrebandier* ; & M. *Durand*, le *négociateur*.

2 *Mars.* M. de *la Harpe*, dans ſon Mercure de février, a rendu un compte tout-à-fait déſavantageux d'*Orphänis*, la nouvelle tragédie de M. *Blin de Saint-Maure*. Indépendamment de cette critique très-amere, il eſt tombé ſur la perſonne, & s'eſt permis des écarts indécents au poſſible, inſultants même envers ſon confrere. Dans les détails qu'il a fournis ſur cette matiere, il a été aiſé de concevoir que la rivalité de cet auteur, qui autrefois avoit concouru pour le prix de l'académie françoiſe, qui s'étoit plaint du jugement des quarante, & avoit fait imprimer une certaine *épître à Racine*, pour rendre le public arbitre de la querelle, a laiſſé un venin qui a fermenté dans le cœur du journaliſte, & que celui-ci a épanché dès qu'il en a trouvé le moment favorable. Le ſieur *Blin*, piqué au vif, ayant rencontré dans la rue le ſieur de *la Harpe*, l'a accoſté, & après l'avoir mal mené de propos & de geſtes, l'a colleté & traîné dans la boue : c'eſt à-peu-près le pendant de l'aventure de M. de *Sauvigny* avec ce même

petit homme. On ne fait fi le baffoué a réclamé
fes protections, mais la rixe n'a point eu de
fuites, & perfonne ne plaint cet auteur hargneux.

3 *Mars.* Extrait d'une lettre de Pétersbourg,
du 22 janvier 1774. Nous avons ici un colonel
François qui fait beaucoup de bruit & de figure.
C'eft M. le vicomte d'*Adhemar.* Il donne le ton
pour les fêtes, & les Ruffes, jaloux à l'excès de
finger en tout les François, le prennent pour
modele. Quoique ce feigneur ne paroiffe voyager
que pour fon plaifir, qu'il n'ait aucun caractere,
qu'on ne lui connoiffe aucune miffion, les
politiques s'imaginent qu'il a eu ordre de tâter
le terrain, & que, comme il prend à merveille,
on pourroit bien le charger de quelque négo-
ciation fecrete.

M. le vicomte d'*Adhemar* eft en effet colonel
du régiment de *Chartres,* infanterie ; c'eft un
homme d'efprit, ambitieux, qui a toujours eu
du goût pour la politique, & l'on préfume que,
dans l'efpoir de faire fon chemin plus vîte par
les négociations, il aura cherché à fe faire jour
quelque part, & pourroit bien avoir des vues
directes ou indirectes.

3 *Mars.* Extrait d'une lettre de Nantes, du
26 février 1774.

La nuit du 26 au 27 octobre 1772, M. le vicomte
de *Menou,* commandant pour le roi des ville &
château de Nantes, fut volé d'une fomme de quarante mille livres. Tout concourut à faire croire
que le vol étoit extérieur, & des indices affez
forts donnant lieu de foupçonner M. le chevalier
de *Foucault,* major des ville & château de Nantes, cet officier fut décrété d'ajournement per-

H 4

sonnel par le préfidial de cette ville. Cependant il a été renvoyé hors d'accusation le 23 mars 1773. Depuis ce dernier, en pique il y avoit long-temps avec le premier, à pourfuivi en demande de dommages & intérêts le comte de *Menou*, & a répandu avec profusion deux mémoires, où il accuse son adversaire d'avoir suppofé un vol imaginaire pour en faire retomber le soupçon fur l'ennemi qu'il vouloit perdre. En forte que ce commandant, après avoir perdu quarante mille francs par un vol dont la juftice n'a pu connoître les auteurs, se trouve obligé de se défendre d'un raffinement de fcélératelle, d'une combinaison d'horreurs incroyable. M. de *Foucault* prétend que le comte l'avoit défigné en fecret au miniftere public, & avoit dirigé la procédure de maniere à le compliquer dans l'accufation, fans fe rendre ouvertement fon dénonciateur ; enfin, peu d'accord avec lui-même & changeant bientôt de fyftême, il fuppofe enfuite la réalité du vol, pour en accufer la comtefle de *Menou* & fes enfants.

C'eft pour répondre à ces griefs, que M. le comte de *Menou* eft obligé de faire paroître un mémoire très-bien fait & rempli de détails curieux, fuivi d'une confultation d'avocats de Rennes, en date du 5 janvier dernier, qui établit qu'il ne peut être condamné à aucuns dommages-intérêts envers le chevalier de *Foucault*, puifqu'il n'a que dénoncé le crime, fans en dénoncer l'auteur, qu'il ne connoiffoit, qu'il ne foupçonnoit même pas ; mais qu'il a droit de demander & d'attendre la radiation de ce que les mémoires de fon adverfaire contiennent d'injurieux, tant contre lui, que contre fa femme

& ses enfants, & que c'est une satisfaction très-
modérée qui ne lui peut être refusée.

4 *Mars*. M. *Dumourier* est un homme plein
d'esprit, qui sait toutes les langues étrangeres
de l'Europe, qui s'est distingué dans la guerre
derniere, au point d'avoir obtenu la croix de
St. Louis à vingt & un ans. M. le duc de *Choiseul*
l'avoit goûté, & avec ces talents, joints à celui
de l'intrigue, il l'avoit jugé propre à être envoyé en Pologne pour y fomenter les troubles,
& favoriser le parti de la France : mais cet officier
manquant du nerf de la politique autant que de
la guerre, & n'étant pas aidé des fonds qu'on
étoit convenu de lui faire passer, étoit revenu à
la disgrace du duc de *Choiseul*. Il n'avoit point
voulu retourner en Pologne, lorsqu'on y envoya
M. de *Viomesnil*. Cependant pressé par le marquis de *Monteynard*, le successeur du duc de
Choiseul au département de la guerre, & qui
connoissoit aussi les talents de M. *Dumourier*, il
s'étoit rendu à Hambourg, également autorisé
par le duc d'*Aiguillon*, devenu ministre des
affaires étrangeres. Il n'avoit aucun caractere,
sa mission étoit, comme ci-devant, de négocier
suivant les vues de la cour & les circonstances.
C'est dans ces entrefaites qu'il fut arrêté au mois
de septembre dernier ; un M. *Favier*, autrefois
attaché aux affaires étrangeres, homme de lettres, coopérateur dans le temps du *journal étranger*, le fut aussi à Paris ; ainsi qu'un M. de *Segur*,
capitaine de cavalerie, & plusieurs autres personnes : on n'a jamais su trop au juste le fond
de cette aventure. On a soupçonné seulement
qu'il y avoit entre ces messieurs un foyer d'intrigues pour allumer le feu de la guerre dans le

H 5

nord , & de-là incendier l'Europe , malgré le
vœu de *Louis XV* pour la paix , & les efforts
du duc d'*Aiguillon* , secondant les intentions de
sa majesté. On a cru que le comte de *Broglio* en
étoit le centre , parce que c'est un génie factieux
& turbulent , & qu'il fut exilé à la même époque. On parloit alors de lettres interceptées ,
écrites en chiffres , qui dévoiloient leur projet ,
& où les ministres étoient fort plaisantés , entre
autres M. de *Boynes* , qualifié de *tête de bois*.
Quoi qu'il en soit , l'affaire fut d'abord traitée
très-gravement ; on nomma une commission
secrete , dont l'objet étoit d'instruire le procès
des prisonniers. Soit la difficulté de les convain-
cre , soit leur innocence , soit le bénéfice du
temps , les choses se sont civilisées. La famille
de M. *Dumourier* espere qu'il sortira bientôt de
la Bastille. On veut de plus que M. le duc d'*Ai-*
guillon , par une générosité digne d'une grande
ame , oubliant les mécontentements personnels
qu'il a contre ce jeune étourdi , se dispose à
l'employer. Il espere que six mois de captivité
lui auront mûri la tête , & l'auront rendu propre
à déployer utilement son mérite. On croit que
les autres prisonniers seront aussi élargis.

4 *Mars*. On est fort aise que M. le baron de
Pirch , dont la tactique nouvelle avoit beaucoup
plu à M. de *Monteynard* , ait reçu un accueil aussi
favorable de M. le duc d'*Aiguillon*. Ce nouveau
ministre de la guerre prend grande confiance en
cet étranger , & l'on parle de changements
considérables & utiles qu'il se propose de faire
d'après le système & les instructions du baron.

5 *Mars*. Dans la quantité de mauvais vers
qui sont éclos sur l'arrêt de *Beaumarchais* , on

diftingue l'épigramme fuivante, comme plus courte, plus vive, & frappant également fur l'un & l'autre parti :

Contre un tribunal qui te blâme
Tu lancerois en vain tes farcafmes amers,
Beaumarchais, te voilà bien & duement infâme ?
N'es-tu pas jugé par tes pairs !

Celle-ci mérite encore d'être diftinguée, quoique incorrecte :

Beaumarchais que Thémis flétrit,
Comme certain fiacre s'en rit.
Qu'importe à cette ame de boue,
Ou qu'on le blâme, ou qu'on le loue,
Que *Charlot* (*) allume fon feu,
De fes libelles qu'on s'arrache !
Sur un habit couvert de taches
Une de plus paroît bien peu.

6 Mars. Par les arrangements pris au fujet de M. *Dumourier*, il ne doit point être libre tout de fuite ; il doit paffer avant dans une autre prifon : en fortant de la Baftille, il fera tranféré au château de Caen ; mais on a fait entendre que ce ne feroit que pour la forme, & pour peu de temps. La famille fe flatte toujours que s'il fe conduit bien dans ce nouveau féjour, M. le duc d'*Aiguillon* ne laiffera pas enfouir les talents

(*) Nom du bourreau.

H 6

de ce militaire diftingué, & les mettra inceffamment en œuvre.

8 *Mars.* Tous les infpecteurs-généraux de
l'infanterie s'affemblent deux fois par femaine
chez M. le maréchal duc de *Biron*, pour examiner
les nouveaux principes de tactique de M. le
baron de *Pirch*, fuivant lefquels la garnifon de
Landau a été exercée : un bataillon des gardes-
françoifes a exécuté le 4 de ce mois, dans la
plaine de Grenelle, quelques-unes de fes manœuvres propofées ; il paroît qu'il n'y a qu'une
voix fur leur excellence & fur le mérite per-
fonnel de cet étranger.

9 *Mars.* M. *Dumourier*, colonel au fervice
de France, fuivant l'efpoir qu'on en avoit donné
à fa famille, vient d'être transféré au château
de Caen. M. de *Segur* a été conduit au château
de Loches, & M. *Favier* eft refté malade à la
Baftille. Comme on n'a eu aucune communication avec ces prifonniers, on n'eft pas mieux
inftruit fur la caufe de leur détention. La famille
du premier compte toujours fur un élargiffement
abfolu & prochain.

10 *Mars.* Le fieur *Durofoy*, après avoir fait
de petits & de grands vers, des recueils, des
poéfies, des tragédies, des opéra, des romans, des
hiftoires, des journaux, & avoir ainfi échafaudé
l'édifice de fa gloire très-fragile, commence à
fonger au folide. Il propofe un *Gazetin du Pa-
triote*, ou *Annonces des naiffances, des mariages,
des morts*. Il répand un *profpectus* très-emphati-
que, où il prouve comment cet ouvrage doit
réunir l'utile à l'agréable ; comment il eft néceffaire, indifpenfable ; comment fes feuilles
volantes feront infiniment plus effentielles que

les regiftres publics , où de tout temps font configuées ces époques importantes de la vie de chaque citoyen : afin de procurer à fon Gazetin toute l'utilité dont il eft fufceptible, ce grand politique veut que chaque province ait le fien.

Le premier numéro paroîtra le mardi 15 mars, & ainfi fucceffivement tous les mardi & famedi de chaque femaine.

11 *Mars.* Le fieur *Daugé* , caiffier de M. *le Maître*, tréforier de l'artillerie & des fortifications, homme grave & d'un âge mûr, marié depuis long-temps, mais féparé de fa femme, quoiqu'exiftante à Paris, a eu l'imprudence d'y contracter un fecond mariage affez publiquement pour que quelques perfonnes le fuffent. Cela a duré deux ans , & c'eft par la jaloufie d'une autre maîtreffe, qu'une lettre anonyme a inftruit M.*le Maître* de cette polygamie. Ce financier ayant bien vérifié la chofe, a fait compter fon caiffier, qui s'eft trouvé en *déficit* de quarante mille livres : il s'en eft trouvé quitte à bon compte & a été renvoyé. Ce malheureux va s'expatrier pour fe fouftraire à la rigueur des loix.

12 *Mars.* Outre les affemblées qui fe tiennent chez M. le maréchal duc de *Biron* , pour les changements à faire dans les évolutions de l'infanterie , M. le duc d'*Aiguillon* a nommé quatre maréchaux de France qui, par ordre du roi, s'affemblent entre eux fur le fait des armes & de l'artillerie.

13 *Mars.* Les quatre maréchaux de France qui forment l'efpece de confeil établi par le nouveau miniftre de la guerre, fur le fait des armes & de l'artillerie , font MM. le maréchal duc de *Richelieu*, le maréchal de *Contades*, le

maréchal prince de *Soubife* & le maréchal duc
de *Broglie*. Ils ont dû choifir chacun un lieutenant-général pour l'affocier à leurs délibérations.
L'objet eft de ftatuer quel eft le meilleur fyftême,
de celui de M. de *Valiere*, ou de celui de M. de
Gribeauval, pour fixer invariablement le cali-
bre, la forme des canons, des fufils, &c.

L'on continue à faire les manœuvres de la
nouvelle tactique propofée par M. le baron
de *Pirch*. Vendredi, les gardes-françoifes avoient
eu ordre de s'affembler au champ de Mars. Mais
le mauvais temps a obligé de remettre cet exercice.

13 *Mars*. C'eft au château de Dourlens que
doit être transféré M. *Favier*, lorfque fon état
le lui permettra. Il paffe pour être l'auteur du
manufcrit intitulé *le Tableau efquiffé de la fermentation qui agite actuellement l'empire Otto-
man, la Ruffie & la Pologne*. Il eft fâcheux que
cet ouvrage très-bien fait, n'aille que jufqu'au
commencement de la guerre entre ces diverfes
puiffances.

14 *Mars*. On s'occupe lentement, mais conftamment, de tout ce qui peut tendre à la falubrité
de l'air dans cette capitale, à fa propreté, à fon
embelliffement. Il eft queftion aujourd'hui d'une
nouvelle place aux veaux à établir au lieu qu'on
appelloit *les marais des Bernardins*. L'architecte
y prépofé fe difpofe à en faire un monument
public, comme le marché aux bleds, en évitant
les inconvénients de ce dernier, qu'on accufe
d'être mefquin. Il doit y avoir à cette place
vafte une principale rue pour entrée, & d'autres latérales. Le projet étoit de ne donner à
celles-ci que vingt-quatre pieds de largeur avec

un trottoir ; meſſieurs les tréſoriers de France,
faits pour préſider aux chemins & édifices publics, réclament l'exécution des réglements qui
preſcrivent trente pieds. C'eſt la matiere d'une
conteſtation qui dérange les plans ; & arrête
l'activité de la beſogne.

15 *Mars.* L'affaire de M. le chevalier de *Fou-*
eault , ſe pourſuit à Rennes contre M. de *Menou*.
Mais, indépendamment de celle-là, il y en a
une autre dont les ſuites devroient être très-gra-
ves, relativement à la loge du roi, qu'il a voulu
occuper à la comédie, & qui eſt en commun
avec le commandant & le premier préſident de
la chambre des comptes. En l'abſence du premier,
il prétendit y entrer : la famille de ce dernier
qui en avoit pris poſſeſſion, s'y oppoſa, quoiqu'il y eût une place vacante. Le major rempla-
çant en ce moment M. de *Menou*, fit mine
d'uſer de ſon autorité pour faire enfoncer la
porte par la garde : toutefois, par égard pour
les dames qui l'occupoient, il s'en abſtint. Mais
il en réſulta une plainte de part & d'autre
pardevant le lieutenant des maréchaux de France.
Elle eſt venue au tribunal, & le chevalier de *Fou-*
eault y a été condamné à trois mois de priſon
dans une citadelle. La maiſon de la *Rochefoucault*,
dont il a l'honneur d'être, s'eſt mêlée du procès : elle a trouvé le jugement inique & ſurpris,
au point qu'elle a fait obtenir un ſurſis au condamné. D'un autre côté, des familles illuſtres,
auxquelles appartient M. de *Menou*, ſe remuent :
ce qui occaſionne une diviſion dans laquelle la
plus grande partie de la cour ſe mêle pour ou
contre.

15 *Mars.* Samedi dernier on donnoit à la

comédie, *Crispin rival de son maître* : il y a dans
cette piece quelques traits que le public a jugé
à propos d'appliquer à l'affaire du sieur de *Beaumarchais*, & qui ont occasionné une rumeur
extraordinaire. C'est pour prévenir cette fermentation & la laisser se calmer, que les comé-
médiens ont reçu ordre de ne point représen-
ter l'*Eugénie* de cet auteur, qui devoit avoir
lieu le lendemain dimanche. On assure même
qu'on leur a enjoint de la rayer du répertoire,
jusqu'à ce qu'on leur permît de l'y rétablir.

16 *Mars*. Les trois *Freres jumeaux Vénitiens*,
comédie en quatre actes & en prose du sieur *Colalto*, le pantalon de la comédie italienne, continuent à avoir le plus grand succès, & ont été
donnés hier, pour la quinzieme représentation.
C'est en effet une des plus jolies pieces qu'on
puisse voir par la multitude d'incidents tous naturels & variés, qui soutiennent & excitent sans
relâche la curiosité. Le comique de situation en
fait le mérite principal, & annonce dans son
auteur une imagination facile, féconde & extrêmement gaie. Après un *imbroglio* des plus com-
pliqués, le dénouement s'amene comme de lui-
même, & se termine à la plus grande satisfaction du spectateur. L'art prodigieux avec lequel
le sieur *Colalto* fait successivement le rôle de
chacun des trois freres, d'un caractere tout-à-
fait opposé, laisse douter quel est le talent qu'il
possede plus supérieurement, ou comme poëte,
ou comme acteur.

20 *Mars*. Il court une *Epître à Ninon*, encore
très-rare, mais dont on parle comme d'une
piece charmante. On n'en nomme point l'auteur.

20 *Mars*. Le sieur *Dauberval* a enfin obtenu la permission d'aller en Russie, où l'on promet un sort considérable ; ce qui le mettra en situation de payer ses dettes. Mais, tant qu'il ne sera pas parti, on espere toujours que quelque bonne ame de la cour viendra à son secours, & nous empêchera d'être privé de cet excellent mime pour la danse.

20 *Mars*. On vend à force les matériaux de l'hôtel de *Condé*, & l'on semble se disposer à construire effectivement la nouvelle salle de comédie en ce lieu, malgré les inconvéniens qu'on ne peut s'empêcher d'y reconnoître.

20 *Mars*. Comme tout est sujet à critique, des militaires se sont permis de dire leur avis sur la nouvelle tactique, ce qui a déplu au maréchal de *Biron* & autres ; en conséquence on n'entre plus au champ de Mars que par billets.

On n'est point indécis sur les objets qui occupent les quatre maréchaux de France, pour se déterminer entre les principes de M. de *Valiere*, & ceux de M. de *Gribeauval*, concernant l'artillerie : chacun, outre les raisonnemens dont il s'appuie, s'étaie de démonstrations physiques, bien propres à augmenter la difficulté de choisir.

21 *Mars*. Les nouveaux principes de tactique acquierent de plus en plus faveur, & deux bataillons du régiment des gardes-françoises, manœuvrent à présent tous les jours d'après eux dans le champ de Mars. Il est question aujourd'hui de les faire exécuter plus en grand. On propose de faire camper près Paris deux régimens de cavalerie & autant de dragons pour d'autres exercices propres à ces corps, fournis aussi par

M. le baron de *Pirch* ; & s'ils réuſſiſſent, on prétend qu'on pourroit bien former un camp près de Compiegne, compoſé de la maiſon du roi.

22 *Mars.* On aſſure que la continuation du Louvre a été décidée & arrêtée la ſemaine derniere au conſeil des dépêches.

22 *Mars.* Extrait d'une lettre d'Amſterdam, du 17 mars.... Il court depuis quatre jours une défenſe au ſujet des livres prohibés, ſur l'éveil de M. l'ambaſſadeur de France. En voici la traduction :

« En vertu des ordres donnés par meſſeigneurs les Bourguemeſtres de cette ville, les chefs de la communauté des libraires font ſavoir à leurs confreres, qu'ils aient à s'abſtenir de la contrefaction & du débit des deux livres ſuivants.

» 1. Mémoires ſecrets d'une femme publique, ou Eſſais ſur les aventures de madame la comteſſe Dub✳✳✳✳, depuis ſon berceau juſqu'au lit d'honneur : in 8º. Londres, quatre volumes.

» 2. L'hiſtoire de la Baſtille, compoſée en quatre volumes, chaque volume renfermant ſix à ſept planches.

» Amſterdam, le 11 mars 1774.

(Signé) *les Jurés de la confrairie des Libraires.*

» Le libraire *Changuion* a été cité à la réquiſition de l'envoyé Danois, devant meſſeigneurs les Bourguemeſtres, au ſujet du paſſage inſéré dans *les Annales belgiques,* en

» l'honneur de la clémentiſſime reine Douai-
» riere. »

Vous pouvez juger par-là que notre république eſt très-complaiſante pour toutes les cours
étrangeres, & pour la France principalement.

22 *Mars.* M. *Clément*, dans une note de
ſes lettres ſur M. de *Voltaire*, annonçoit que
ce grand poëte étoit petit - neveu du fameux
Mignot, pâtiſſier - traiteur, contemporain de *Boi-
leau.* L'abbé *Mignot*, vrai neveu de M. de *Voltaire*, s'eſt trouvé compromis par cette note. Comme il eſt conſeiller de grand'chambre, il s'en
eſt plaint au premier préſident. Ce magiſtrat a
envoyé chercher M. *Clément*, & lui a appris que
M. de *Voltaire* & M. l'abbé *Mignot*, ne deſcen-
doient nullement du traiteur, mais d'une famille
ancienne de Paris, qui a paſſé du commerce en
gros dans la magiſtrature au commencement du
ſiecle. En conſéquence l'ariſtarque a écrit à l'abbé
une lettre qui ſe trouve dans le mercure de
mars, où il lui fait des excuſes, & réforme une
erreur auſſi importante, ſur-tout entre gens de
lettres.

22 *Mars.* Les régiments de cavalerie qui devoient camper aux environs de Paris, au commencement du mois prochain, pour manœuvrer d'après les principes de la nouvelle tactique, ſont *Royal-Rouſſillon*, *Royal-Piémont*, *Royal-
Navarre*, *Royal-Normandie*.

24 *Mars.* Tout ſe diſpoſe pour les travaux
qu'on ſe prépare à faire au Louvre, & l'on amaſſe
les matériaux néceſſaires. M. le contrôleur-général a retiré différents fonds qu'il fourniſſoit à
l'égliſe de la Magdelaine, & à celle de Sainte-
Genevieve, afin de procéder à cet établiſſe-

ment plus profane , mais plus patrotique , d'ailleurs plus urgent par la néceffité d'y tranfpor-
ter la bibliotheque du roi, & de débarraffer cet
emplacement, où l'on fe propofe toujours de
mettre les fermes.

26 *Mars.* Mercredi dernier, on a exécuté aux
Feuillants la meffe des morts du fieur *Floquet.*
C'eft une imagination de quelques partifans de
cet auteur pour lui faire gagner de l'argent.
En effet, les amateurs fe font empreffés de prendre des billets qui étoient de fix francs, & il
y avoit plus de cinq cents perfonnes, nombre
compétent pour ce petit vaiffeau. On eft d'autant plus aife de faire recruter aujourd'hui
ce muficien françois, qu'un étranger, le fieur
Gluck, va s'emparer de la fcene, & doit éclip-
fer tous fes rivaux, fi l'on croit fes enthoufiaftes.

27 *Mars.* M. le duc de *Chartres,* M. le prince
de *Condé,* M. le duc de *Bourbon,* ont été, ces
jours derniers, aux champs de Mars, pour y
voir les nouvelles manœuvres exécutées d'après
les principes du baron de *Pirch.* Leurs alteffes
ont femblé extrêmement fatisfaites, & de la méthode de cet étranger, & de la précifion avec
laquelle les gardes - françoifes, déjà rompus
à toutes fortes de mouvements , forment
ceux - ci.

27 *Mars.* Sous le nom de *Réflexions d'un
Citoyen polonois,* on vient d'imprimer un Précis
des réclamations que font journellement les fi-
deles Polonois fur l'envahiffement des provinces de ce malheureux royaume, où les puiffances copartageantes fubftituent aux regles de la
juftice & de la bonne foi, la force, la vio-

lence, l'ufurpation. Cette efpece de protestation récapitulée contre tout ce qui s'eft paffé, a 12 pages in-quarto, & eft fuivie d'un manifeste du comte de *Pulawski*, maréchal de la confédération de Lomza, dans laquelle il fe juftifie du crime qu'on lui a imputé d'avoir ordonné l'enlevement du roi, fe plaint des calomnies qu'on s'eft permifes fur fon compte dans cette affaire, protefte de fon zele pour la patrie, à laquelle il eft prêt de facrifier tout ce qu'il a de plus cher & lui-même.

28 *Mars.* On écrit de Rennes que le procès entre M. le comte de *Menou* & M. le chevalier de *Foucault*, s'y plaile en grand appareil, & qu'il divife la ville partagée entre ces deux iluftres contendants, dont le procès eft d'ailleurs fort intéreffant au fond, ainfi qu'on en a pu juger.

28 *Mars. L'artillerie nouvelle*, ou *Examen des changements dans l'artillerie françoife, depuis 1765, par M. ****, ci-devant lieutenant au corps-royal d'artillerie. Tel eft le titre d'un ouvrage nouveau, qui contient fort au long l'état de la queftion actuelle, agitée dans le comité des maréchaux de France dont on a parlé.

La queftion eft de favoir fi les changements qui ont eu lieu depuis la paix, dans tout ce qui appartient à notre artillerie, font avantageux; fi le roi, comme quelques-uns le difent, eft fans artillerie, ou s'il en a une incomparablement meilleure.

On examine le pour & le contre dans le long Mémoire en queftion, & l'auteur fe décide en faveur du nouveau fyftême : il mérite qu'on y revienne.

30 *Mars.* On ne tarit point fur le fieur de *Beau-marchais.* Ce font tous les jours de nouvelles facéties plus plates les unes que les autres. Il faut cependant diftinguer dans le nombre un Noël, comme piece hiftorique relatant affez bien toute l'affaire, & comme faifant épigramme dans quel-ques couplets; & une chanfon fur l'air *mon coufin l'allure*, extrêmement gaie, & fe fentant de la ma-lignité des anciens vaudevilles. Mais la police profcrit avec raifon toutes fes plaifanteries com-me injurieufes à une cour établie par le roi, & dont le public doit refpecter les arrêts.

On affure même que le roi, à qui l'on a rendu compte de la fermentation qui fubfiftoit toujours dans Paris, à l'occafion de ce *Wilkes* françois, avoit dit qu'il n'y avoit qu'à l'envoyer aux ifles. Heureufement les défenfeurs du fieur *Caron* ont paré le coup en calmant le courroux de fa ma-jefté, & en l'affurant que ce malheureux ne trempoit pour rien dans tout cela.

31 *Mars.* On difpofe tous les matériaux pour mettre en train tous les travaux du Louvre, & l'on affure que demain, 1 avril, il y aura trois cents ouvriers qui commenceront. On ef-pere tout de la ferme réfolution de M. l'abbé *Terrai*, & des difpofitions fages qu'il a com-binées pour pouffer l'entreprife avec vigueur.

1 *Avril* 1774. La chanfon dont on a parlé, eft intitulé *Jugement d'un chacun de M. de Beau-marchais;*

Sur l'air : *Mon Coufin l'allure* , &c.

Chacun dit à *Berthier*, gros vilain.
Tu es toujours le même,

Intendant fans entendement,
Et juge fans le moindre jugement,
Voilà, gros vilain, l'allure, gros vilain,
Voilà, gros vilain, l'allure

Chacun ayant vu tous les vilains
Déjà couverts de blâme,
Quand fur les fleurs de lys des vilains
Il voit la bande infame, des vilains,
Chacun la met fur l'épaule des vilains,
Chacun la met fur l'épaule.

Chacun condamne au frais du procès
Baculard & Dayrolles,
Et *Marin & Goezman Valentin*,
Et la modefte femme du vilain,
Tant que mort s'enfuive à fe voir baffoués,
Baffoués tant que mort s'enfuive.

Pour avoir tenté dame *Goezman*,
Malgré fon temps critique,
Puifque mieux que n'a fait *Cicéron*,
Beaumarchais, tu dois faire une oraifon,
Chacun te juge à faire du parlement
La belle oraifon funebre.

1 *Avril.* La beauté du temps a rendu la promenade de Long-champs, cette année, encore
plus brillante que de coutume. Le bruit qui
avoit couru que madame la dauphine honoreroit
ce fpectacle de fa préfence, avoit augmenté la

foule. On imagine que la crainte de l'embarras des voitures, a empêché qu'on ne fît voir à cette jeune princesse une promenade aussi digne de sa curiosité. M. le comte d'*Aranda*, ambassadeur extraordinaire d'Espagne, a sur-tout attiré les regards par la magnificence de son train. Il étoit précédé d'un carrosse de suite. Mlle. *du Thé* n'a pas moins frappé par l'insolence de son luxe : elle étoit à six chevaux.

1 *Avril*. Les changements considérables faits dans l'artillerie depuis 1765, ont été combattus dans un ouvrage intitulé : *Traité de la défense des places par les contre-mines, avec des réflexions sur les principes de l'artillerie*, attribué à feu M. de *Valiere*. M. le duc de *Choiseul*, dont l'auteur attaquoit les opérations, ne s'opposa point à son livre ; M. de *Gribeauval* qui avoit principalement dirigé la besogne du ministre, regarda cet écrit comme sans conséquence, & n'y répondit pas.

Depuis, on a imprimé *Observations sur un ouvrage attribué à feu* M. *de Valiere*, dont le principal objet étoit de faire voir l'absurdité d'attribuer cette manœuvre posthume à l'officier général en question.

Enfin le dernier ouvrage en ce genre, est *l'artillerie nouvelle, ou Examen des changements faits dans l'artillerie françoise depuis* 1765, *par* M***, *ci-devant lieutenant au corps-royal d'artillerie*.

Ce traité diffus & sans méthode, comme tout ce qui sort des mains des gens peu accoutumés à écrire & à rédiger leurs idées, contient fort au long l'état de la question qu'on agitoit alors. L'auteur examine si les changements
qui

qui ont eu lieu depuis la paix dans tout ce qui
appartient à l'artillerie françoise, font avantageux; si le roi de France, comme quelques-uns
le disent, est sans artillerie; ou si, comme
d'autres le prétendent, il en a une infiniment
meilleure.

On y traite d'abord des changements faits à
ce qui appartient à l'artillerie de campagne;
ensuite de ceux qui concernent l'artillerie de
siege & de place : on passe de-là à ceux qui
font communs à ces différentes especes d'artillerie ; on termine par considérer les mutations
non moins considérables, opérées dans le personnel de l'artillerie, c'est-à-dire, dans le corps
destiné à son service.

Avant 1732, rien de réglé, rien de constant
pour le nombre, l'espece des différents calibres
& leurs proportions. Cela dépendoit du caprice
des fondeurs. On n'avoit fait attention principalement qu'à l'usage de l'artillerie dans les sieges,
& c'est en conséquence de ce service & du peu
d'usage dont elle étoit dans les batailles, au
moins relativement au rôle qu'elle y remplit
aujourd'hui, qu'on déterminera les proportions
des pieces de canon en 1732. On doit cette ordonnance à M. de *Valiere*.

Mais il n'en résulta d'autre fruit que l'uniformité & la fixation d'un certain nombre de
calibres.

Lorsque dans la guerre de 1741, le roi de
Prusse eut adopté l'usage déjà établi par les Suédois, de méler dans la ligne du canon léger,
qu'il multiplia bien plus qu'eux, il fallut que
ses ennemis en fissent autant, sous peine d'être
battus. Ce prince même regardant, lors de la

Tome XXVII.　　　　　　I

paix qui fuivit, les François comme fes alliés naturels, les engagea à fe conformer à la nouvelle méthode qu'il adoptoit & perfectionnoit de plus en plus, & fur laquelle les Autrichiens avoient enchéri.

Ce fut aux confeils de ce prince que les François furent redevables de cette piece fuédoife qu'on attacha à chacun des bataillons pendant la paix qui fuivit la guerre de 1741.

Mais l'artillerie de parc étoit reftée dans le même état de pefanteur, quoique le roi de Pruffe & les Autrichiens euffent combiné la mobilité de celle-ci avec celle des pieces des régiments, & diminué prefque moitié fur les calibres de longueur, ainfi que fur la matiere. Ces deux puiffances, dans la guerre de 1756, firent fept campagnes avec cette artillerie moderne, & fe font confirmées dans l'excellence de leur méthode.

M. le marchal de *Broglio* fut le premier qui entreprit en France d'ôter à l'artillerie de parc fa pefanteur; ce qu'il ne put faire que très-imparfaitement.

L'artillerie de bataille étoit dans cet état à la fin de la guerre, lorfque le roi de France rappella d'Autriche M. de *Gribeauval*, qui joignoit à une connoiffance parfaite de l'ancien état de l'artillerie, l'expérience la plus complete des changements que les Autrichiens & les Pruffiens avoient jugé à propos de faire dans la leur, puifqu'il venoit de commander celle des premiers pendant plufieurs campagnes, & qu'il avoit toujours eu en tête celle des autres.

Sur les différents changements qu'il propofa, l'on ordonna des épreuves : elles commencerent à Strasbourg en 1764 ; elles fe firent avec la plus grande publicité. Tous les officiers d'artillerie en garnifon dans cette place , au nombre de plus de cent , ainfi que tous les autres , furent accueillis. Elles durerent pendant quatre mois ; il en réfulta :

1. Qu'on détermina à quel point il étoit poffible d'alléger les pieces qui font à la fuite des armées , pour fe compofer une artillerie auffi mobile qu'étoit devenu celle des puiffances avec lefquelles on venoit de faire la guerre, en laiffant d'ailleurs à cette artillerie la folidité néceffaire pour le fervice & pour l'effet général qu'on devoit en attendre.

2. Que les pieces anciennes dans tous les calibres n'ont aucun avantage fur les pieces nouvelles , quant à la régularité des portées , ni quant à la juftefse du tir, qui font les objets effentiels , lorfqu'elles font tirées les unes & les autres avec leur charge de poudre , avec les mêmes boulets , & lorfqu'elles font pointées à même élévation.

3. Qu'aucune des pieces nouvelles de douze, de huit & de quatre même , n'avoit une portée moindre de cinq cents toifes , quoique réduites à dix-huit calibres, & quoique tirées fous trois degrés ; portée de beaucoup excédante à celle où l'on peut tirer fur des troupes avec quelque juftefse.

M. de *Gribeauval* propofa enfuite de réduire le vent du boulet à une ligne ; ce qui devoit produire : 1. plus de juftefse dans le tir : 2. moins de fatigue pour les pieces : 3. une augmentation des portées.

Il fut démontré enfuite qu'en réduifant de

moitié environ de leur poids les pieces de douze, de huit & de quatre, elles auroient la mobilité demandée par les généraux, & indispensable par les changements survenus dans la tactique & dans l'artillerie des autres puissances ; que cet allégement leur laisseroit encore une portée excédente, celle qu'on devoit chercher, & la solidité au moins suffisante pour le service qu'elles devoient remplir.

Ensuite on raccourcit, on diminua les affûts de poids, ainsi que leurs rouages & leurs avant-trains, & l'on parvint à ne faire peser que treize quintaux la piece de quatre & son affût, tandis que, sur son affût, l'ancienne en pesoit vingt & un. On corrigera l'inconvénient que sa légé-reté lui occasionnoit par trop de recul, & l'on répara, par la précision du travail, la vigueur qu'on lui ôtoit par la diminution de matiere.

De-là la légéreté de la manœuvre des pieces de bataille ; en sorte qu'une piece de quatre roule très-facilement en tout chemin avec quatre & même avec trois chevaux, & qu'avec huit hom-mes, au moyen de bretelles & de léviers placés au cintre & à la crosse, elle avance ou recule en tout terrain, aussi vîte qu'une troupe d'infan-terie peut marcher.

M. de *Gribeauval* avoit aussi changé les caissons destinés à porter leurs munitions. Il porta encore l'attention sur d'autres objets qui, réunis, ont bien plus facilité le charroi, que l'allégement des pieces & des affûts.

Les changements à l'égard des pieces de siege & de défense, n'ont pas été fort considérables. Les pieces de vingt-quatre, aidées d'un nombre proportionné de pieces de seize, en forment le fond principal.

Ceux à l'égard des mortiers ont été plus grands, parce que c'étoit la partie la plus informe. L'auteur entre là-deſſus dans des détails longs & ſavants, où l'on ne peut le ſuivre.

A l'égards des changements communs à l'artillerie de campagne & à celle de ſiege & de place, ils conſiſtent, 1. dans la nouvelle maniere de pointer les canons : 2. dans les améliorations relatives aux gargouſſes, boulets, &c. : 3. à l'égard des cartouches : 4. relativement aux fontes : 5. à la réception des fers coulés : 6. l'auteur parle des nouvelles conſtructions, de leur uniformité, leur préciſion, leur prix, de la facilité des rechanges.

Les changements faits dans le perſonnel de l'artillerie, ont été établis ſur le principe très-ſimple de fixer combien d'hommes il falloit pour ſervir une piece de canon en temps de paix ; combien en temps de guerre ; &, ce nombre ſe trouvant le même pour toutes les bouches à feu, il en a réſulté la compoſition des eſcouades de canonniers & de bombardiers, la réunion des eſcouades pour former une diviſion, & celle des diviſions pour former les compagnies. Le nombre des bas-officiers, celui des officiers par compagnie a été déduit du même principe, & la compoſition des régiments & de leur état-major s'en eſt enſuivie.

Le nombre des ſoldats exiſtants lors de cette formation nouvelle, s'eſt trouvé en conſéquence diminué de cinq cents ſoixante en temps de paix, & de quatre cents en temps de guerre ; quoique, par ce même arrangement, le nombre des bouches à feu fût environ doublé

I 3

Le nombre des officiers a été au contraire un peu augmenté.

Malgré la diminution considérable faite dans le nombre des soldats, on a cependant trouvé, par la constitution nouvelle du corps de l'artillerie, le moyen de fournir au service de tout le canon de régiment, quoiqu'on ait doublé ce canon, en nombre, pour se trouver au moins de pair avec les puissances contre lesquelles on pourroit avoir la guerre.

Ce service, devenu très-considérable par le doublement de canons, se trouve rempli au moyen de quatorze cents hommes d'artillerie de plus qu'il ne seroit nécessaire en temps de guerre, pour le service des bouches à feu de parc & de siege.

Le roi a été, par cette augmentation, dispensé d'entretenir dans l'infanterie deux mille hommes en temps de paix, & en temps de guerre, trois mille deux cents, avec au moins deux cents sergents & cent officiers de plus.

Enfin, les exercices de pratique & de théorie se sont ressentis des principes nouveaux de l'artillerie ; les écoles sont devenues des écoles réelles de guerre.

L'auteur réfute ensuite les objections contre la nouvelle artillerie, & sur-tout l'ouvrage récent intitulé : *Essai sur l'usage de l'artillerie dans la guerre de campagne & dans celle de siege, par un officier du corps*, qu'il semble vouloir faire entendre être M. de *Saint-Auban*. Mais il profite de l'*incognito* que veut garder cet officier-général, pour le bourrer d'importance, & lui faire voir l'absurdité de ses maximes, ou leur inutilité.

1 *Avril*. Depuis quelques jours le bruit court que le marquis de *Monteynard* est inculpé dans l'affaire de la Bastille, dont les prisonniers sont dispersés dans différents châteaux-forts. On veut parler de MM. *Dumourier*, *Favier* & *Segur*. On prétend que l'ex-secretaire d'état a eu ordre de se tenir éloigné de la cour, au moins de dix lieues ; ce qui l'oblige de quitter Paris. On ajoute que le comte de *Broglio* s'y trouvant aussi compliqué, est confirmé dans son exil.

2 *Avril*. On continue à s'entretenir du désagrément qu'a essuyé le marquis de *Monteynard*. On l'attribue à la facilité trop grande de se laisser aller aux insinuations du comte de *Broglio*, qui l'avoit engagé à pensionner M. *Dumourier* à *Hambourg*, comme envoyé par le Roi pour apprendre les manœuvres étrangeres des troupes, tandis que lui, comte de *Broglio*, animoit particuliérement cet émissaire, & le faisoit travailler sous main à exciter une fermentation parmi les princes de l'Empire & les villes anséatiques, afin de parvenir à une guerre générale.

2 *Avril*. L'orage commence à s'élever contre le baron de *Pirch*, & l'on croit que le ministre de la guerre, paroissant affecter la neutralité la plus grande à cet égard, est intérieurement disposé à ne point adopter le systême moderne. Il en a fait renvoyer l'examen aux quatre maréchaux de France déjà rassemblés pour la discussion de ceux d'artillerie. On sait qu'il n'aime point le maréchal de *Biron*, & il suffit que celui-ci soit engoué des évolutions proposées, pour qu'elles déplaisent au ministre-duc. A moins donc qu'il ne soit démontré qu'il ne faille abso-

I 4

lument changer notre tactique, pour se mettre en état de faire face aux ennemis, en cas de guerre, sans désavantage, on ne croit pas que les manœuvres d'aujourd'hui prévalent.

4 *Avril*. On ne peut nier que depuis que les sieurs *Gariniés*, *Goffec* & *le Duc* président au concert spirituel, il ne soit dirigé avec plus d'intelligence & de goût : il y regne sur tout une grande variété dans le choix des ouvrages & des gens à talents qu'on y emploie. Cependant la froideur de ce spectacle en éloigne toujours beaucoup de gens qui veulent du mouvement & de la scene pour y suppléer un peu. On a imaginé de donner quelques *oratorio* dans cette quinzaine. C'est ce qui a eu lieu lundi 28, où l'on a exécuté *Samson*, qu'on a ridiculement appellé sur l'affiche *oratoire françois*. Quoi qu'il en soit, cet *oratorio* est pris, quant aux paroles, de l'opéra de M. de *Voltaire*, intitulé de ce nom. Ainsi voilà encore une scene où n'avoit jamais paru ce poëte universel, qui lui a procuré un nouveau triomphe ; graces, il est vrai, à la musique du sieur *Moreau*, organiste de *St. Sauveur*. Ce compositeur, qui avoit déjà donné aux Italiens *la Ressource comique*, où l'on avoit remarqué beaucoup de talent, en développe encore plus dans cet ouvrage. La musique en est grande, noble, majestueuse, pittoresque : elle a produit un merveilleux effet, & l'on exécute demain, pour la troisieme fois dans la même semaine, ce morceau qui a attiré beaucoup d'amateurs. La demoiselle *Larrivée*, les sieurs *le Gros* & *Beauvalet*, s'y distinguent pour l'exécution. Ce nouveau genre de spectacle ayant pris, on annonce *le sacrifice d'Abraham*.

5 *Avril.* Quoi qu'il y ait déjà dans ce pays-ci
de très-grandes entraves pour l'impression des
ouvrages, on vient d'en mettre une nouvelle
qui gêne beaucoup les auteurs, & dont ils gé-
missent. Autrefois, quand le manuscrit étoit
signé d'un censeur, il ne souffroit plus aucun
retard pour l'impression, & dès qu'il étoit imprimé, il étoit mis en vente sans autre cérémonial. Cette première approbation ne suffit pas
aujourd'hui ; il faut que l'ouvrage imprimé soit
encore revu, & subisse un second examen. La
raison est que plusieurs auteurs éludoient la censure, en restituant souvent des endroits rayés
ou proscrits par l'approbateur ; que d'ailleurs on
distingue bien plus nettement un livre imprimé ;
que l'attention n'étant plus fatiguée à débrouiller
une minute informe & mal écrite, se porte toute
entiere sur le sens des choses. On compte éviter
ainsi la contradiction qui arriveroit quelquefois
de voir un ouvrage se vendre publiquement
pendant quelque temps avec toutes les formalités requises, & proscrit ensuite par un arrêt
du conseil. Mais cela effraie les auteurs, & plus
encore les imprimeurs, qui courent risque d'être
arrêtés dans le débit d'un ouvrage dont l'édition
entiere peut ainsi rester à leurs frais. Cela tend
sourdement à la destruction de la littérature, &
à introduire l'ignorance par degrés, suivant les
principes du despotisme.

5 *Avril.* Le succès de l'*oratorio de Samson* a
excité les compositeurs. Le Sr. *Cambini* a donné
lundi *le sacrifice d'Abraham*, dont la musique a
fait aussi sensation parmi les connoisseurs ; malheureusement il a voulu composer les paroles
qui ne répondent pas au reste.

I 5

5 *Avril.* MM. les tréforiers de France ont forcé les entrepreneurs de la nouvelle place aux veaux dont on a parlé, de donner à toutes les rues qui y correfpondent trente pieds de largeur, au lieu de vingt-quatre.

6 *Avril.* M. le baron de *Bon*, miniftre plé-nipotentiaire du roi à Bruxelles, eft rappellé, & M. le vicomte d'*Adhemar* le remplace. C'eft celui qui voyageoit en Ruffie, & dont on a déjà parlé, qui donnoit dans ce pay-là le ton pour les modes & les fêtes, & qui étoit admiré de tout le monde, excepté de l'impératrice. On préfume que la cour aura été contente de ce petit effai, & va donner lieu à ce feigneur, en le revêtant d'un caractere, de développer fes talents en politique.

7 *Avril.* Le mercredi-faint le Châtelet a jugé par contumace le procès inftruit contre le *quidam*, agreffeur de M. de *Saint-Auban* fur le bou-levard. Par la fentence imprimée, mais non affichée, ni même vendue, il confte que ce *quidam* étoit le baron de *Chargey*, neveu de M. de *Bellegarde*, condamné à être rompu vif, comme atteint & convaincu d'avoir tiré un coup de piftolet à fon adverfaire ; d'être enfuite venu fur lui avec un couteau de chaffe affilé, pour le percer par derriere, & d'avoir tiré un fecond coup de piftolet qui a manqué. Cette fentence doit s'exécuter en effigie, après la quinzaine, à la barriere du Temple, lieu où le délit s'eft commis.

7 *Avril.* Le régiment des gardes-françoifes a interrompu fes nouvelles manœuvres pour re-prendre les anciennes, & fe mettre en état de

paſſer la revue devant le roi, dans le temps &
de la maniere d'uſage.

7 *Avril*. Les amateurs des ſpectacles forains,
tels que ceux de *Nicolet* & d'*Audinot*, ſont dans
de grandes tranſes ; ils en craignent la ſuppreſ-
ſion. Il eſt queſtion d'impoſer ſur eux le quart des
pauvres. Ces hiſtrions ont fait des difficultés,
& l'on s'en eſt prévalu pour les menacer d'une
extinction totale. Les autres ſpectacles ne ſe-
roient point fâchés de cette deſtruction, & leurs
partiſans & protecteurs appuient la querelle. On
croit cependant qu'avec la rétribution demandée, ils en ſeront quittes.

8 *Avril*. Le ſieur *Torré* a rouvert ſon Wauxhall
ſur le boulevard le lundi 4 de ce mois. La beauté du
temps l'avoit déterminé à prématurer cette cérémonie. Malheureuſement il a changé depuis,
& ſon ſpectacle n'a pu être brillant. Le coliſée
menace auſſi par des affiches de rouvrir encore
cette année : on ne peut concevoir l'obſtination
des entrepreneurs à ſe ruiner, pour fatiguer le
public d'un monument qui lui déplaît.

8 *Avril*. On veut que le réſultat des conférences des maréchaux de France, & autres offi-
cier-généraux aſſemblés pour l'examen des différents ſyſtêmes d'artillerie, ait été, comme on
l'avoit annoncé, de prendre un parti mixte,
c'eſt-à-dire, de fabriquer les canons pour les
ſieges, ſuivant les principes de M. de *Valiere*,
& ceux de campagne, ſuivant les principes de
M. de *Gribeauval*.

8 *Avril*. Suivant les dernieres lettres de Pétersbourg, le ſieur *Diderot* prend de plus en plus
auprès de l'impératrice des Ruſſies : cette auguſte
ſouveraine ne peut ſe paſſer de lui, & l'on

I 6

doute qu'elle se détermine à le laisser revenir, comme il l'avoit annoncé. Il est vrai que le surplus de sa cour goûte peu ce philosophe, & qu'en général il n'a d'agrément que dans la société de la czarine, qui dépose pour lui toute la majesté du trône.

9 *Avril. Considérations politiques & philosophiques sur les affaires présentes du nord, & particuliérement sur celles de Pologne.* Tel est le titre d'une nouvelle brochure, après laquelle courent les politiques de ce pays-ci. Quoique les malheureux de cette république infortunée, y soient décrits avec autant de force que d'étendue, auteur s'y exprime avec beaucoup de modération contre les puissances copartageantes, auxquelles il prodigue même des éloges. Il ne peut dissimuler sur-tout les vexations inouies, dont les Russes ont opprimé les Polonois; mais il rejette tout sur le compte de l'abus du pouvoir des chefs, & prétend que la czarine a ignoré les horreurs dont ils se sont rendus coupables.

L'objet principal de cet ouvrage, est de disculper le roi des reproches qu'on lui fait sur son indolence & son inertie. L'écrivain certifie que ce monarque a fait tout ce qu'il pouvoit faire; ce qui est lui supposer une grande impuissance. Du reste, on y trouve des détails instructifs sur le gouvernement de Pologne, sur les abus qui en étoient inséparables, & la conclusion naturelle est la nécessité d'une réforme, ou même d'une refonte de la constitution vicieuse de la république.

10 *Avril.* On dit que M. le contrôleur-général a fortement à cœur de consommer la construction du Louvre; qu'il visitera par lui-même

les travaux; qu'il piquera de temps en temps
les ouvriers, & qu'au moment où l'on s'y attendra le moins, *on espere le voir sur l'écha-
faud.*

11 *Avril.* Comme on persiste toujours à vouloir transférer les fermes à la bibliotheque du
roi, qui doit aller au Louvre dans quatre ans,
si le projet de M. l'abbé *Terrai* s'effectue, &
que la compagnie des Indes qui sert de bourse
aujourd'hui, seroit englobée dans les nouveaux
arrangements; on parle de construire une
bourse à l'ancien hôtel de la monnoie, ce qui
la mettroit au centre du commerce & de la
capitale.

11 *Avril.* On ne saura guere le résultat des
différentes conférences qui se tiennent chez les
maréchaux de France qui y président, que par
les ordonnances du ministre lorsqu'elles paroîtront; savoir, celles concernant l'infanterie, rendue d'après le résultat des sessions tenues chez
le maréchal duc de *Biron:* celles concernant la
cavalerie & les dragons, d'après les assemblées
tenues chez M. le maréchal prince de *Soubise,*
& celle concernant les milices & garde-côtes,
d'après les résolutions prises chez le maréchal
duc de *Richelieu.*

13 *Avril.* Les répétitions de l'opéra du chevalier *Gluck,* ont été si tumultueuses, même
les particuliers, que les directeurs avoient pris
le parti de demander au duc de la *Vrilliere* un
ordre pour n'y recevoir personne : quant aux
générales, celle du lundi a été plus nombreuse encore, s'il est possible, que celle du samedi ; & cela n'a point empêché ni troublé l'exécution, qui s'est faite avec la plus grande pré-

cifion. Dans la répétition du famedi, on avoit difpofé une loge grillée, où tout le monde veut que foit venu Mad. la comteffe *Dubarri.*

13 *Avril.* Le confeil des maréchaux de France & des officiers - généraux dont on a parlé concernant l'artillerie, a auffi fini & arrêté fes délibérations, & le miniftre de la guerre fe difpofe en conféquence à faire paroître une nouvelle ordonnance qui réformera celle de 1772, & par laquelle on reviendra à ce qui avoit été réglé en partie en 1765, fous le miniftere de M. le duc de *Choifeul.*

13 *Avril.* Tout le monde étoit dans l'attente de la premiere repréfentation de l'opéra d'*Iphigénie*, qui devoit avoir lieu hier: une extinction de voix furvenue dans la nuit au fieur *Larrivée*, acteur effentiel faifant le rôle d'*Agamemnon*, l'a empêché de pouvoir jouer, & à une heure & demie, on a affiché à la porte de l'académie royale de mufique un avis par lequel on annonçoit qu'il *n'y auroit point d'opéra aujourd'hui mardi* 12, *conformément aux ordres du roi*; ce qui a fort fcandalifé le public attroupé. On prétend: 1. que les directeurs devoient être préparés à un pareil accident qui arrive fouvent, & avoir un acteur prêt à doubler le fieur *Larrivée*: 2. qu'au cas où l'acteur ne voudroit pas fouffrir ce changement, en quelques heures de temps, il devoit leur être poffible de fubftituer la repréfentation de quelques fragments, &c.

On a tout de fuite dépêché un courier à Mad. la dauphine, qui devoit honorer le fpectacle de fa préfence, pour la prévenir du contretemps; mais cette princeffe s'étant deftinée à venir à Paris, s'y eft rendue, & s'eft promenée fur les boulevards avec M. le dauphin, M. le comte & Mad. la comtesse de *Provence*.

14 *Avril*. La cupidité des acteurs de la comédie françoise, les a excités à multiplier encore leurs petites loges. Ils en ont ajouté cinq de chaque côté fur le théâtre, & deux dans le parterre; ce qui le rétrécit beaucoup & gênera infiniment la forte de public qui le compofe, & dont les hiftrions font peu de cas, fans le fieur *le Kain*, qui regrette toujours le fauxbourg St. Germain, à raison du parterre d'alors, dont il prifoit fort les critiques & les éloges.

14 *Avril*. On a exécuté hier, fur le boulevard, à la porte du Temple, la fentence du Châtelet rendue le 29 mars, contre le *quidam*, reconnu pour être le baron de *Chargey* : on y relate les détails du crime d'affaffinat à main armée, qu'on lui impute envers M. de *Saint-Auban*, & par une publicité affectée qu'on donne à ce châtiment, en vendant la fentence qu'on avoit affuré ne devoir pas l'être, on ôte à fa famille la confolation de voir enfevelie dans le filence cette funefte aventure.

14 *Avril*. Les fieurs *Nicolet* & *Audinot* fentant l'impoffibilité de fe refufer à la rétribution qu'on leur demande pour le quart des pauvres, & craignant le malheur plus grand d'une ceffation abfolue, ont pris le parti de paffer par tout ce qu'on a voulu, & leur fpectacle vient de fe rouvrir.

16 *Avril*. Ce livre clandeftin qui a fi fort fcandalifé les artiftes, & que l'auteur a été obligé de fupprimer dès fa naiffance, au point qu'il y en a très-peu d'exemplaires dans le public, eft intitulé *Dialogues fur la Peinture*, avec des notes.

Il est divisé en neuf dialogues. Les interlocuteurs
sont milord *Lytleton* , monseigneur *Fabretti* ,
prélat romain, & le sieur *Remi*, marchand de
tableaux. On voit d'abord que ce cadre, nullement neuf , est le même que celui dont s'est servi
l'auteur d'une petite brochure sur le salon dernier ,
dont on a rendu compte. Celle-ci traite aussi en
grande & très-grande partie le même objet.

Le premier dialogue roule sur les tableaux
saints , présentés au public dans la derniere
exposition. Le second , sur les autres grands tableaux d'histoire. Le troisieme , sur les tableaux
de genre. Le quatrieme , sur les peintres de portraits. Le cinquieme, sur les sculpteurs. Le sixieme ,
sur les graveurs & les dessins. Le septieme , sur les
manœuvres entre les peintres , les brocanteurs &
marchands d'estampes. Le huitieme contient des
vues pour remédier aux abus , & pour réunir
l'académie d'architecture à celle de peinture &
sculpture. Le neuvieme renferme une critique
des monuments de nos architectes modernes.

L'éditeur dans un avis annonce que ces dialogues sont détachés d'une nombreuse collection
qui contient un cours complet des séances de ces
étrangers dans nos académies , théâtres , biblio-
theques , cercles &c. & qu'on est en état de fournir la suite , toujours enrichie de notes , supposé
que cet ouvrage plaise.

16 *Avril.* Il ne paroît pas que le livre des dialogues sur la peinture soit d'aucun des artistes auxquels on l'a successivement attribué , ni même
d'aucun artiste; mais d'un homme très-versé dans
les arts , très-répandu parmi ceux qui les profes-
sent, très au fait de tous les procédés, & en outre
homme de lettres plein de goût & de jugement.

Une grande connoiffance de l'antique l'a rendu
très-fevere fur les productions modernes : cependant, quoiqu'il critique nos peintres, nos graveurs, nos architectes les plus eftimés, il leur
rend juftice quand il le faut. Son acharnement
contre M. *Pierre*, le premiere peintre du roi, fur
lequel il revient particuliérement, eft motivé ; il
en rend raifon. Outre qu'il le regarde comme un
des principaux corrupteurs du bel art de la peinture parmi nous, il lui reproche fon empire defpotique envers fes confreres ; la maniere infolente
& barbare dont il traite les jeunes gens & étouffe
ainfi les talents dès leur naiffance.

Quoique l'écrivain ne s'étende pas autant fur
l'architecture, & que les coryphées de cet art prétendent qu'il ne connoifle pas cette partie auffi
bien que les autres ; ce qu'il en dit eft d'un goût
jufte, fûr, précis & lumineux, & fait voir qu'il
en diroit beaucoup plus s'il vouloit.

Quant au ftyle, s'il n'eft pas toujours correct,
s'il y a quelques expreffions impropres, quelques
penfées recherchées, entortillées ; il eft en général
fimple, naturel, & dans le genre du dialogue : les
interlocuteurs font bien choifis, parlent convenablement à leur qualité, & ce livre eft fans contredit le meilleur aujourd'hui pour avoir une
idée vraie de l'état actuel des arts en France.

17 *Avril.* L'opéra d'*Iphigénie*, fufpendu pendant huit jours, doit enfin avoir lieu le mardi
19. On compte toujours que madame la dauphine honorera le fpectacle de fa préfence.

18 *Avril.* L'académie des fciences a été
agitée d'une grande fermentation il y a peu
de temps. Elle avoit élu pour adjoint M. *Vicq
d'Azyr*, médecin confultant de monfeigneur

comte d'*Artois* , & fuivant fon ufage avoit fait part de l'élection au miniftre ayant le département de Paris, pour obtenir la confirmation de fa majefté. La lettre étoit venue ; mais avec la claufe que le fieur *Boerhave* fût nommé adjoint furnuméraire. Cet acte de defpotifme a révolté l'académie ; elle a nommé une députation vers le duc de la *Vrilliere* pour lui repréfenter combien ce coup d'autorité blefloit les privileges de la compagnie. C'eft le chevalier d'*Arcy* qui a porté la parole & l'a fait avec beaucoup de force & d'énergie : le miniftre s'eft rendu , mais n'a point voulu avoir le démenti. On eft convenu qu'il retireroit la premiere lettre , qu'il en écriroit deux autres, l'une portant la confirmation de l'élection du fieur *Vicq* d'*Azyr* purement & fimplement par fa majefté; l'autre , où le roi marqueroit fon intention que le fieur *Boerhave* fût nommé à une place de furnuméraire adjoint : ce qui a été fait, & l'on s'eft contenté en cela, comme en beaucoup de chofes, de fauver la forme de part & d'autre, puifqu'au fond les chofes font reftées les mêmes

18 *Avril.* Tout fe difpofe pour la prochaine entrée à Paris de M. le comte & Mad. la comteffe d'*Artois*; elle doit avoir lieu à la fin de ce mois-ci , ou au commencement de l'autre.

18 *Avril.* Le baptême d'un juif fait à la paroiffe de Saint Euftache la femaine derniere , a produit un fpectacle édifiant pour la religion, & cette cérémonie a attiré beaucoup de monde. On exalte le zele du curé, auteur de la converfion.

18 *Avril.* La cabale qui fe fomentoit fourdement contre le chavalier *Gluck* commence à

fe développer davantage : elle a profité de la fufpenfion de fon opéra pour fe fortifier, fe combiner, & l'on s'attend à de grands événemens dans cette partie, à des critiques vives, à des efcarmouches, à des combats littéraires, qui feront rire les gens dénués de tout efprit de parti.

20 *Avril*. M. de *Voltaire*, dans une lettre particuliere à un de fes amis qui lui avoit fait l'éloge de l'épître de M. de *Shuwaloff*, & lui en parloit comme d'un ouvrage auquel il le foupçonnoit avoir eu part, s'échauffe à cette occafion, & prétend qu'il n'eft pas affez impertinent pour fe louer ainfi lui-même; qu'elle eft toute entiere du chambellan de l'impératrice; qu'il eft un prodige pour l'efprit, les graces, la philofophie. Il ajoute que l'impératrice des Ruffies écrit en profe auffi bien que ce feigneur en vers, que le roi de Pruffe caufe l'admiration de tous les François qui le lifent. Il finit par demander à qui l'on doit attribuer ces progrès étonnans de notre langue chez les étrangers; *eft-ce aux énigmes de Mercure?* ajoute-t-il. On voit que s'il fe défend d'un côté de fe louer lui-même, il le fait d'un autre d'une façon adroite, il eft vrai, & par infinuation feulement. Au refte, tous ces dits & contredits du philofophe de Ferney font fi communs, qu'on peut facilement ajouter foi aux uns & aux autres. Il eft conftant que le Ruffe lui avoit adreffé une épître; mais que M. de *Voltaire* lui a tellement corrigé fon thême, qu'il n'eft pas refté un vers du premier.

24 *Avril*. Le château que fe fait élever Mad. la comteffe *Dubarri* dans l'avenue de

Verſailles , à côté de la maiſon de *Binet* qu'elle
a acheté, s'avance & ſera conſtruite pour le
retour de Fontainebleau de cette année. Elle
doit y établir un aumônier en titre : beaucoup
de prêtres , de curés de campagne, d'abbés de
cour briguent cet honneur.

24 *Avril.* Extrait d'une lettre de Toulon ,
du 16 avril 1774. On avoit le projet d'établir
ici une forme, c'eſt-à-dire un baſſin-pierre, com-
muniquant à la mer par des portes qu'on ouvre
& qu'on referme, pour y faire entrer les vaiſſeaux qu'on veut radouber & les faire reſſortir ;
on n'avoit pu réuſſir. Feu M. *Laurent* envoyé
dans ce port par le duc de *Praſlin*, avoit échoué
à cauſe des ſources qu'on avoit rencontrées dans
l'endroit choiſi, & des frais énormes qu'il en
eût coûté pour les deſſécher ou les détourner.
M. de *Boynes* qui s'occupe de toutes ſortes de
projets d'amélioriation, a donné ordre au ſieur
Groignard, conſtructeur de la marine, rempli
de talents, même pour le génie civil, d'examiner de nouveau la poſſibilité de l'entrepriſe. Celui-ci a imaginé de conſtruire une forme en
bois, de la lancer à la mer comme un vaiſſeau,
de l'arrêter en un endroit convenable, de la revêtir enſuite de maçonnerie, d'y faire des portes , &c. On a repréſenté que cette invention ſe-
roit très - diſpendieuſe, qu'il y faudroit du bois
de quoi conſtruire deux gros vaiſſeaux. Le miniſtre curieux de ſignaler ſon adminiſtration par
des innovations brillantes & utiles, a voulu
qu'on paſſât outre, & l'on va travailler à l'exécution.

25 *Avril.* M. l'abbé de *Lille* eſt prêt depuis long-
temps, c'eſt-à-dire, a compoſé ſon diſcours de

réception , & follicite la compagnie de prendre
jour pour fa réception. Mais ces meffieurs re-
tardent, & l'on craint que la mort de M. l'abbé
la ville ne foit un nouvel obftacle. Comme par
cette mort M. *Suard* occupe de droit la place
du défunt, puifqu'il avoit été élu de la même
maniere que le premier, on propofe pour la
fingularité du fait, de reculer encore la réception de l'abbé de *Lille*, jufqu'au délai de quarante
jours, établi à l'académie françoife pour la nomination du fuccefleur à la vacance d'un fauteuil ; & quand le fecond fera élu, de les recevoir tous deux enfemble.

25 Avril. Il eft décidé que l'entrée de M. le
comte d'*Artois* & de fon augufte compagne,
aura lieu le mercredi 4 mai. Quoique les car-
roffes de cérémonie ne foient pas prêts, l'impatience du prince ne lui a pas permis d'attendre ce temps ; ce qui auroit retardé la fête
jufqu'à la fin du mois.

27 Avril. La fureur du public ne fe ralentit
point, malgré les partifans de la vieille mufique qui fe déchaînent contre l'opéra d'*Iphigénie*.
On doit y faire des améliorations dans les parties foibles, telles que les décorations & les
ballets. Vendredi prochain on change le dénouement, qui fera exécuté avec tout le merveilleux que comporte ce fpectacle. *Diane* inter-
viendra & terminera fuivant le récit confacré
par la fable. La demoifelle *Heynel* & le fieur
Dauberval qui n'avoient point encore paru, devoient danfer, & l'on répand le bruit que madame la dauphine doit venir revoir cet opéra
embelli de tous les acceffoires en queftion.

28 Avril. M. le dauphin & Mad. la dau-

phine, M. le comte & Mad. la comteſſe de *Pro-*
vence ſont venus mardi dernier ſe promener ſur
les boulevards ; ce qui avoit d'abord fait croire
qu'ils étoient attirés par l'opéra. On obſerve en
général que ces jeunes princes & princeſſes s'a-
muſent peu à la cour. On a vu dimanche dernier, avec étonnement, au grand couvert,
M. le dauphin dormir à table à côté du roi ſon
grand-papa, qui s'en eſt apperçu & l'en a plai-
ſanté avec bonté.

29 *Avril.* Le ſieur *Dauberval* n'a pas manqué de témoigner ſa reconnoiſſance envers madame la comteſſe *Dubarri* dans une lettre encore
fort rare, mais dont il tranſpire des copies :
on y remarque la même aiſance, la même fa-
miliarité qu'on a déjà trouvée dans celle qu'il
lui a écrite à l'occaſion du mariage que cette
dame vouloit contracter du danſeur avec made-
moiſelle *Dubois.* Cette nouvelle épître ſur la
quête que l'illuſtre protectrice a bien voulu faire
en faveur de cet homme à talent, eſt conçue
ainſi :

MADAME,

« Quelles obligations ne vous ai-je pas, &
comment les reconnoître ! Inveſti, couvert, accablé de vos bienfaits, je viens d'éprouver de votre part une faveur unique & dont il n'eſt aucun exemple en France, à l'égard d'un ſimple
homme à talent. J'étois abymé de dettes : l'inconduite trop ordinaire dans notre état, la diſ-
ſipation dans laquelle nous vivons, le luxe où
nous entraîne la ſociété brillante qui nous recherche, le gros jeu devenu un beſoin général,

étoient les caufes naturelles de mon dérangement.
Cela me donnoit peu de droit à l'indulgence
publique. Auffi tourmenté par mes créanciers,
ne fachant comment les fatisfaire, j'avois pris
le parti de m'expatrier, d'aller en Ruffie où
l'on m'appelloit & dont le ciel, tout rigoureux
qu'il foit, auroit eu pour moi moins d'inclé-
mence. Vous n'avez point voulu, Madame,
qu'une terre étrangere s'enrichît d'une perte bien
foible fans doute & que vous avez daigné exa-
gérer : vous avez prétendu qu'il feroit honteux
que pour cinquante mille francs on laiffat partir
un danfeur auffi précieux (ce font vos termes,
& je rougirois de les rapporter fi l'on pouvoit
être modefte, honoré d'un fuffrage comme le
vôtre) ; mais ce qui feroit tourner une tête plus
forte que la mienne, c'eft votre empreffement
à faire participer la cour entiere au rétabliffement de ma fortune : affurément vous pouviez
feule me fauver du naufrage ; c'eût été un filet
d'eau échappé d'un grand fleuve : il eût été plus
doux pour mon cœur de n'avoir qu'une protectrice.... Que dis-je ! je n'en ai qu'une en
effet, & c'eft à vous, Madame, que je dois
rapporter les bontés de tant d'illuftres perfonnages. Vous avez prétendu que tous, étant
mes admirateurs, devoient concourir à me garder : vous avez établi une foufcription, & vous
fembliez n'ouvrir votre porte, qu'en proportion
du zele qu'on mettoit à s'y infcrire : c'étoit une
véritable taxe dont vous griéviez ceux qui ve-
noient rendre leurs hommages.

» Autrefois madame la marquife de *Pompa-
dour*, cette femme charmante qui vous a dé-
vancée dans la carriere brillante où vous entrez ;

que les arts ont rendu immortelle , parce qu'elle
les a toujours accueillis & soutenus, fit faire
une loterie pour *Geliotte* (ancien chanteur de
l'opéra) ; on a donné des bals pour *Grandval*
(ancien acteur de la comédie françoise) ; une
représentation pour *Molé* (acteur actuel de la comédie françoise), grands hommes infiniment supérieurs à moi & par leur talent & par l'excellence
à laquelle ils l'ont porté. Il vous étoit réservé,
Madame, d'envisager ma perte comme une cala-
mité générale, & d'avoir recours, pour me conserver, à un de ces impôts extraordinaires,
que le patriotisme alarmé s'empresse de payer
à l'envi. Mon dévouement plus absolu que jamais
à vos amusements, est la seule maniere dont
je puisse vous témoigner ma reconnoissance. C'est
aux artistes, c'est aux gens de lettres à vous célébrer plus dignement. Qu'est-ce que le génie ne
doit pas attendre d'une divinté aussi tuté'aire,
si vous daignez faire tant de choses à l'égard
d'un homme à talent, uniquement recommandable par le bonheur qu'il a de contribuer à vos
plaisirs ? Déjà la peinture, la sculpture, la gravure se sont disputé la gloire de transmettre à
l'Europe étonnée les graces séduisantes de votre
figure ; déjà les muses vous ont couronnée de
leurs guirlandes ; déjà le patriarche de la littérature, le prince de nos poëtes & de nos philosophes, le vieillard de Ferney, s'est abaissé à vos
genoux, (on connoît la lettre de M. de *Voltaire*
à madame la comtesse *Dubarri*, publiée au mois
de juillet dernier) & vous a, en sa personne,
rendu les adorations, & du parnasse, & du por-
tique. Puisse son exemple encourager ceux dont
le respect captivoit la langue ! Qu'il s'éleve un

concert

concert général de vos louanges, & que le fceptre
des arts & de la philofophie, tombé des mains
de la marquife adorable qu'ils pleurent encore,
paffent dans vos mains, & leur rende en vous
une autre Minerve ! »

Je fuis avec un profond refpect, &c.

Paris, ce 10 avril 1774.

1 *Mai* 1774. C'eft au jeudi 5 mai qu'eft fixée
la réception de l'abbé de *Lille*. Celui-ci a infifté
pour avoir une féance à lui feul, & pouvoit
lire, comme on l'a dit, un ou deux chants de
la traduction en vers du poëme de l'*Enéide*.

2 *Mai*. M. le chevalier de *Foucault*, major
des ville & château de Nantes, répand une réponfe en date du 9 avril, au mémoire de M. de
Menou, lieutenant pour le roi defdites ville &
château. Il prétend que ce n'eft que d'après l'avis
de jurifconfultes éclairés, qu'il s'eft cru bien
fondé à exercer contre fon adverfaire une action
de dommages intérêts, & que celui-ci, bien loin
d'avoir prouvé qu'il n'avoit point eu de part aux
procédures criminelles dirigées contre le chevalier de *Foucault*, a fait tout le contraire ;
qu'en publiant l'hiftoire des différends qu'il lui
a fufcités dans l'exercice de fa place, en impri-
mant les lettres dans lefquelles il portoit fes
plaintes, il a rendu publiques les preuves de fon
animofité contre l'accufé ; il a donné à fa propre
conduite des motifs que celui-ci ne pouvoit que
foupçonner ; qu'enfin le calomniateur dans cette
affaire malheureufe, eft celui qui, s'envelop-
pant du manteau de la difcrétion, ou plutôt des
ombres de la fraude, a voulu fe ménager l'im-

Tome XXVII.   K

punité, en cachant la main dont il portoit les
coups les plus funeftes à l'honneur d'un officier
décoré du prix de vingt-huit ans de fervice ;
qui fait imprimer dans la gazette de Leyde un
faux avis ; & qu'ainfi le chevalier de *Foucault*
eft juftement fondé à demander une réparation
éclatante contre M. de *Menou*, & cinquante mille
francs de dommages-intérêts.

2 *Mai*. On annonce un *dialogue de Pégafe
avec un vieillard*, en vers, nouvelle facétie de
M. de *Voltaire* qui eft encore très-fecrete. On
dit M. l'abbé *Terrai* furieux des trois vers fuivants, qu'il regarde comme une ironie fanglante,
un reproche pour fon peu de goût pour les arts :

Monfieur l'abbé *Terrai* pour le bien du royaume,
Préfere un laboureur, un prudent économe,
A tous nos vains écrits qu'il ne lira jamais...

4 *Mai*. On a fait à la bourfe une enceinte,
efpece de fanctuaire, où les agents de change
peuvent feuls pénétrer pendant l'heure des né-
gociants : l'entrée en eft gardée, &, quand on veut
parler à l'un d'eux, on eft obligé de le demander, & il fort. On a voulu prévenir par-là les
manœuvres d'une quantité de courtiers, d'ap-
prentis courtiers, de crocs & d'efcrocs, qui
profitoient des inftructions que pourroient avoir
les agents pour monopoler, & faire tomber les
effets à vil prix. Au refte, cet endroit n'eft pas
d'une grande utilité dans le moment, où la place
eft dans une inaction prefque abfolue par l'état
fâcheux de fa majefté.

5 *Mai*. Rien de plus plaifant que de voir

l'auteur de la gazette ecclésiastique, dans sa feuille du 25 avril, reprocher au sieur Marin d'être trop philosophe. C'est à l'occasion de la sienne du 4 avril, où celui-ci prétend qu'un goût inné pour la liberté est l'attribut des peuples du demi-continent septentrional de l'Amérique. On fait que les philosophes au contraire lui reprochent d'être trop simple, trop crédule, de remplir son journal de contes populaires, & sur-tout d'être un fauteur ardent du despotisme. Ainsi cet animal amphibie, proscrit également de tous les partis, devient odieux même au gazetier ecclésiastique, & sera désormais obligé de se suffire à lui-même.

7 *Mai.* La requête présentée au roi & à nos-seigneurs de son conseil, par la dame *Romain* & le sieur *Dujonquay*, en cassation de l'arrêt rendu contre eux le 4 septembre par le parlement de Paris, quoiqu'extrêmement volumineuse, est si bien faite, qu'on ne peut en rien retrancher sans ôter aux faits ou aux preuves leur développement, & aux raisonnements quelque chose de leur force ou de leur clarté.

Après un début oratoire, mais court, où Me. *Dreu* résume tout le fond de l'affaire, & annonce le courage qu'il lui a fallu pour entreprendre une défense dont il prévoyoit les dangers, pour braver les orages qui pouvoient s'élever sur sa tête, & franchir les abymes entr'ouverts sous ses pas; il retrace en détail l'historique de cet étrange procès, de ce qui l'a précédé & suivi. Quoiqu'il emprunte beaucoup de choses des avocats qui ont éclairci la matiere avant lui, & démontré jusqu'à l'évidence l'innocence de ses clients & la justice de leur cause, il y

K 2

èn ajoute une infinité d'autres , & fur-tout la liberté qu'il a vraisemblablement eue de visiter les pieces secretes du procès , lui a fourni une quantité d'arguments victorieux tirés des dépositions, récolements , confrontations; en sorte que cette requête est devenue un chef - d'œuvre de logique.

11 *Mai.* A la mort du roi, tous les grands qui étoient auprès de la feue majesté , ne pouvant approcher de la nouvelle à cause de la maladie pestilenticlle dont ils avoient pompé l'air, ont été, suivant l'usage, se faire écrire seulement chez le roi actuel. M. le duc de la *Vrilliere* est allé chez madame la dauphine devenue reine , & de laquelle il a pu approcher , cette princesse ayant eu la petite vérole , pour demander les ordres de la majesté, ou ceux que le roi voudroit lui donner par elle : la reine lui a répondu qu'elle n'en avoit aucun à lui intimer, ni de son chef, ni de celui de son auguste époux. Le roi est monté en carrosse sur le champ, & tout le monde a crié : *Vive le roi!*

Quoiqu'il n'y eût aucun ordre donné, le roi ayant jugé à propos que toute la famille royale fût rassemblée en ces jours de douleur commune , la cour entiere s'est rendue à Choisy. Mesdames font dans le petit château, & le roi & ses freres sont dans le grand.

M. le duc d'*Orléans* ayant continuellement résidé auprès du feu roi, n'a pu rendre ses hommages au nouveau. Il est à Saint-Cloud pour neuf jours. Tous les ministres par la même raison sont dispersés , & l'on ne croit pas qu'il y ait de conseil avant ce temps-là.

11 *Mai.* Madame *Dubarri*, qu'on avoit dit

faussement sortie de Ruel, y est encore ; mais on ne présume pas qu'elle puisse y rester long-temps : on croit qu'elle y attendra les ordres du roi. Au reste, sa douleur ne la point dis-traite de son goût pour le luxe & la vie molle, au point que, ne se trouvant point assez bien couchée dans le lit de la duchesse d'*Aiguillon*, elle a envoyé chercher son lit de Versailles.

Ce nom étoit devenu depuis sa retraite de la cour en si grande horreur, que la jeune mar-quise *Dubarri* (Mlle. de *Femel*) voyant combien ce mépris public influoit sur elle-même, avoit pris le parti de faire ôter la livrée à ses gens. On sait qu'elle a toujours répugné à cet hymen auquel elle a été sacrifiée ; ce qui la rend véri-tablement à plaindre.

11 *Mai*. Le cadavre du roi s'est trouvé telle-ment infect, qu'aucun chirurgien n'a osé en faire l'ouverture. On croit qu'on y a mis sur le champ de la chaux vive, puis il a été revêtu d'un cercueil de bois de cedre, de plomb en-suite, &c.

Le palais est doublement infecté, & du ca-davre du feu roi, & de la multitude d'odeurs & de parfums que depuis douze jours chacun des courtisans portoit sur lui, dont est résulté un pot-pourri plus affreux que l'odeur fétide de la maladie pestilentielle de sa majesté.

11 *Mai*. Le corps du feu roi ne restera que jusqu'au jeudi soir à Versailles : il doit étre transféré tout de suite à *Saint-Denis*, avec quel-ques gardes-du-corps.

On a pris aujourd'hui *le deuil de décence*, en attendant que tout soit disposé pour le grand deuil qui doit avoir lieu dimanche.

11 *Mai*. On parle d'un porte-feuille remis par le feu roi à M. le Prince de *Soubise*, & dont la clef a été confiée par la feue majesté à madame *Adélaïde*.

On parle d'un autre porte-feuille remis par *Louis XV* au sieur de *la Borde*, son premier valet-de-chambre, pour suivre la destination qu'il lui a prescrite. On croit qu'elle regarde la comtesse *Dubarri*, & les enfants naturels que laisse sa majesté, dont le nombre est considérable.

12 *Mai*. On ne peut savoir encore en qui le roi mettra sa confiance. Ce prince, étant dauphin, ne sembloit avoir aucune affection décidée. On sait qu'il est entouré aujourd'hui des personnages de la cour les plus méritants, tels que M. le comte *du Muy*, M. le marquis de *Castries*, M. le comte de *Périgord*, M. le duc de *Noailles*, M. le comte d'*Aranda*, ambassadeur extraordinaire d'Espagne, y est aussi, M. le comte de *Mercy-Argenteau*, ambassadeur de l'empereur, M. le comte de *Lascy*, &c.

12 *Mai*. M. le prince de *Conti* étoit aux prieres de quarante heures, lorsqu'un courier est venu lui annoncer la mort du roi. Ce prince, dans l'excès de sa douleur, a tout de suite donné ordre de renfermer le Saint Sacrement au fond du tabernacle, comme pour reprocher à Dieu l'inutilité des prieres qu'on lui faisoit. Le peuple qui n'a pas saisi le sens de cette vivacité de son altesse sérénissime, a été fort scandalisé de sortir sans bénédiction.

13 *Mai*. Le chapelier de madame la comtesse *Dubarri*, dans ce moment-ci, avoit cent chapeaux de commandés & cent bords pour ses gens ; ce qui annonce qu'elle avoit cent hommes

de livrée, & donne une légere idée de sa dépense.

13 *Mai.* L'*Espagne littéraire* est un journal
commençant qui pourroit être neuf, curieux &
instructif. Malheureusement les entrepreneurs
ne paroissent pas assez en fonds, & l'on juge
qu'ils sont absolument dénués de correspondance
dans ce royaume étranger. On voit qu'ils ont
entre les mains cinq ou six livres anciens de cette
nation, qu'ils dépecent alternativement, &
dont ils remplissent leurs feuilles. D'ailleurs il
résulte de cette disette qu'il n'y a dans leur ouvrage aucune critique, & l'on sait qu'elle est
l'ame de ces sortes d'écrits qu'elle aiguise par
son sel. C'est M. de *la Dixmerie* qui tient la
plume en chef, quoiqu'il ne sache pas un mot
espagnol.

13 *Mai.* Non - seulement les spectacles, le
Wauxhall, le colisée & autres lieux se trouvent
fermés en ce moment ; mais avant - hier on a
intimé aux jeux publics ordre de suspendre. Ce
vuide oblige les oisifs de se livrer au seul amu-
sement qui leur reste, la promenade. St. Denis
forme un point de repos qui excite aujourd'hui
le concours général : le corps de sa majesté n'a
point passé par Paris, mais par le chemin de la
Révolte ; quoiqu'il ne fît pas beau, & que cette
marche se soit prolongée fort avant dans la nuit,
une multitude de curieux s'est répandue sur la
route : elle étoit bordée des plus brillants équipages.

14 *Mai.* Le sieur de *la Borde*, un des premiers
valets-de-chambre du feu roi, homme de mœurs
fort dissolues, & le complaisant de madame
Dubarri, a été renvoyé, ou plutôt chassé ; c'est

K 4

le terme dont se servent les courtisans pour marquer le mépris du roi envers lui ; ce qui est assez vraisemblable d'après une anecdote rapportée anciennement de M. *le dauphin* à son égard.

14 *Mai.* Le transport du cadavre royal a en effet eu lieu au jour indiqué, & s'est fait avec une promptitude indécente & un dénuement presque absolu de cérémonial. Les cabarets sur la route étoient remplis d'ivrognes qui chantoient. On parle entr'autres d'un très-coupable qu'on vouloit expulser, & à qui l'on refusoit de donner encore du vin : pour s'en débarrasser, on lui disoit que le convoi de *Louis XV* alloit passer : *Comment*, s'est-il écrié dans un délire punissable, ce B******-*là nous a fait mourir de faim pendant sa vie, & à sa mort il nous fera mourir encore de soif?*

15 *Mai.* Ce qui rend la comtesse *Dubarri* plus odieuse à la cour, c'est une anecdote qui passe pour certaine, & la fait regarder comme cause de la mort du roi. On prétend que dans une partie de Trianon, où il étoit question de dissiper sa majesté toujours frappée de la mort subite du marquis de *Chauvelin,* de celle du maréchal d'*Armentieres,* & bourrelée par les remords qu'avoit excités dans son cœur l'évêque de Senez, lors de son sermon du jeudi-saint, on s'apperçut que le monarque avoit jeté des yeux de concupiscence sur la fille d'un menuisier des environs ; qu'on avoit fait venir cette enfant encore novice, qu'on l'avoit décrassée, parfumée & introduite dans le lit de sa majesté, pour qui ce morceau friand auroit été de dure digestion, si l'on ne l'eût aidé avec des confortatifs violens ; ce qui lui avoit effectivement

été d'un grand fecours, & procuré plus de plaifir qu'on en éprouve ordinairement à cet âge. On ajoute que cette enfant fe fentant déjà malade avoit eu beaucoup de peine à fe prêter à ce qu'on en exigeoit, & ne s'étoit rendue qu'intimidée par les menaces, & aiguillonnée par l'efpoir d'une fortune. On ignoroit qu'elle eût le germe de la petite vérole, qu'elle a communiquée au roi, & dont elle eft morte avant lui.

16 *Mai.* On affure que la lettre de cachet adreffée à madame la comteffe *Dubarri,* n'eft point dure; que fa majefté y dit que des raifons d'état l'obligent de lui ordonner de fe rendre en couvent; qu'il n'oubliera point qu'elle étoit honorée de la protection de fon aïeul; & qu'au premier confeil on pourvoira à lui donner une penfion convenable, fi fa fituation pouvoit en avoir befoin.

Cette générofité de *Louis XVI* eft d'autant plus grande, que tous les courtifans favent que la favorite s'exprimoit très-indécemment fur fon compte: on en peut dire autant de la reine qui auroit à la faire punir de propos encore plus outrageants : ces deux majeftés, à l'exemple de *Louis XII,* ne veulent point fe reffouvenir fur le trône des injures qui leur ont été faites avant d'y monter.

17 *Mai.* Depuis plufieurs années il n'y avoit point de premier médecin du roi. Sa majefté auroit voulu y nommer le docteur *le Monnier,* qu'elle aimoit & qui avoit le plus d'ancienneté; la comteffe *Dubarri* y portoit le docteur *Bordeu,* fon médecin, qui même avoit l'honneur de tâter toutes les femaines le pouls de *Louis XV.* Suivant fon ufage, pour ne point faire d'injuf-

K 5

tice, & ne pas occafionner de mécontentement
à fa maîtreffe, fa majefté avoit laiffé la place
vacante. Par cette fatalité d'évènements qui
regle ce monde, les deux concurrents ont été
fruftrés, & le docteur *Lieutaud*, médecin de
M. le *dauphin*, eft devenu de droit premier
médecin du roi, & le monarque actuel l'a déclaré tel.

18 *Mai.* On fait un quolibet fur la comteffe
Dubarri, qui raffemble les differentes époques
de fa vie, en la faifant paffer fur plufieurs ponts.
On la fait partir du Pont-aux-choux (fa naiffance d'une cuifiniere) pour aller au Pont-neuf,
(fon premier métier de racrocheufe) ; du Pont-
neuf au Pont-au-double (fa groffeffe) ; de-là
au Pont-au-change (fon amélioration de fortune) ; enfuite au Pont-marie (fon mariage) ;
de-là au Pont-royal (fon élévation) ; enfin au
Pont-aux-dames (fon exil.)

18 *Mai.* Extrait d'une lettre de Choify, du
15 mai 1774. Sa majefté aime beaucoup à
marcher : elle a fait une promenade à pied hors
du château dans la campagne ; elle a parlé de
chofes intéreffantes, & a déployé des connoif-
fances étendues en fortifications, en génie : elle
s'eft entretenue fur-tout de guerre ; ce qui fait
craindre que des projets belliqueux ne fermen-
tent dans fa tête ; mais ils feront toujours diri-
gés par la fageffe & l'équité dont elle fait profeffion.

En revenant dans le parc, fa majefté a trouvé
la reine & les autres princeffes qui mangeoient
du lait avec des fraifes fur un banc ; elle n'avoit
voulu ni fauteuil ni chaife ; tout le monde s'eft
réuni de bonne amitié. Rien de fi raviffant que le

fpectacle de cette union , bien préférable à tout
le fafte d'une pompe afiatique.

19 *Mai*. On a fait une épitaphe abominable
fur le feu roi , qu'on conferve dans les anecdotes
comme hiftorique , elle peint la diffolution des
mœurs fur la fin de fon regne , & l'auftérité de
celles qu'on efpere voir renaître fous le regne
actuel, d'après l'exemple du maître :

> Quittez la cour ; partez c. . . . . ;
> Partez, m. . . . & p. . . . . ;
> Ci gît *Louis* , quinze du nom ,
> Dit *le Bien-aimé* par furnom ,
> Et de ce titre le deuxieme ,
> Dieu nous préferve du troifieme !

Pour l'intelligence de cette épitaphe , il faut
fe reffouvenir que *Charles* avoit aufli été furnommé
le Bien-aimé avant fa démence.

20 *Mai*. On a retrouvé, dit on , que l'enter-
rement de *Louis XV* avoit coûté trois millions ;
cette dépenfe auroit été aujourd'hui beaucoup
plus confidérable.

20 *Mai*. Sa majefté a dû recevoir hier les
princes de fon fang, les miniftres, les ambaf-
fadeurs de fa famille, les grands officiers de la
couronne.

21 *Mai*. Actuellement que par les rapports
de plufieurs témoins oculaires, on peut conf-
tater la conduite du feu roi dans fes derniers
inftants, il paroît que c'eft de fon propre mouvement que le mercredi 4, fa majefté a dit à
ceux qui l'entouroient : « Je n'ai point envie
» qu'on me faffe renouveller ici la fcene de

» Metz ; qu'on dife à madame la duchesse d'Ai-
» guillon qu'elle me fera plaisir d'emmener mada-
» me la comtesse Dubarri. » Que dans la nuit du
vendredi au samedi, sentant que sa langue s'em-
barrassoit, il dit qu'on fît venir M. l'abbé
Maudoux son confesseur : ce qu'ayant entendu
le duc de Duras, ce seigneur dit au duc d'Orléans, & aux autres spectateurs : « Monseigneur
» & Messieurs, je vous prends à témoins que
» le roi demande son confesseur. » Que sur le
matin, sa majesté demanda le viatique, fit
arranger elle-même tout ce qui étoit nécessaire
pour cette cérémonie, & parut s'en occuper
avec beaucoup de présence d'esprit & avec indifférence, ou au moins tranquillité.

Il paroît constant encore qu'avant sa mort,
le roi a demandé M. le dauphin, qu'on lui a
représenté que son genre de maladie avoit obligé
sa majesté de défendre elle-même à ce prince
d'entrer dans son appartement ; ce qui avoit
arrêté sa volonté, & excité de sa part des regrets de ne pouvoir embrasser ses enfants avant
de mourir, & l'avoit engagé à envoyer au dauphin les porte-feuilles dont on a parlé.

21 *Mai.* Sa majesté avoit désiré que le deuil
fût de huit mois, par vénération pour le feu
roi ; mais sur les représentations des députés du
commerce, & sur-tout du sieur *Pernon*, député
de la ville de Lyon, à qui cette prolongation
feroit le plus de tort, le roi a décidé qu'il ne
seroit que de sept ; ce qui le termine au 15 décembre, & ne fait pas perdre aux marchands
la saison précieuse de l'hiver.

22 *Mai.* Avant la mort du feu roi, Mad. la
dauphine sollicitoit le régiment Royal-Cham-

pagne pour M. de *Roucy*, auquel elle s'intéref-
foit fort, & M. le dauphin appuyoit. Depuis
la reine a engagé le roi à donner à cet officier
le régiment de la Reine cavalerie, qu'avoit le
marquis *Dubarri* : en conféquence fa majefté lui
a écrit que, comme courtifan, il n'avoit plus
rien à efpérer; mais que, comme fon officier,
il feroit fufceptible de toutes les graces que fes
fervices lui mériteroient, & qu'en conféquence
il lui donnoit le régiment Royal-Champagne,
la reine défirant que de *Roucy* eût fon régiment
de cavalerie. Ce marquis *Dubarri* paffe pour un
affez bon fujet, & n'eft point chargé, comme
les auttes, de la haine générale.

23 *Mai.* On écrit de Touloufe que, dès qu'on
y a reçu la nouvelle du renvoi de Mad. *Dubarri* de la cour, & même avant la mort du
roi, la populace s'eft vengée des infolences du
comte Guillaume, mari de cette dame, l'a hué,
lui a jeté de la boue; & l'on ne doute pas
que ces avanies n'aient augmenté depuis la mort
du roi, fi ce malheureux n'a eu la précaution
de s'enfuir.

24 *Mai.* Le comité des infpecteurs-généraux
de l'infanterie, nommé par la rédaction des
principes de tactique du baron de *Pirch*, fufpendu
par la maladie & par la mort du roi, a repris
fon travail: il y a eu le jour de la Pentecôte
affemblée chez M. le maréchal duc de *Biron*, &
il y a efpérance qu'on ne tardera pas à avoir
la publication du code militaire, que le public
attend avec impatience.

24 *Mai.* M. le marquis de *Letoriere*, un des
plus beaux hommes de Paris, la coqueluche des
femmes, & renommé par fes bonnes fortunes,

ayant été trop fréquemment à Versailles pendant la maladie du feu roi, y a vraisemblablement gagné la petite vérole & en est très-mal. C'est une grande désolation parmi les femmes galantes de Paris ; car il y au moins à parier qu'il y perdra sa charmante figure.

25 *Mai.* Il étoit d'usage, lorsque le feu roi étoit au château de la Muette, que les portes du bois de Boulogne dans lequel il est, fussent fermées : le jeune monarque s'étant apperçu de cette clôture, en a demandé la raison. Il a ordonné qu'elles fussent ouvertes & que chacun pût en liberté se promener dans le bois. La reine s'y montre sans garde, à pied, quelquefois à cheval : elle parle à tout le monde avec une affabilité qui la fait aimer de plus en plus, & reçoit elle-même les placets qu'on lui présente. Le voisinage de cour, le désœuvrement où l'on est dans la capitale, & l'empressement de voir leur auguste maître, engagent les Parisiens à se rendre en foule à la Muette. C'est une procession continuelle de voitures.

27 *Mai.* L'affaire du secrétaire de M. de *Guines*, notre ambassadeur à Londres, dont il a été rendu compte dans le temps, va s'éclaircir : on attend incessamment des mémoires.

27 *Mai.* On a parlé du médecin anglois, nommé *Sutton*, qui s'étoit offert pour traiter le roi dans sa petite vérole, & qui prétend avoir un spécifique contre cette maladie. Ils sont deux freres ici. Sur le rapport fait au roi de mauvais propos de leur part, il leur avoit été ordonné de sortir de France. M. le duc d'Orléans, témoin oculaire de tout ce qui s'est passé, les a justifiés auprès de S. M., & la lettre de cachet a été ré-

voquée , au grand contentement de quantité de particuliers qui se sont mis entre leurs mains, pour se faire inoculer.

27 *Mai.* M. de *Redmont*, lieutenant-général, vient d'obtenir le cordon rouge. On crie beaucoup contre cette nomination arrangée du temps du feu roi, à cause du passe-droit. M. de *Redmont* est fort attaché à M. le duc d'*Aiguillon* : il étoit avec lui à Saint-Cast, dans le moulin qui a donné lieu au bon mot de M. de la *Chalotais*, source de toutes les persécutions qu'il a essuyées depuis.

28 *Mai.* La reine , étant dauphine, avoit témoigné son désir d'avoir une maison de plaisance à elle, où elle pût faire ce qu'elle voudroit. Sa majesté qui en étoit instruite, lui a dit, il y a quelques jours: « Madame, je suis » en état de satisfaire à présent votre goût. Je » vous prie d'accepter pour votre usage parti- » culier le grand & le petit Trianon. Ces beaux » lieux ont toujours été le séjour des favorites » des rois , conséquemment ce doit être le » vôtre. » La reine a été très-sensible à ce ca- deau , & sur-tout au compliment galant par où l'offre en été terminée. Elle a répondue au roi, en riant, qu'elle acceptoit le petit, à con- dition qu'il n'y viendroit que lorsqu'il y seroit invité.

28 *Mai.* Le sieur *Marin*, dans la gazette du 13 mai, fait un pompeux éloge de *Louis* XV: il prétend que son regne sera célèbre à jamais par nombre de victoires, par *l'acquisition de la Lorraine.* On a trouvé qu'il étoit fort im- prudent à ce gazetier de rappeller un pareil évé- nement, & l'on craint que cette gaucherie ne

faffe une fenfation fâcheufe fur l'empereur qui n'avoit pas befoin qu'on lui remît fous les yeux cette perte du patrimoine de fes ancêtres, & qui la regrette chaque jour.

28 *Mai.* Le marquis de *Letoriere* eft mort, & toutes les filles gémiffent fur la perte de ce *miroir à putains*; c'eft ainfi qu'elles l'appelloient.

29 *Mai.* Malgré les projets de réforme dans les dépenfes dont on fe berce, on parle de retraites accordées à deux écuyers (MM. de *Saint-Angel* & de *Montagnac*) qui ne femblent rien moins qu'économiques, puifqu'on conferve à l'un 12,000 livres, & à l'autre 5,000 livres de penfion, avec quantité de valets & de cheveaux entretenus.

29 *Mai.* M. de *Pontécoulans*, major des gardes-du-corps, du vivant de *Louis* XV, avoit eu le malheur de déplaire à madame la dauphine; & quoique l'objet fût léger, cette princeffe avoit paru en recevoir beaucoup de mécontentement, au point d'avoir dit qu'elle ne l'oublieroit jamais. Lorfqu'elle eft devenue reine, cet officier a craint que fa majefté ne tînt parole; & afin de prévenir tout défagrément, il a pris le parti d'offrir fa démiffion. Il eft allé trouver le prince de *Beauveau*, a verfé fa douleur au fein de ce capitaine des gardes, & lui a avoué le feul motif de fon étrange démarche. Il lui a témoigné qu'il étoit au défefpoir de quitter le fervice du roi, qu'il s'eftimeroit trop heureux que fa majefté daignât lui donner un autre emploi, puifqu'il ne pouvoit jouir du bonheur d'approcher de fa perfonne. Ce feigneur s'eft chargé de la démiffion de M. de *Pontécoulans*; mais avant de la remettre au roi, il s'eft

rendu chez la reine, & lui a exposé l'embarras de ce major par l'appréhension de déplaire à sa majesté dans l'exercice de ses fonctions. Cette princesse a répondu avec la magnanimité si connue de *Louis* XII, qu'elle ne se ressouvenoit point étant reine, des injures faites à madame la dauphine, & qu'elle prioit M. de *Pontécoulans* de l'imiter. L'ayant vu depuis, sa majesté lui a répété la même chose, & cet officier enchanté publie par-tout ce trait de grandeur d'ame.

30 *Mai.* Il paroît que la nomination du comte de *Roucy* à la place de Mestre-de-camp, lieutenant du régiment de la reine, qu'a le marquis *Dubarri*, & que la reine vouloit faire passer au premier par un revirement, ne s'est point effectuée, puisque M. de *Roucy* est nommé au régiment Royal-Champagne. C'est sans doute pour ne point donner un désagrément trop marqué à M. *Dubarri*, bon officier qui mérite des égards, mais qui doit quitter son nom & porter celui de comte d'*Hargicourt*. L'échange, à ce qu'on assure, aura pourtant lieu, mais seulement dans un an ou deux.

30 *Mai.* Une rixe survenue entre le marquis de *Langeac*, fils de madame *Sabbatin*, & monsieur d'*Egreville*, est la matiere des conversations & des plaisanteries de la cour & de la ville. Le premier voudroit épouser la sœur du second. Quelqu'un en parloit à M. d'*Egreville*, & lui témoignoit sa surprise qu'il ne détournât pas la veuve de son frere d'un pareil hymen. M. d'*Egreville* s'est défendu sur ce qu'il n'avoit aucune autorité sur sa belle-sœur; en avouant cependant que si la chose dépendoit de lui, il n'y consentiroit pas, & se lâchant en propos désavantageux

fur le compte du futur beau - frere. Celui-ci, inftruit du propos, étant à fouper chez fa mere avec M. d'*Egreville*, le provoqua de maniere à lui faire fentir qu'il n'ignoroit pas ce qu'il avoit dit ; la converfation s'eft échauffée là-deffus entre eux, & ils font fortis pour fe battre ; mais il s'eft trouvé des gardes des maréchaux de France qui, comme apoftés-là, les ont arrêtés. L'affaire portée au tribunal, M. de *Langeac*, en qualité d'agreffeur, a été condamné à fix mois de prifon.

Eu général, on regarde cette aventure comme un comp'ot formé entre la mere & le fils. Madame de *Langeac* vouloit que celui-ci eût l'air d'un brave, qui ne fouffre point de mauvais propos, & cependant, graces aux précautions qu'elle avoit prifes, ne courût aucun rifque.

31 *Mai*. On a fait un calembour fur la pofition où la cour fe trouve, ou, pour mieux dire, fur celle des perfonnages les plus puiffants de la vieille cour; le voici :

Les barils s'enfuient,
L'aiguillon ne pique plus,
La vrille eft ufée,
Le pouls eft lent.

1 *Juin* 1774. On cite le préambule de l'édit portant remife du droit de joyeux avénement, comme un morceau d'éloquence remarquable.

« Affis fur le trône où il a plu à Dieu de » nous élever, nous efpérons que fa bonté fou- » tiendra notre jeuneffe, & nous guidera dans » les moyens qui pourront rendre nos peuples

» heureux. C'eſt notre premier déſir ; &, con-
» noiſſant que cette félicité dépend principale-
» ment d'une ſage adminiſtration des finances,
» parce que c'eſt elle qui détermine un des
» rapports les plus eſſentiels entre le ſouverain
» & ſes ſujets. C'eſt vers cette adminiſtration
» que ſe tourneront nos premiers ſoins & notre
» premiere étude. Nous étant fait rendre compte
» de l'état actuel des recettes & dépenſes, nous
» avons vu avec plaiſir qu'il y avoit des fonds
» certains pour le paiement exact des arrérages
» & intérêts promis, & des rembourſements
» annoncés, & conſidérant cet engagement
» comme une dette de l'état, & les créances
» qui les repréſentent comme une propriété au
» rang de toutes celles qui ſont confiées à notre
» protection, nous croyons que notre premier
» devoir eſt d'en aſſurer le paiement exact. Après
» avoir ainſi pourvu à la ſureté des créanciers
» de l'état, & conſacré les principes de juſtice
» qui feront la baſe de notre regne, nous de-
» vons nous occuper de ſoulager nos peuples
» du poids des impoſitions ; mais nous ne
» pouvons y parvenir que par l'ordre & l'éco-
« nomie. Les fruits qui doivent en réſulter ne
» ſont pas l'ouvrage d'un moment, & nous
» aimons mieux jouir plus tard de la ſatisfac-
» tion de nos ſujets, que de les éblouir par des
» ſoulagements dont nous n'aurions pas aſſuré
» la ſtabilité. Il eſt des dépenſes néceſſaires
» qu'il faut concilier avec l'ordre & la ſureté
» de nos états. Il en eſt qui dérivent de libé-
» ralités, ſuſceptibles *peut-être* de modération,
» mais qui ont acquis des droits dans l'ordre
» de la juſtice par une longue poſſeſſion, &

» qui, dès-lors, ne préfentent que des écono-
» mies graduelles ; il eft enfin des dépenfes qui
» tiennent à notre perfonne & au *fafte* de notre
» cœur : fur celles-là nous pouvons fuivre plus
» promptement les mouvements de notre cœur ,
» & nous nous occupons déjà des moyens de
» les réduire à des bornes convenables. De tels
» facrifices ne nous coûteront rien, dès qu'ils
» pourront tourner au foulagement de nos fu-
» jets ; leur bonheur fera notre gloire, & le
» bien que nous pourrons leur procurer, fera
» la plus douce récompenfe de nos foins & de
» nos travaux. Voulant que cet édit, le premier
» émané de notre autorité, porte l'empreinte
« de ces difpofitions, & foit comme le gage de
» nos intentions , nous nous propofons de
» difpenfer nos fujets du droit qui nous eft dû
» à caufe de notre avénement à la couronne ;
» c'eft affez pour eux d'avoir à regretter un
» roi plein de bonté, éclairé par l'expérience
» d'un long regne, refpecté dans l'Europe par
» fa modération, fon amour pour la paix, &
» fa fidélité envers les traités, &c. »

2 *Juin*. Il s'eft élevé une conteftation à la
Muette entre les gardes-du corps & les chefs de
brigade : ces derniers ont prétendu qu'un garde-
du-corps en fentinelle devoit fe mettre fous les
armes à leur paffage, & fur le refus fait par un
de ces meffieurs, il a été envoyé aux arrêts, puis
fucceffivement les autres qui l'ont remplacé,
prétendant ne devoir rendre cet honneur qu'au
capitaine. Comme l'on a jugé que c'étoit un
parti pris par tout le corps, l'affaire a été portée
au roi, qui y ftatuera. Il paroît que jufqu'à
préfent l'ufage a été pour MM. les gardes-du-

corps, & que la demande des chefs de brigade
est une innovation dans ce service.

3 *Juin.* Extrait d'une lettre de Londres, du
25 mai 1774. Les Anglois font très-fâchés du
changement de regne. Plusieurs seigneurs d'entre
eux ont entendu le jeune prince se plaindre du
peu de considération que notre nation avoit pour
la nation françoise, & promettre de la relever
de son avilissement. Votre monarque passe ici
pour entier dans ses résolutions, pour économe,
pour opiniâtre; il pourroit lui prendre envie de
guerroyer, & nous ne nous en soucions nullement ;
d'ailleurs du train dont il y va, le désordre de
vos finances fera bientôt moindre que celui des
nôtres; en un mot, nous sommes fort inquiets ;
& nous observons avec attention ses premieres
démarches....

5 *Juin.* Depuis l'avénement du roi au trône,
& l'expulsion de madame *Dubarri*, on avoit
parlé de l'exil de madame de *Langeac*, maîtresse
de M. le duc de *la Vrilliere*, à laquelle ce dernier avoit paru renoncer, pour se conformer à
la décence des mœurs de la nouvelle cour; mais
la vérité de ce premier bruit ne s'est pas réalisée,
& pour mieux le démentir, cette dame avoit
affecté de se promener sur les boulevards, & de
se faire voir autant qu'elle avoit pu. On a su
depuis l'aventure du comte de *Langeac*: elle en
a été si piquée qu'elle a envoyé un cartel à monsieur d'*Egreville*, où elle lui offre de prendre
la querelle de son fils en prison, & de se battre
au pistolet. L'adversaire a ri du défi, & a présenté la lettre aux maréchaux de France. La mar-
quise de *Langeac* ne s'est pas contentée d'une
pareille folie, elle a eu l'insolence d'écrire au tri-

bunal d'une maniere très-impertinente. Le tribunal
a envoyé la lettre au roi, & madame de *Langeac* a reçu ordre de se tenir à une certaine dis-
tance de la cour, que la lettre de cachet fixe,
dit-on, à cinquante lieues. On assure que cette
dame est près de Caen. Le duc de la *Vrillière*
depuis ce temps ne cesse de pleurer comme un
enfant, & l'on ne doute pas que cette imbécillité ne mette le comble à sa disgrace. On prétend que s'il ne donne promptement sa démission,
il aura l'ordre de le faire.

5 *Juin*. C'est demain que sa majesté reçoit ce
qu'on appelle *les révérences*. Elle se met sous son
dais, & toutes les femmes présentées, ainsi que
les hommes, se rendent à la cour: les premieres
en grand voile, les autres en long manteau; &
l'on passe ainsi devant le monarque avec le cérémonial usité. Mardi sa majesté reçoit les am-
bassadeurs.

7 *Juin*. M. le maréchal duc de *Broglio*, &
le maréchal duc de *Brissac* étoient avec le roi,
lorsque le comte de *Noailles* est venu faire sa
cour au roi; & comme ce seigneur est fort em-
piétant, il avoit insensiblement pris le pas sur
les maréchaux, & s'étoit insinué très-près de
sa majesté, sur quoi elle lui a dit: « Monsieur
» de Noailles, prenez garde, vous laissez derriere
» vous vos anciens. »

8 *Juin*. Le sieur *Pierre Rousseau* de Toulouse,
auteur du *journal encyclopédique*, avoit entrepris
depuis quelques années à Bouillon, une *gazette
des gazettes*, qui se publioit de quinzaine en
quinzaine, & embrassoit le résumé de toutes les
nouvelles de l'Europe. Dans cet intervalle les
auteurs du *journal historique & politique*, entre-

pris sur le même plan & sous les auspices du
ministre des affaires étrangeres, ont jalousé le
premier : on a profité de l'imprudence qu'il a
eu de parler avec trop de complaisance de l'évêque de Rennes, de son procès avec M. de *Verdun*,
de ses discussions avec le parlement de Bretagne ; on a fait valoir aux yeux du duc d'*Ai-*
guillon les louanges qu'il prodiguoit au premier,
comme injurieuses à ce ministre, ennemi personnel de l'abbé de *Girac*, le prélat en question ,
ainsi qu'au parlement maltraité dans ses mémoires. On a échauffé l'animosité de cette compagnie : en conséquence , arrêt condamnant le
cahier du journal du sieur *Rousseau*, où il rend
compte de cette affaire, à être lacéré & brûlé par
la main du bourreau. L'arrêt exécuté à Rennes ,
au mois de janvier, par suite, l'introduction de
son ouvrage étoit défendue en France. Cet auteur s'est remué de son mieux, est venu s'établir à Paris pour solliciter la liberté de son journal; enfin ne pouvant rien gagner, il a menacé le duc d'*Aiguillon* de donner à son affaire
la plus grande publicité , de dévoiler les menées sourdes qu'on avoit employées, & toutes
les passions qu'on y mettoit en jeu. Le ministre,
loin de sévir contre ce malheureux auteur, s'est
rendu à ces dernieres réquisitions; il venoit de
permettre de nouveau l'introduction du *journal*
encyclopédique, lorsqu'il a été disgracié

8 *Juin.* S. M. est allée avant-hier passer quelques
heures à Versailles, pour assister à la levée des
scellés : on a été fort surpris de ne trouver que
dix-sept mille louis en or, faisant 408,000 liv.
On compte pour vingt-deux millions d'effets en
papier.

Il s'eſt trouvé un teſtament daté de 1766, qui contient des diſpoſitions pieuſes, entre autres, une recommandation d'être enterré ſimplement. Sa majeſté donne ſes entrailles au chapitre de Notre-Dame.

Du reſte, elle legue 200,000 livres de rentes à chacune de ſes filles, outre leur maiſon entretenue. Les 200,000 livres de la premiere qui mourra, ſe partageront par égale portion entre les deux autres pour en jouir chacune leur vie durant ſans aucun accroiſſement.

Sa majeſté legue ſes joyaux, diamants, bijoux propres à elle & à ſon uſage, à ſes enfants nationaux & étrangers, à partager par égale portion.

On ne dit point que ſa majeſté donne aucune marque de ſouvenir aux différents ſeigneurs qui étoient dans ſon intimité.

On ajoute qu'elle legue 500,000 livres une fois payées à chacun de ſes bâtards, dont le nombre eſt conſidérable.

Du reſte, il s'eſt trouvé beaucoup de papiers, même des lettres encore cachetées que ſa majeſté a fait ſerrer, n'ayant pas le temps de viſiter le tout.

On comptoit que M. le duc de la *Vrilliere* donneroit ſa démiſſion après la levée du ſcellé; mais il ne veut pas y entendre, & pleure comme un enfant.

8 *Juin.* Ce n'eſt que le petit Trianon que le roi a donné à la reine pour en jouir. Le premier uſage que ſa majeſté en a fait, a été d'y recevoir ſon auguſte époux. Le jour de la levée des ſcellés, elle lui a donné à dîner en ce charmant ſéjour, ainſi

ainfi qu'à la famille royale. Il a changé de nom & fe nomme aujourd'hui *le petit Vienne*.

11 *Juin*. Extrait d'une lettre de Nantes, du 6 juin 1774. La nouvelle de la retraite de M. le duc d'*Aiguillon* fe répand dans cette province, & caufe une grande fenfation : il a beaucoup d'ennemis à Nantes, & quelques partifans, qui ne s'attendoient pas à l'événement ; le comte de *Maurepas* ayant aujourd'hui la confiance du roi, & une fi grande influence dans les affaires.

Les grands changements qu'on m'avoit annoncé faits dans cette ville par l'ancien commandant, & qui ont fi fort fait crier, ne me femblent pas l'avoir embellie, au point de me la faire méconnoître depuis vingt-cinq ans que je ne l'avois vue. A l'exception de quelques quais encore imparfaits, qui ne fe prolongent même pas tout le long de la riviere du côté de la ville ; à l'exception de quelques belles maifons répandues fur ces quais & dans l'ifle Feydeau ; à l'exception d'une place commencée, & qui n'eft décorée qu'en partie de bâtiments devant en former le pourtour, j'ai retrouvé la même ville qui n'approche pas, à beaucoup près, de Bordeaux.

12 *Juin*. C'eft aux Bergeries qu'eft reléguée madame la marquife de *Langeac*. M. le duc de la *Vrilliere* continue à pleurer fur cette cruelle féparation.

12 *Juin*. Il paroît une piece infame contre le feu roi. C'eft une *oraifon funebre de Louis le Blâtier*. Sous ce mot de *Blâtier*, on entend un facteur de bleds ou revendeur, qui tranfporte cette denrée fur des chevaux d'un marché à l'autre, fuivant l'endroit où il compte gagner le plus.

On fent tout ce qu'a de diabolique cette dénomination méprifante. Quant à la piece, il y a
des vérités fans doute, mais énoncées d'une
façon trop hardie pour le moment. Il faut laiffer
à l'hiftoire le foin de les dire fur le ton & de la
maniere qui lui convient.

11 *Juin.* M. de *Voltaire* a vu le monarque
défunt fous un coup d'œil plus favorable que
tant de fatiriques. Il fait vendre fon éloge. Il
avoit autrefois compofé un panégyrique de
Louis XV; il l'étend & le complete aujourd'hui.
M. le chancelier n'eft pas oublié dans cette brochure, & le philofophe de Ferney ne peut fe
laffer d'admirer ce génie deftructeur & répara-
teur.

13 *Juin.* Le roi a finguliérement bien profité
des leçons de marine que lui a données M. le
comte d'*Oify*, capitaine des vaiffeaux de fa majefté, & il défole M. de *Boynes* toutes les fois
que celui-ci travaille avec le monarque. Il lui
fait fans ceffe des queftions auxquelles ce miniftre, qui de fa vie n'avoit rien connu à la
marine avant fon miniftere, ne peut répondre.
On préfume qu'il ne tardera pas à donner fa
démiffion : en général, il fera peu regretté.

14 *Juin.* Depuis plufieurs années des architectes ont profité des moyens offerts par des
artiftes de foutenir & même d'enlever des parties
de bâtiments que l'on a transférées à des dif-
tances de plufieurs toifes, fans qu'elles aient
été endommagées. La ville vient d'employer ce
moyen pour relever la maffe d'une fontaine
publique proche les petits Peres de la place des
Victoires, qui étoit baiffée de treize pouces, &
qui a été remife dans fon à-plomb.

13 *Juin*. On parle beaucoup du discours du pere de *Nogueres*, barnabite, curé de Passy, adressé au roi le 2 juin, jour de la Fête-Dieu, lorsque ce prince est venu à la paroisse. Le religieux a profité de la circonstance pour déployer son art oratoire. Il prétend que la religion seule fait les grands monarques. Cette assertion placée naturellement dans sa bouche, est trop hautement démentie par des exemples anciens & modernes, pour n'être pas regardée comme outrée à l'excès.

15 *Juin*. Il avoit d'abord été question d'inoculer les freres du roi seulement ; sa majesté a voulu être de la partie, & depuis le 10 de ce mois ils sont tous trois dans le régime préparatoire de l'opération. C'est le sieur *Richard*, surnommé en ce moment, *Richard sans peur*, qui fera l'insertion ; mais il a mis pour condition que sa majesté n'admettroit à sa suite aucun autre médecin, & suivroit exactement tout ce qu'il lui prescriroit. Ainsi tout se dispose pour l'événement. Il alarme les bons citoyens, peu éclairés sur la méthode en question. A la seule nouvelle de l'inoculation future du roi, les effets royaux sont tombés extraordinairement.

15 *Juin*. L'enthousiasme au sujet du nouveau regne continue à se manifester, soit par la satire du regne précédent, soit par des acclamations sur l'actuel. C'est ainsi qu'à Saint-Denis, au pied du cercueil de *Louis XV*, on a trouvé l'inscription *hic jacet, Deo gratias* ; & à la statue de *Henri IV* sur le Pont-neuf, ce mot *Resurrexit*.

16 *Juin*. M. le duc de *la Vrilliere* persiste à ne point vouloir quitter ; il se rassure même &

prétend que sa majesté lui a dit qu'il resteroit
tant que sa santé lui permettroit de lui rendre
des services. Cette obstination a donné lieu à
un vaudeville très-malin & fort bien fait sur
un air des *Vieillards*, tiré du ballet de l'*Union
de l'Amour & des Arts*. Il fait fortune ; & comme
ce ministre est détesté, il est couru avec beaucoup d'empressement.

17 *Juin*. Il court une lettre du comte *Jean*
(*Dubarri*), qu'on suppose écrite de Suisse, où
il s'est réfugié. Il y rend compte de son désastre, de sa fuite, de sa retraite ; il fait un pa-
rallele piquant des mœurs du pays où il vit,
avec celles de Paris ; il regrette cette derniere
ville, pleine de ressources pour les gens indus-
trieux comme lui ; au lieu qu'il n'en voit aucune
où il est. Il fait quelques réflexions sur sa belle-
sœur, & finit par philosopher sur les vanités de
ce monde. Cet écrit qu'on ne peut raisonnablement croire authentique, n'en est pas moins
agréable, & contient des anecdotes curieuses : il
est encore rare.

17 *Juin*. Madame la marquise de *Langeac* est
décidément aux Bergeries chez madame de *Sou-
vré* : un de ses fils, chevalier de Malte, a la
petite vérole, & l'on ne voit pas qu'elle s'empresse
de venir à son secours ; ce qui fait présumer
qu'elle n'ose pas reparoître à Paris.

19 *Juin*. Le sieur *Desportes*, peintre de fleurs,
de fruits, d'animaux & d'autres objets de la
nature muette, est mort il y a quelques jours.
Il étoit de l'académie, & exposoit réguliére-
ment au salon.

19 *Juin*. Le roi a été inoculé hier à Marly,
ainsi que les princes ses freres. Cet événement

occafionne de nouvelles difcuffions fur cette méthode, qui trouve encore nombre de contra-dicteurs en France ; mais rien n'a ébranlé le monarque.

20 *Juin*. M. de *la Harpe* n'a pas voulu refter muet dans une auffi belle occafion de déployer fes talents : il a embouché la trompette, & adreffé une épître héroïque à *Louis XVI* fur fon édit de mai, enrégiftré le 30 dudit mois.

20 *Juin*. Le projet avoit été d'inoculer auffi madame *Clotilde* & madame *Elifabeth* ; mais la première ayant montré de la répugnance à l'être, le roi s'eft rendu à fes inftances. Madame la comteffe d'*Artois* l'a été à Marly.

21 *Juin*. A préfent que les *Dubarri* font rentrés dans la claffe ordinaire des autres fujets de fa majefté, toutes les langues fe délient fur leur compte. On voit une généalogie d'eux fort exacte, qui ne remonte pas loin, & fixe les opinions diverfes qu'on avoit à cet égard. Il en réfulte que ce font des gens de rien, qui, pro-fitant de quelque reffemblance de nom, ont voulu s'enter fur une meilleure famille d'abord, & enfin fur une beaucoup plus ancienne & plus illuftre.

21 *Juin*. M. le comte *du Muy* femble prendre beaucoup auprès du jeune roi, & l'on parle de le faire bientôt miniftre, c'eft-à-dire, de lui donner entrée au confeil. Comme les bureaux font tou-jours reftés à Verfailles depuis les divers voyages de fa majefté, il s'y tient principalement. On affure qu'il s'occupe à mettre la dernière main aux ordonnances que faifoit rédiger M. le duc d'*Aiguillon*, d'après le fyftême du baron de *Pirch*.

21 *Juin*. Les comédiens françois fe difpofoient

L 3

à jouer le *Vindicatif*, efpece de tragédie bour-
geoife, ou drame en cinq actes , par M. *Gaftel
Dudeyer*. Une maladie furvenue au fieur *Montvel*,
un des principaux acteurs de cette piece , en
retarde la premiere repréfentation.

Les Italiens annoncent aufli une nouveauté
pour famedi : c'eft une petite comédie en deux
actes mêlée d'ariettes , intitulée *Perrin & Lucette*.
Elle eft du fieur d'*Avefne* , quant aux paroles.

22 *Juin*. La réception de l'abbé *de Lille* eft
encore retardée. L'académie veut attendre à
préfent l'événement de l'inoculation. C'eft toujours une petite perte pour le nouvel élu, qui
ne recueille pas de jetons jufqu'à ce qu'il ait été
inftallé folemnellement dans le fauteuil. Il y a
apparence que M. *Suard*, à force de délais, fera
reçu le même jour, étant déjà élu depuis près
d'un mois.

23 *Juin*. L'opéra fe difpofe aufli à donner une
nouveauté , *le Carnaval du Parnaffe* étant extrêmement ufé & peu fuivi. On parle de jouer
l'*Orphée*, du chevalier *Gluck*.

24 *Juin*. M. de *Voltaire*, qui fe joue de la
vérité depuis fi long-temps , nie aujourd'hui
l'*Eloge de Louis XV*, comme lui étant fauffement
attribué : il dit qu'il a été prononcé dans l'académie de Valence par M. *Chambon*, qu'il en a
trouvé par hafard deux exemplaires à Geneve,
où *Louis XV* eft fort regretté, & *Louis XVI* adoré;
& qu'il les envoie à fon ami. Ce ne fera pas
une petite peine pour les *Saumaifes* futurs de
débrouiller le chaos de menfonges & de con-
tradictions que ce fingulier philofophe a répandu dans l'hiftoire de notre littérature moderne.

25 *Juin*. L'*Agriculture*, poëme en six chants par le président de *Roſſet*, dont on a annoncé, il y a quelques mois, l'impreſſion exécutée au Louvre, paroît depuis peu de temps, & ne répond pas à la magnificence de cet appareil typographique. Tout en eſt beau, papier, dorure, caractere, hormis les vers. Cet ouvrage eſt en ſix chants : c'eſt une énumération longue, minutieuſe & ſeche de tous les travaux de la campagne, ſans aucune fiction, ſans aucun épiſode agréable. L'auteur s'eſt piqué de n'omettre aucun détail, de nommer tous les inſtruments, & de prouver qu'on pouvoit faire entrer dans la poéſie ce qu'on vouloit. C'eſt réellement un amas de préceptes fort bons à pratiquer ; mais c'eſt un déteſtable poëme qui ne ſera lu de perſonne, parce que les agriculteurs ſavent tout ce qu'il contient, & les amateurs de la belle poéſie ont quelque choſe de mieux à faire. Il y a auſſi des notes inſtructives. On peut le regarder comme le pendant du poëme de la peinture de M. *Watelet*, pour le ſcientifique & l'ennui.

25 *Juin*. On commence à diſtribuer depuis hier des bulletins concernant l'inoculation du roi, des princes ſes freres, & de madame la comteſſe d'*Artois* : on ne peut traiter la choſe plus gaiement.

On aſſure que pendant ce temps, les miniſtres viendront travailler chez M. le comte de *Maurepas*, & que celui-ci ſeul rendra compte au roi : ce qui ne plaît pas à meſſeigneurs.

26 *Juin*. Avant-hier, pour la premiere fois de l'année, on a ouvert le *coliſée*. Afin d'attirer mieux le public, outre les places de trente ſous, on en annonce de douze ſous pour ceux qui

feront feulement curieux de voir les petits fpectacles qu'on y montrera dans le cirque, comme
joûtes, feux d'artifice, &c. Dans les affiches,
on publie qu'il fera ouvert toutes les fêtes & di-
manches ; ce qui fait préfumer une feconde fois
la fufpenfion du Wauxhall de *Torré*, ou fa
réunion avec les directeurs du colifée.

27 *Juin*. Depuis long-temps on favoit qu'il
y avoit une nouvelle édition de la correfpondance, imprimée fous le titre de *Maupeouana,*
ou Correfpondance fecrete & familiere du chance-
lier Maupeou, avec fon cœur Sorhouet, membre
inamovible de la cour des pairs de France, en
deux parties, imprimées à la chancellerie ; mais
on n'ofoit la répandre, foit à caufe du nouveau tribunal alors occupé à févir contre les
auteurs, colporteurs & diftributeurs de cet ouvrage, foit pour ne pas aigrir les efprits, dans
l'efpoir d'un raccommodement.

Cette brochure paroît aujourd'hui en deux
volumes in-12. Chacun eft précédé d'un fron-
tifpice ou d'une eftampe repréfentant un affaffinat différent, prétendu commis par un *Mau-*
peou.

27 *Juin*. M. le comte *du Muy*, le nouveau
miniftre de la guerre, eft en général très-peu
agréable à l'infanterie depuis le jugement du
confeil de guerre de Lifle, auquel il préfidoit,
& où l'on prétend que les formes ont été vio-
lées. D'ailleurs fon exceffive & minutieufe dévotion ne peut guere lui laiffer fuppofer l'étendue
de génie néceffaire pour occuper avec diftinction
une femblable place.

28 *Juin*. On voit une eftampe qui repréfente
le fieur *Linguet*, gravée dans la maniere du

St. *Cochin*. Il tient en main un livre ouvert, intitulé *Plaidoyer de Morangiès*. A ses pieds sont *Platon*, *Démosthene*, &c.; au bas est cette légende : *Patrono suo dicat Morangiès*. On assure que ce n'est point une caricature, que c'est un monument élevé de bonne foi par le maréchal-de-camp à son défenseur, & que l'ouvrage a été commandé au sieur de *Saint-Aubin*, peintre, auteur de ce dessin. Les partisans même du comte trouvent ce genre de reconnoissance bien bas & bien fou.

29 *Juin*. Mesdames ont eu la petite vérole depuis le feu roi leur pere, & s'en sont mieux tirées qu'on ne comptoit ; la plupart de ceux qui l'ont gagné de ce monarque en étant morts. Elles sont si bien aujourd'hui, qu'elles se sont rendues dimanche à Marly ; la faculté a décidé qu'il n'y avoit plus aucun mouvement à ce qu'elles se réunissent à la cour.

30 *Juin*. Ce qu'on avoit prévu est arrivé, madame de *Giac*, ci-devant duchesse de *Chaulnes*, est déjà séparée de son nouvel époux.

30 *Juin*. Le duc de *Chartres* n'a point quitté leurs majestés depuis l'inoculation du roi : le duc d'*Orléans* s'est tenu à *Saint Cloud*, d'où il est allé fréquemment à Marly. Il paroît que les augustes inoculés ont été très-ménagés, qu'il y a eu peu de boutons ; ce qui fournit nouvelle matiere à la critique. On dit que cette petite vérole artificielle est trop légere.

1 *Juillet* 1774. On peut se rappeller que dans le quatrieme mémoire du sieur de *Beaumarchais*, il y a un épisode concernant ses aventures d'Espagne, que tout le monde a jugé très-romanesque. Un auteur l'a trouvé propre à en

L 5

composer un drame en trois actes : il a exécuté
ce projet, & a eu peu de chose à y mettre du
sien. Il l'a fait jouer sur un théâtre particulier
à la barriere du Temple. La piece a paru intéressante, & l'on en a été si content qu'on en a
donné une seconde représentation. Le sieur de
Beaumarchais y assistoit, & a fixé tous les regards.

2 *Juillet*. On attribuoit la lettre du comte
Dubarri au chevalier de *Boufflers*. Il y a apparence que ce seigneur eût imaginé quelque chose
de plus plaisant sur un sujet qui prêtoit autant.
Il est plus à présumer qu'elle est de l'avocat
Marchand, dont le pinceau naturellement lourd
& grossier doit être encore affoibli par l'àge.

2 *Juillet*. L'histoire de l'inoculation du roi &
des princes ses freres est absolument finie. On a
donné le 30 juin le dernier bulletin ; mais en
général on est peu content du succès, en ce qu'il
n'y a eu qu'une petite quantité de boutons, &
l'on veut que sa majesté en ait elle-même beaucoup d'humeur, parce qu'elle n'est pas pleine-
ment rassurée, comme elle l'eût été dans le cas
contraire. Le sieur *Jauberthon*, qui a fait la pi-
quure comme chirurgien, ne s'est prêté qu'à
regret à être un instrument aveugle dans une
opération où il a coutume d'être en chef, qu'il
ne fait qu'après les plus grandes précautions, &
un exmen complet du sujet qu'il inocule.

3 *Juillet*. On a donné hier la premiere représentation du *Vindicatif*, drame en cinq actes & en vers.
On est si accoutumé à voir aujourd'hui des monstres sur la scene, que celui-ci n'a pas produit la
même horreur qu'il auroit causée autrefois. Mais
ce qu'on n'auroit jamais imaginé, & ce qui a

émerveillé tout le monde, ç'a été de voir ce premier rôle entre les mains & de qui?.... du sieur *Préville*. Un valet dont le masque seul est risible, faire le *vindicatif* ! On n'en pouvoit revenir. Aussi a-t-il été très-souvent hué: du reste, le caractere est bas, vil, atroce, & l'un des plus détestables qu'il y ait dans aucune piece. Nulle intelligence de la scene dans celle-ci. Quelques beautés au quatrieme acte d'un genre très-ordinaire, mais fortement prononcées par le sieur *Molé*, ont favorisé les exclamations & les battemens de mains de la cabale protectrice, & ont subjugué un moment quelques enthousiastes; mais le cinquieme les a rétablis dans leur premiere tranquillité.

Lorsque le sieur *Molé* est venu pour annoncer la seconde représentation, on a beaucoup applaudi avant qu'il parlât: mais on a crié du parterre, *pour Molé* ! & l'on a eu grand soin de faire entendre que c'étoit à l'acteur qu'on en vouloit. Cependant le *vindicatif* est affiché pour lundi.

4 Juillet. On s'entretient d'une autre plaisanterie imprimée sous le nom du comte *Dubarri.* Ce sont des lettres écrites par ce personnage obligeant aux différens souverains de l'Europe, où il leur offre ses services, & les réponses qu'il en reçoit. On dit que cela est gai, malin, & que le génie de l'homme, ainsi que celui de chaque potentat, auquel on le fait s'adresser, y est bien peint.

4 Juillet. M. *Dudoyer* pour se donner plus de temps de faire à loisir les corrections très-grandes qu'on exige à son drame, l'a fait remettre jusqu'à mercredi.

L 6

(252)

4 *Juillet*. M. le comte de *Broglio* est rappellé de son exil.

5 *Juillet*. Le réglement qu'on avoit fait pour la librairie, suivant lequel, outre la permission donnée sur le manuscrit, il en falloit une seconde d'après le premier exemplaire imprimé, n'a point lieu: on y a trouvé de si grands inconvénients qu'il n'a pu s'exécuter, & qu'il a fallu y renoncer au grand contentement des auteurs & des libraires.

5 *Juillet*. La jeune cour s'amuse beaucoup à Marly & de choses très-simples & peu dispendieuses: par exemple, la reine a voulu essayer du cabriolet & le conduire elle-même: on l'a vu s'exercer avec beaucoup de graces aux diverses évolutions de cette voiture légere qui, pour ne pas perdre son à-plomb, exige une adresse singuliere. Sa majesté étoit précédée d'un simple officier des gardes-du-corps. Ce spectacle étonnoit les vieux courtisans qui n'avoient point encore vu une reine en cabriolet. En général, qu'aujourd'hui souveraine & maîtresse de ses actions, celle-ci peut suivre son aversion pour les longueurs & l'ennui de la gêne; elle s'asservira peu à l'étiquette qu'elle avoit déjà secouée étant dauphine. Du reste, S. M. aimera les spectacles, les fêtes, les plaisirs de son âge, à mesure que les diverses nuances du deuil s'éclairciront. Quant au roi, ce prince d'un caractere austere, déjà d'une raison mûre, ne prendra que les divertissements propres à conserver sa santé, à la fortifier & à la délasser des fatigues du trône. Voilà ce que jugent ceux qui ont l'honneur d'approcher de leurs majestés.

7 *Juillet*. Suivant l'usage moderne, le *Vin-*

dicatif s'est relevé fortement hier, & est monté jusqu'aux nues, au moyen des forces confédérées que l'auteur a mises sur pied & dont il a gourmandé le parterre; ce qui n'empêchera point cette piece, dont on n'a retranché que des longueurs, d'être constamment détestable.

7 Juillet. Depuis long-temps on trouve mauvais que l'académie d'architecture soit séparée de celle de peinture & de sculpture. Un architecte ne differe du maçon qu'en ce qui le rapproche du dessinateur, du peintre & du sculpteur. C'est par la partie de la décoration qu'il peut prétendre au génie & conséquemment à la gloire. De cette désunion il naissoit un inconvénient très-grand; c'est que les chefs de l'académie de peinture ne laissoient exposer au salon que les architectes qui étoient membres de leur académie; ce qui ne produisoit aucune émulation dans celle d'architecture. On assure que monsieur l'abbé *Terrai*, depuis qu'il est ministre de toutes ces parties, par la place de directeur-général des bâtiments qu'il occupe, songe sérieusement à ne faire qu'une seule & même académie des deux.

On veut encore que par une sévérité très-louable, il ordonne que les artistes qui n'auront point exposé pendant un ou deux salons, sans cause légitime, seront rayés du tableau.

Il arriveroit de la réunion de l'académie d'architecture, que désormais les monuments publics seroient soumis à la censure des connoisseurs, amateurs & autres, par un concours dont il ne pourroit résulter que des monuments plus parfaits.

9 Juillet. On a cité le distique supposé trouvé

à la ftatue de *Henri* IV, à l'occafion du mot
refurrexit qu'on y avoit mis précédemment.
C'eft un M. *du Merfans* qui en eft l'auteur:
comme il a été fort altéré par la tradition,
le voici tel qu'il a été enfanté.

O *Henri* reffufcité j'approuve le bon mot !
Mais, pour m'en affurer, j'attends la poule au pot.

Il ne faut pas oublier de faire auffi mention
d'un genre de tabatiere qui, dans l'hiftoire de nos
modes, doit faire époque, & caractérife le génie
du fiecle, & la façon générale de penfer fur la
mort du feu roi. On les appelle *une confolation dans le chagrin*, parce qu'elles font de chagrin
noir, à raifon du deuil, & qu'on y incrufte le
portrait du roi & de la reine.

9 *Juillet*. On a oublié de parler de l'affaire
de M. le comte de *Menou* : elle a été jugée
au préfidial de Nantes, & il a gagné, il y a
plus d'un mois, fon procès contre M. le chevalier de *Foucault*.

10 *Juillet*. Madame la comtefle de *Valentinois*,
dame d'honneur de Madame, qui vient de
mourir, a été remplacée par madame la ducheffe de *la Vauguyon*, dame d'atours. Le teftament de la premiere fait bruit, à caufe de fa
fingularité. Elle femble avoir voulu exclure toute
fa famille de fa fucceffion : elle a inftitué fa
légataire univerfelle madame la marquife de
Fitzjames : elle fait don de fa belle maifon de
Paffy à M. le comte de *Stainville*, & charge de
fon exécution teftamentaire Me. *Baudot*, célebre
procureur & fon homme de confiance, auquel

elle laisse 10,000 livres de rentes viageres, dont 3,000 livres reversibles sur la tête de qui il voudra. Elle laisse 2,000 écus de rentes à son notaire, & beaucoup d'autres legs.

10 *Juillet*. La contestation élevée au château de la Muette, a provoqué une ordonnance concernant les gardes-du-corps du roi, qui va paroître. On y fixe un traitement aux chefs de brigade & plusieurs points relatifs à la confection de ce corps, ainsi qu'au service.

10 *Juillet*. M. le comte de *Broglio* est arrivé cette nuit, & se dispose sans doute à beaucoup intriguer suivant son génie tourné fort de ce côté-là.

10 *Juillet*. L'instruction provisoire pour l'infanterie françoise, rédigée d'après les principes du baron de *Pirch*, est publique depuis quelques jours. M. le maréchal duc de *Biron*, & messieurs les inspecteurs, après la confection de cet ouvrage, ont écrit une lettre au ministre pour qu'il soit accordé des graces au baron de *Pirch* qui en est l'auteur, & aux différentes personnes qui y ont concouru.

12 *Juillet*. L'estampe dont on a parlé, est ainsi composée. Elle a d'abord pour titre *le retour du parlement*. On y voit la justice prête à rendre ses jugements, assise sur un cube, sous un palmier, symbole de stabilité & de paix, tenant sur son bras droit le buste du roi couronné d'olivier. Au haut est cette inscription : *Regi pacificatori: au roi pacificateur*. Appuyé sur un bouclier, le faisceau à côté, elle porte de l'autre main la balance & l'épée enlacées d'un rameau d'olivier : auprès d'elle, la couronne royale est posée sur le globe de la France, &

le flambeau du fchifme fous fes pieds. On lit
fur le bouclier où eft gravé un calice : *ob leges
& S. S. Can. ferv. Pour la confervation des loix
& des faints canons.* Enfin au bas de la gravure
eft cette autre infcription : *juftitia redux.* IV.
Sept. M. DCC. LIV. *Le retour du parlement, le
4 feptembre 1754.*

Enfuite eft un petit médaillon repréfentant
le duc de *Berry* dans fes langes, né à Verfailles
le 23 août 1754. Il eft entouré de lauriers
qu'enlacent les couleuvres qui femblent refpecter fon berceau. Au-deffus de fa tête on lit :
pignus pacis : gage de la paix.

C'eft fur tout ce médaillon-ci dont on a voulu
rapprocher les circonftances avec celle actuelle,
& M. le duc d'*Orléans* s'imaginant que peut-
être le monarque feroit flatté de fe trouver à
fon avénement au trône dans le cas de rétablir
une paix dont il avoit été le gage à fa naiffance, eft allé à Marly montrer au roi l'eftampe
en queftion que, pour cette raifon, on recherche aujourd'hui avec empreffement.

13 *Juillet.* On a commencé fur le théâtre de
la rue Saint-Nicaife, les premieres repréfentations de l'opéra d'*Orphée* du chevalier *Gluck*,
& déjà quantité d'amateurs ont voulu en avoir
les prémices. Ils en difent beaucoup de bien ;
ils l'annoncent comme dans un genre plus agréable, plus léger qu'*Iphigénie* ; en forte qu'on fe
difpofe à fuivre les grandes répétitions avec la
même fureur que celles de ce dernier opéra. On
prétend que les directeurs ont réfolu de ne point
donner de billets pour éviter les importuns : ce
qui doit les augmenter. D'ailleurs comment faire
des répititions fans auditeurs ? A quoi fervi-
roient-elles ?

14. *Juillet*. M. de *Voltaire*, dans une lettre à l'un de ſes amis, ne ſemble pas approuver le titre même du nouveau drame intitulé *le Vindicatif*. Il dit à cette occaſion que ce n'étoit point aſſez d'avoir fait dégénérer la comédie de ſon véritable but, en introduiſant le comique larmoyant ; que nous allions avoir la comédie horrible. Quelle exclamation ne feroit-il pas en voyant le monſtre dramatique en queſtion ?

15 *Juillet*. La nouvelle cour n'a pas encore une aſſiette bien fixée ; les voyages, les cérémonies, les changements annoncés, rien ne ſe décide ; ce qui fait murmurer les vieux commenſaux habitués aux marches périodiques de *Louis* XV, qui n'avoit de ſtabilité que dans ces petites choſes. On craint que M. de *Maurepas*, par caractere & par ſon âge, enclin à l'inaction, ne laiſſe également languir les affaires politiques ; mais la néceſſité d'occuper le jeune monarque n'ayant point de diſtraction étrangeres, le forcera d'y vaquer & de donner un aliment à ſon déſir de bien faire, & de rendre ſes peuples heureux.

15 *Juillet*. Le ſieur de *Beaumarchais* ſe regardant déjà comme un homme célebre, s'eſt fait graver, & ſon portrait ſe vend publiquement. On trouve que c'eſt une grande impudence de la part de cet accuſé, bâmé par un tribunal quelconque, & non encore lavé.

16 *Juillet*. La façon de reſtaurer la fontaine des petits Peres, devient de plus en plus diſpendieuſe par les traveaux ſurvenus à l'occaſion de l'éboulement des terres & des excavations. On ne peut regarder cette méthode, ſi l'on ne l'améliore, que comme de ſpéculation.

16 *Juillet*. MM. de *Wailly* & *Peyre* font deux architectes qui depuis long-temps avoient imaginé un plan de falle de comédie à établir à l'hôtel de *Condé*, qui en avoient rédigé les defîins, & avoient même obtenu des lettres - patentes pour l'édification de la fufdite falle. De nouvelles vues à cet égard les avoient obligé de remettre ces plans dans leurs porte-feuilles. Depuis qu'il eft queftion du même lieu d'emplacement, ils ont trouvé fort mauvais que le fieur *Moreau*, chargé de la befogne, comme architecte de la ville qui doit faire les frais du nouvel hôtel, fe fût approprié leur ouvrage connu, & dont il n'a pas eu peine d'avoir communication. Ils attaquent aujourd'hui le fieur *Moreau*, & les obftacles qui s'oppofoient à ce qu'ils fiffent valoir leurs lettres-patentes étant levés, puifque l'emplacement redevient le même, & que l'énormité de la dépenfe n'effraie plus, ils demandent à avoir la direction de ce monument. C'eft ce qui les a déterminés à mettre leur travail fous les yeux de leurs majeftés, ainfi qu'on l'a vu annoncé dans la gazette de France. Ces tracafferies réveillent l'efpoir du fieur *Liégeon*, qui a pardevers lui l'avantage d'un plan plus commode pour le local, & infiniment moins difpendieux.

17 *Juillet*. Indépendamment de l'eftampe dont on a parlé, frappée en 1754, pour fixer l'époque du retour du parlement, il en fut imaginé une autre plus flatteufe pour le nouveauné qui en fait l'objet principal, à laquelle on joignit des vers. C'eft celle-ci que M. le duc d'*Orléans* & M. le duc de *Chartres* ont préfentée à fa majefté. En voici le détail, fur lequel

les vers qu'on va citer d'abord, jetteront un
grand jour ; ils en font comme l'explication :

Aftre naiffant, dont la lumiere
Doit aujourd'hui des loix éclairer le retour,
Pour te voir commencer ta brillante carriere,
Quel moment plus heureux eût choifi notre amour !
Le ciel eft pur & fans nuage ,
Les vents fe taifent dans les airs ,
Tranquille aprés un long orage
Le timide Alcion s'éleve fur les mers.
Thémis arrive au port ; elle voit fur la rive
Cet aftre dont l'aurore amene les beaux jours.
Sur un berceau de fleurs qu'entourent les Amours
Louis fixoit encore une vue attentive ,
Et du héros naiffant confultoit les deffins.
Il apperçoit Thémis , l'enfant lui tend les mains ;
Le monarque fourit à cet heureux préfage ;
Peuple, ce fourire eft le gage
Qui répond à vos vœux du bonheur des humains.

Au milieu de l'eftampe on voit *Louis* XV
tenant la maffue d'*Hercule* , emblême du fana-
tifme qu'il vient de détruire. La fcene eft fort
éclairée ; des rayons de lumiere dardent de
toutes parts, & caractérifent la vérité qui vient
de deffiller les yeux du monarque : dans les
airs vole l'Alcion, cet oifeau fymbole du calme
aprés l'orage. Thémis, fa balance fous fon bras,
fon glaive à la main, eft repréfentée comme
échappée à la tempête & débarquant. Elle porte
fes premiers regards fur un enfant qui eft pré-

fenté au roi par une femme ailée. Une aigrette de feu fort de fa tête; on fuppofe que c'eft l'Aurore mentionnée dans les vers. Le jeune prince tend les bras vers la déeffe de la juftice. Au devant du tableau eft fon berceau de fleurs, autour duquel voltigent les amours. Au bas eft l'infcription ci-jointe : *naiffance de monfeigneur le duc de Berry, né à Verfailles, le 23 août 1754, qui fert d'époque au retour du parlement.*

18 *Juillet.* Il y a un grand fchifme dans la faculté de droit relativement à la cure de Saint-André-des-Arts, dont les docteurs & les agrégés fe conteftent réciproquement la nomination, ou pour mieux dire, de la nomination de laquelle les premiers voudroient exclure les feconds. Cette nomination eft attribuée fucceffivement aux différentes facultés de l'univerfité, étant dévolue à ce corps. Les agrégés autrefois ne faifoient pas corps avec elle; depuis le commencement du fiecle environ, ils ont été déclarés en être membres, & c'eft fur cette décifion qu'ils s'appuient pour obtenir un concours de fuffrages avec les docteurs : c'eft la matiere du procès.

18 *Juillet.* C'eft le 29 de ce mois que M. l'abbé de *Boifmont* doit prononcer devant l'acadé-mie françoife, l'oraifon funebre de *Louis* XV.

18 *Juillet.* On a fait mention du mot *refur-rexit,* trouvé à la ftatue de *Henri* IV. On dit qu'à Saint-Denis on a trouvé auffi ce terme expreffif auprès de *Louis* XV. On a attribué la pafquinade à quelque parlementaire, fâché de voir le chancelier toujours en regne. Elle prouve au furplus combien aifément le François

paſſe de l'éloge outré à la ſatire la plus in-
juſte.

19 *Juillet.* M. de *Vergennes*, nommé au département des affaires étrangeres, qui tardoit
à ſe rendre ici de Stockholm, où il étoit &
où il a appris avec bien de la ſurpriſe le choix
du roi tombé ſur ſa perſonne, eſt arrivé dimanche en fort bonne ſanté, quoiqu'on l'eût
fait mort. Il dit qu'il a été inſtruit de la
nouvelle de ſon trépas à Hambourg, qu'il s'eſt
tâté, & que ſe trouvant très en vie, il a con-
tinué ſa route. Il ſe diſpoſe à prêter ſerment
inceſſamment, afin d'entrer tout de ſuite au
conſeil.

19 *Juillet.* Extrait d'une lettre Rennes, du
12 juillet 1774... Nous ignorons pourquoi
l'arrêt de Rennes concernant le ſieur *Rouſſeau*
& ſon journal qu'il imprime à Bouillon, n'a
fait aucune ſenſation dans Paris. Il en a produit beaucoup ici : il eſt du 14 janvier, & a
été rendu ſur la dénonciation faite par un
de meſſieurs dudit journal : voici le diſpo-
ſitif.

« La cour, chambres aſſemblées, faiſant
» droit ſur les remontrances & concluſions du
» procureur-général du roi, ordonne que l'ou-
» vrage périodique ayant pour titre : *Supplément*
» *pour les Journaux politiques, ou Gazette des*
» *Gazettes des mois d'octobre, novembre & dé-*
» *cembre 1773, à Bouillon, avec approbation*
» *& privilege*, ſera lacéré & brûlé au pied
» du grand eſcalier du palais, par l'exécuteur
» de la haute juſtice, comme contenant aux
» pages 49, 50 & 51 des faits faux & calom-
» nieux ; & un libelle ſéditieux ſous le titre

(262)

» de *Requéte des pauvres du diocese de Rennes*,
» fait pour continuer d'échauffer les esprits,
» & renouveller les troubles de la province,
» tendant à inculper le parlement aux yeux du
» peuple, à répandre des préjugés odieux sur
» la justice de ses arrêts & à flétrir l'honneur
» de ses membres, auxquels on suppose mé-
» chamment des vues & des intentions cri-
» minelles; ordonne à tous ceux qui en ont
» des exemplaires de les apporter au greffe de
» la cour, pour y demeurer supprimés; or-
» donne pareillement que les différentes copies
» manuscrites en écriture contrefaites de ladite
» requête des pauvres au diocese de Rennes
» (au nombre de trois) ensemble les lettres
» d'envoi qui les accompagnoient, toutes mi-
» ses sur le bureau par plusieurs des membres
» de ladite cour, demeureront déposées à son
» greffe, pour servir de mémoire & de pieces
» de comparaison: a décerné commission au
» procureur - général du roi, pour informer
» contre les auteurs & copistes de ladite re-
» quête, pardevant M. *de Caradeuc de Keranroy*,
» conseiller, doyen de la cour, &c. »

20 *Juillet.* On continue à prétendre que les
paroles de *la Fausse peur* sont de l'abbé de
Voisenon, quoiqu'on ne retrouve nullement sa
maniere dans cet ouvrage, où tous les rôles
paroissent sacrifiés à celui de M. *Raille*, que
fait le sieur *Trial.* Ce M. *Raille* est visiblement
calqué sur un homme de société très-connu,
& qu'on appelle par dérision *Milord Gois.* C'est
un plaisant qui prend les allures de toutes les
nations & sur-tout d'un Anglois. On peut se
rappeller son histoire avec madame de *Crussol*,

lorfque fe faifant paffer dans un foupet pour un médecin étranger, il capta la confiance de cette dame, qui défira d'avoir un tête-à-tête avec lui, & lui fit des aveux dont elle fe repentit fort, lorfqu'elle apprit qu'elle étoit dupe.

Ce M. *Raille* poffede auffi le talent inimitable de contrefaire au fuprême degré ceux qu'il veut imiter & joue également un rôle de médecin. Le furplus de la piece ne reffemble en rien à la premiere aventure.

La mufique eft pleine de réminifcences, agréable, mais foible; il y a cependant l'ariette de M. *Raille*, où il annonce fon favoir-faire, qui a été fort applaudie comme favante & très-diverfifiée.

21 *Juillet*. On fait que depuis long-temps il avoit été queftion de jouer *la Partie de chaffe de Henri IV*, du fieur *Collé*, mais qu'il avoit été précédemment décidé au confeil que ce drame ne feroit point repréfenté, comme dégradant un fi grand roi; cependant par une inconféquence trop commune, exécutée fur quantité de théâtres particuliers, dans toutes les provinces, au théâtre de la ville de Verfailles, & tout récemment, cet hiver, à la cour, devant madame la dauphine. Depuis qu'elle eft reine, elle a fait lever l'exclufion: *la Partie de chaffe* doit fe jouer inceffamment à la comédie françoife; mais l'auteur s'y oppofe aujourd'hui; l'on croit que c'eft à caufe de la faifon.

22 *Juillet*. Les *coëffures au temps préfent*, font des bonnets de femme très-hiftoriés, qui font furmontés de deux cornes d'abondance, &

garnis d'une quantité d'épis de bled qui retombent de toutes parts. Cet ajustement inventé, comme l'on juge, par l'adulation, ne sera pas long-temps de mode, si le bled continue à renchérir, comme il fait journellement.

23 *Juillet* On connoît l'attachement de M. le prince de *Condé* pour madame la princesse de *Monaco*. On peut se rappeller qu'afin d'en jouir plus librement en 1771, il engagea le parlement à reprendre son service interrompu & à juger le procès en séparation de cette dame, malgré toutes les protestations & oppositions de M. le prince de *Monaco*. Depuis le prince de *Condé* a affiché scandaleusement son commerce d'adultere avec elle ; il l'a logée auprès de son nouveau palais, où il lui fait construire un hôtel ; mais le roi vient de rompre ces liens criminels par un ordre signifié à madame de *Monaco* de choisir un asyle dans un couvent. En vain son illustre amant s'est-il rendu sur le champ à Marly pour supplier sa majesté de retirer la lettre de cachet : elle est restée inflexible & a répondu qu'elle aimoit l'ordre, les bons ménages, la conservation des mœurs, & qu'une femme ne vivant point avec son mari, ne pouvoit rester dans le monde. Cette sévérité vis-à-vis du prince de *Condé*, dans un moment critique où, en se séparant des princes exilés, il obéissoit servilement aux volontés du monarque, prouve combien on fait peu de cas de lui à la cour.

24 *Juillet*. Le sieur *Boby*, notaire, vient d'afficher une banqueroute considérable, qu'on évalue à plus de huit cents mille francs. On
étoit

étoit furpris qu'il ne l'eût pas déjà faite. On
favoit que cet officier de juftice faifoit beaucoup plus de dépenfe qu'il ne convenoit à fon
état & dans un genre ridicule : il fe donnoit
les airs d'entretenir des filles d'opéra & de
leur offrir des cadeaux confidérables. Il affichoit
au furplus une élégance, un luxe proportionnés à ce goût ; en forte que tout le monde crie
contre lui.

25 *Juillet.* Du temps des Romains, l'Efpagne
avoit beaucoup de mines qu'ils faifoient ex-
ploiter, & dont ils tiroient une grande quantité d'or & d'argent. Depuis long-temps la
cour de Madrid s'étoit peu occupée de cette
exploitation. Plus jaloufe de celle Pérou, elle
y bornoit fes foins. Des particuliers François
fe font réunis à des Efpagnols & ont formé
une compagnie pour extraire des montagnes
des Afturies les fillons qu'on y avoit dé-
couverts. La mine eft devenue fi abondante,
que les actions de cette compagnie ont plus
que fextuplé. On y a fait paffer des gens inf-
truits pour faciliter par leurs lumieres l'extrac-
tion de la matiere & de fa décompofition.

Quoique par ce recours à notre nation, les
Efpagnols qui devroient être nos maîtres en ce
genre, conviennent de la fupériorité des François, on reproche à l'académie des fciences de
ne s'être prefque pas occupée de cet art, & il eft
queftion d'établir une chaire & des écoles *ad
hoc.*

26 *Juillet.* La fignora *Baftardella* eft ici depuis
quelque temps ; c'eft la plus célebre cantatrice
d'Italie ; elle eft fupérieure à la fignora *Ga-
brielli*: elle eût voulu fe montrer avec éclat dans

Tome XXVII. M

cette capitale : elle défiroit qu'on ouvrît une foufcription en fa faveur ; on ne fait pourquoi l'on n'y fonge pas ; elle a chanté dans quelques maifons particulieres feulement, & l'on craint que ne fe voyant pas accueillie autant qu'elle le mérite, elle ne difparoiffe bientôt, fans avoir été entendue du grand nombre de nos amateurs de mufique.

26 *Juillet*. M. le cardinal de *Gefvres* vient de mourir affez avancé en âge, d'autant plus qu'il étoit contrefait & boffu. Il plaifantoit lui-même de ce dernier défaut naturel, & difoit en riant, qu'il n'aimoit pas qu'on l'appellât *fon éminence*. Il avoit réfigné depuis peu fon évêché de Beauvais. Il laiffe tous fes biens aux hôpitaux de cette ville ; ce qui déplaît fort à fa famille : elle veut travailler à faire caffer le teftament, fondé fur les ordonnances qui défendent de léguer aux gens de main-morte ; mais ce qui femble devoir fouffrir exception de la part des gens d'églife, tenus au contraire d'y faire retourner ce qu'ils en ont recueilli.

27 *Juillet*. L'oraifon funebre du roi que M. l'abbé de *Boifmont*, l'un des quarante, doit prononcer à la chapelle du Louvre, devant l'académie françoife, n'aura lieu que famedi 30. C'eft M. l'archevêque de Lyon, membre de la compagnie, qui doit officier.

29 *Juillet*. La réception de M. *Suard* à l'académie françoife, eft indiquée au 4 août prochain.

30 *Juillet*. *Epître à* HENRI IV *fur l'avénement* de LOUIS XVI, *par M. de V*.... On auroit peine à croire que cette bagatelle fût du vieillard poëte, dont elle porte le nom, fi fon

avis au lecteur, & plusieurs passages de sa petite poésie, comme il l'appelle, n'attestoient leur auteur. Elle n'est distinguée des autres que par une adulation encore plus basse : & en effet il a grand besoin de flatter le jeune monarque, fortement prévenu contre lui. Un trait très-connu prouve combien il le déteste. Un jour on demandoit à ce prince devenu dauphin, quel spectacle il désiroit ? « Tout ce que vous voudrez, répondit-il, pourvu que ce ne soit pas » de Voltaire. »

31 *Juillet*. On va travailler incessamment à l'agrandissement de la place qui est devant le Palais-Royal : au moyen d'un rang de maisons qu'on abat du côté des Quinze-vingts, on dégage toute la partie du palais encore masquée ; & en reculant le château d'eau, on procure à cet emplacement la proportion & l'étendue convenables.

Malgré tant de soins & de dépenses, ce palais sera toujours rempli d'imperfections & de défauts, & le plus grand sans doute sera celui de n'avoir point assez de grandeur & de noblesse du côté de la rue, & de ressembler à un simple hôtel particulier.

1 *Août* 1774. La restauration de la fontaine des petits Peres a très-bien réussi ; elle est finie, mais non sans une dépense excessive, ainsi qu'on l'a précédemment observé.

1 *Août*. On n'a pu qu'en ce moment recueillir les pieces authentiques des deux suicides arrivés à Saint-Denis le jour de Noël dernier ; l'attention du gouvernement à les soustraire dans le temps de la premiere fermentation, les avoit rendus rares alors, & depuis de nouveaux évé-

M 2

nements avoient fait perdre de vue celui-là.
Toutefois il est trop unique pour n'en pas conferver les détails & les monuments en quelque
forte dans toute leur intégrité. Les pieces recou-
vrées font au nombre de trois.

1. La lettre de M. de *Rulhieres*, lieutenant de
la maréchauffée, où il rend compte à son fupérieur de toute l'aventure, & en dreffe une forte
de procès-verbal.

2. Un teftament que les deux dragons ont
dreffé en commun avant de fe tuer ; morceau
très-fingulier qui, bien loin d'annoncer de la
folie, caractérife au contraire un très-grand
fang froid, & un efprit de détail qu'on conferve
difficilement en circonftance pareille.

3. La lettre de l'un d'eux à un officier qui
l'honoroit de fon amitié & de fon eftime ; lettre
où l'on retrouve le même efprit philofophique
que dans le teftament, & en outre plus de liberté & de gaieté, telles qu'en comporte le genre
épiftolaire.

2 *Août*. Dans le premier acte, *Orphée* pleure
fa compagne & l'appelle ; un *chœur* compofé de
bergers, de bergeres & de nymphes, fuite des
deux époux, rend au tombeau d'*Euridice* les
honneurs funéraires ; ce qui amene un divertif-
fement, tel qu'il fe pratiquoit dans l'antiquité
à de pareilles cérémonies ; des libations, des
effufions de parfums, des offrandes de fleurs &
de guirlandes. *Orphée* fatigué de cette multitude,
la fait retirer pour fe livrer à la folitude & à fa
douleur : il forme le projet dangereux d'aller
ravir aux enfers leur victime. L'Amour furvient,
il le confole, il lui annonce qu'il peut def-
cendre au Tartare ; qu'il ramenera fa femme, à

condition qu'il fe contiendra & ne la regardera point. Il fe retire enfuite ; après avoir gémi de cette loi rigoureufe, *Orphée* fe réfout à obéir ; il prend fa lyre, il met fon cafque, & marche vers le lac d'Averne.

Au fecond acte, le théâtre change ; on voit l'entrée des enfers ; les fpectres & les furies s'oppofent au paffage d'*Orphée*, & troublent fes accords par leurs danfes. Il les charme infenfiblement & pénetre. A ce fpectacle effroyable fuccede le tableau des Champs-Elyfées, que préfente une décoration nouvelle. Plaifirs, jeux, danfes des ombres heureufes : à leur tête eft *Euridice*, qui fe félicite de fon bonheur nouveau ; elle va parcourir les bofquets écartés de ces beaux lieux : alors *Orphée* arrive & redemande aux ombres fon époufe : pendant qu'on la cherche, on charme l'ennui de l'époux par toutes fortes de divertiffements : elle lui eft rendue.

Le troifieme acte ne contient proprement qu'une fcene entre *Orphée* & *Euridice*. Celle-ci s'apperçoit qu'il détourne d'elle fes regards ; elle croit qu'il fe répent déjà de fon action généreufe ; elle le preffe de s'expliquer, de tourner les yeux vers elle ; après un combat de fentiments divers, il ne peut réfifter aux reproches de fon époufe, il l'envifage ; elle meurt foudain. Mais l'Amour vient opérer fon miracle ordinaire: il ranime & embellit la fcene.

Telle eft la marche du poëme charmant, tendre, onctueux en italien, & que le traducteur, M. *Moline*, pour avoir voulu le rendre trop littéralement, a fait infipide & plat : ce qui fait tort à la mufique en plufieurs endroits, & l'empêche de produire tout son effet. On convient généralement cependant qu'elle réunit le simple, le naturel de la déclamation du récitatif françois, au savant, à la gentillesse, au pittoresque des ariettes italiennes; & que le tout est renforcé par des symphonies dans le genre allemand, qu'on fait être le plus estimé aujourd'hui.

3 *Août.* Voici d'abord la lettre de M. de *Rulhieres*, en date du 26 décembre 1773.

« Mon cher inspecteur, deux dragons, l'un du régiment de *Belsunce*, & l'autre du régiment de *Mestre-de-camp-général*, se sont tués hier à cinq heures après midi dans une auberge dite l'*Alba-lêtre*, vis-à-vis la maison que j'habite à Saint-Denis. Averti de cet événement, j'y ai accouru. Le serrurier avoit ouvert la porte qu'on a trouvé fermée en dedans. Ils étoient assis chacun sur une chaise, de l'un & de l'autre côté de la cheminée, un pistolet à leurs pieds, la mâchoire fracassée, & la cervelle emportée. Une femme qui logeoit au-dessus, a entendu deux coups très-distincts; ce qui prouve que chacun d'eux s'est tué de son côté. Ils avoient une table entre eux deux, sur laquelle reposoient depuis le matin trois bouteilles de vin de Champagne. On a trouvé sur cette table un écrit, dont j'ai l'honneur de vous adresser copie dans la même forme, ainsi que la copie d'un brouillon de lettre écrite à M. de C. officier au régiment de *Belsunce*. Ils étoient arrivés d'avant hier à l'auberge; ils ont été occupés toute la journée à écrire quatorze lettres qu'ils ont mises à la poste, & dont on dit qu'une plus grande que les autres est adressée à M. de *Sartines*. La justice de Saint-Denis a fait faire la levée des deux cadavres, qu'elle m'a remis aujourd'hui pour être tranfportés à la baffe geole du Châtelet. C'eft de moi dont il eft queftion dans cet écrit fous le nom de *Rh*. Le dragon de *Belfunce* paffant à Saint-Denis, l'année derniere, allant au régiment, il étoit avec un de fes camarades qui, étant ivre, avoit fait quelque tapage dans cette même auberge, où je fus appellé, & j'eus lieu d'être content de la conduite du fieur *Bordeaux*. »

J'ai l'honneur, &c.

3 *Août*. On attend avec impatience le difcours de M. l'évêque de Senez ; mais il paffe pour conftant qu'il fouffre beaucoup de difficultés à l'impreffion. On follicite fortement le prélat d'y changer certaines chofes, & l'on prétend qu'il s'obftine à le laiffer tel qu'il l'a prononcé, ou à ne point le faire paroître. On veut que M. le comte d'*Aranda* foit celui qui s'oppofe le plus fortement à la publicité, à raifon de la maniere injurieufe dont M. de *Beauvais* s'eft exprimé à l'occafion de la deftruction des jéfuites, à laquelle on fait que la cour d'Efpagne a principalement contribué.

4 *Août*. Par une fuite de ce qu'on a dit, M. de *la Borde*, le premier valet-de-chambre du roi, fentant combien il feroit défagréable à leurs majeftés, a pris le parti de profiter des infinuations qu'il a reçues à cet égard, & M. *Richard de Livry*, fermier-général, ayant eu l'agrément de traiter de cette charge, il a fait un arrangement avec M. de *la Borde*, par lequel il lui donne 50,000 écus d'argent comptant, le reçoit adjoint pour moitié de la place de fermier-général, dans la part qu'en a M. *Richard*, & celui-ci se trouve ainfi premier valet-de-chambre du roi.

M 4

4 Août. Testament de deux dragons *, qui se font tués à Saint-Denis, dans une chambre de l'auberge de l'Albalêtre, le jour de noël* 1773*, à cinq heures & demie du soir.*

« Un homme qui meurt avec connoiffance,
» ne doit rien laiffer à défirer à ceux qui lui
» furvivent. Nous fommes dans ce cas plus
» qu'aucun autre. Notre intention eft d'empê-
» cher que nos hôtes ne foient inquiétés, & de
» faciliter la befogne à ceux que la curiofité,
» fous prétexte de formalités & de bon ordre,
» tranfportera ici pour nous rendre vifite. *Hu-*
» *main* eft le plus grand de nous deux, & moi
» *Bordeaux* je fuis le plus petit. Il eft tambour-
» major de Meftre-de-camp-général des *dra-*
» *gons*; & moi je fuis fimple dragon de *Bel-*
» *funce.* La mort eft un paffage : je m'en rap-
» porte au procureur-fifcal de Saint-Denis, &
» à fon premier clerc qui va lui fervir d'adjoint
» pour faire une defcente de juftice. Ce prin-
» cipe, joint à l'idée que tout doit finir, nous
» met le piftolet à la main. L'avenir ne nous
» offre rien que de très-agréable; mais cet
» avenir eft court. *Humain* n'a que vingt-quatre
» ans; pour moi je n'ai pas encore quatre luftres
» (vingt ans) accomplis. Aucunes raifons
» preffantes ne nous forçoient d'interrompre
» notre carriere; mais le chagrin d'exifter un
» moment, pour ceffer d'être une éternité, eft
» le point de réunion qui nous fait prévenir
» de concert cet acte defpotique du fort. Enfin,
» le dégoût de la vie eft le feul motif qui nous
» la fait quitter. Si tous les malheureux étoient
» fans préjugés, & pouvoient regarder leur
» deftruction en face, ils verroient qu'il eft

» aufli aifé de renoncer à l'exiftence, que de
» quitter un habit dont la couleur nous déplaît.
» On peut s'en rapporter à notre expérience.
» Nous avons éprouvé toutes les jouiſſances,
» même celle d'obliger nos femblables. Nous
» pourrions nous les procurer encore ; mais
» tous les plaifirs ont un terme, & ce terme en
» eft le poifon. Nous fommes dégoûtés de la
» fcene univerfelle ; la toile eft baiffée pour
» nous; & nous laiffons nos rôles à ceux qui
» font affez foibles pour vouloir en jouir encore
» quelques heures. Quelques grains de poudre
» vont brifer les refforts de cette maffe de chair
» mouvante, que nos orgueilleux femblables
» appellent le *roi des êtres*. Meffieurs de la juſtice,
» nos corps font à votre difcrétion ; nous les
» méprifons trop pour nous inquiéter de leur
» fort. Quant à ce qui nous reſte, moi *Bordeaux*
» je laiffe à M. de *Rh.* mon épée d'acier : il fe
» fouviendra que l'an paffé, prefque à pareil
» jour, il eut l'honnêteté de m'accorder de l'in-
» dulgence pour le nommé *Saint-Germain*, qui
» lui avoit manqué. La fervante de cette au-
» berge prendra nos mouchoirs de poche & de
» cou, ainfi que les bas que j'ai fur moi, &
» autres linges quelconques. Le reſte de nos
» effets fera fuffifant pour payer les frais de l'in-
» formation & de procès-verbaux inutils qu'on
» fera à notre fujet. L'écu de trois livres qui
» reſtera fur la table, paiera la derniere bou-
» teille que nous avons bu. »

A Saint Denis, le jour de noël 1773. (Signés)
Bordeaux. Humain.

P.S. Il y a encore une bouteille de furplus qu'on
prendra fur nos effets. (Signé) *Bordeaux.*

M 5

5 *Aout*. On ne croit pas que M. de *Jouville* soit obligé de se défaire de sa charge de maître des requêtes ; on dit seulement qu'il est exilé à sa terre. La demoiselle *Granville* est déjà sortie de Sainte-Pélagie.

5 *Aout*. On ne peut rien voir de plus ridicule qu'un acrostiche imaginé par le sieur *Ducros*, secretaire de M. d'*Alembert*, pour mettre au bas du portrait de ce philosophe. Le voici :

Du meilleur des mortels reconnoissez l'image ,
A son aspect heureux l'humanité sourit ,
La vérité renaît , la vertu prend courage,
Et le germe des arts se ranime & produit.
Méprisant des grandeurs un vain titre emprunté ;
Bienfaiteur des humains est celui qu'il préfere.
Entre à la fois leur guide, & leur servir de pere ,
Régner sur les talents par la fécondité :
Tels sont ses justes droits à l'immortalité.

On ajoute cependant que le philosophe a trouvé ces vers trop mauvais pour les adopter par l'impression ou la gravure qu'il en permettroit ; mais il ne semble pas trouver mauvais que l'auteur les répande & en donne des copies.

5 *Aout*. Lettre écrite par le nommé *Bordeaux* à M. de C. officier de dragons à *Guise* , au régiment de *Belsunce*.

« Monsieur, pendant mon séjour à *Guise* ,
» vous avez paru m'honorer de votre amitié. Il
» est temps que je vous en remercie. Je crois
» vous avoir dit plusieurs fois dans nos conver-
» sations que mon état actuel me déplaisoit:

» cet aveu étoit sincere ; mais peu exact. Je me
» suis examiné depuis plus sérieusement, & j'ai
» reconnu que ce dégoût s'étendoit sur tout,
» & que j'étois également rassasié de tous les
» états possibles, des hommes, de l'univers en-
» tier, & de moi-même. De ces découvertes, il
» m'a fallu tirer une conséquence. Lorsqu'on est
» las de tout, il faut renoncer à tout : ce calcul
» n'est pas long ; je l'ai établi sans le secours
» de la géométrie. Enfin, je suis sur le point
» de me défaire de mon existence, que je pos-
» sede depuis près de vingt ans, & qui m'a été
» à charge pendant quinze ans. Je ne dois des
» excuses à personne ; je déserte, c'est un crime ;
» mais je dois me punir, & la loi sera satisfaite.
» J'avois demandé à mes supérieurs un congé
» pour avoir l'agrément de mourir à tête repo-
» sée. Ils n'ont pas daigné me répondre : j'en
» serai quitte pour me dépêcher un peu plus
» vîte. Je mande à *Bar* de vous remettre quel-
» ques cahiers que je lui ai laissés à *Guise*, &
» que je vous prie d'accepter : vous y trouverez
» quelques morceaux de littérature assez bien
» choisis. Ils suppléeront au mérite personnel
» qu'il m'auroit fallu pour m'obtenir une place
» dans votre souvenir. Adieu, mon cher lieu-
» tenant, soyez constant dans votre amour pour
» *Saint-Lambert* & pour *Dorat* ; du reste, vol-
» tigez de fleurs en fleurs, & continuez d'en-
» lever le suc de toutes les connoissances, comme
» de tous les plaisirs.

> Quant à moi, j'arrive au trou
> Que n'échappe ni fou ni sage,
> Pour aller je ne sais où. (Vers de *Piron.*)

» Si l'on existe après cette vie, & qu'il y ait
» du danger à la quitter, je tâcherai de m'ab-
» senter une minute pour venir vous l'apprendre:
» s'il n'y en a point, je conseille à tous les mal-
» heureux, c'est presque dire à tous les humains,
» de suivre mon exemple. Si vous écrivez quel-
» quefois à M. de C. saluez-le de ma part ; je
» lui dois à tous égards de la reconnoissance.
» Lorsque vous recevrez cette lettre, il y aura
» tout au plus vingt-quatre heures que j'aurai cessé
» d'être avec la plus sincere amitié, mon cher
» lieutenant, &c. *Bordeaux*, jadis éleve des
» pédants, puis de *Cujas*, puis aide de chicane,
» puis moine, puis dragon, puis rien. »

6 *Aout*. On avoit reproché au chevalier *Gluck*
d'avoir négligé dans *Iphigénie* les accessoires de
ce spectacle, c'est-à-dire, les danses & les divertissements : il a prouvé dans *Orphée & Euridice*
qu'il entendoit cette partie aussi bien que personne. Rien de plus agréable que les airs de
ballet. L'ouverture & la déclamation chantée
de celui-ci, sont inférieures sans doute à cette
partie du premier opéra, bien supérieur par
l'intérêt & par les passions tragiques. Il y a cependant encore beaucoup d'expressions dans *Orphée*, & le sieur *le Gros*, animé par le musicien,
continue à être acteur. Mlle. *Arnoux* fait le rôle
d'*Euridice* ; mais l'organe de cette actrice qui se
perd absolument, est insuffisant pour certains
morceaux très-forts qui exigeroient beaucoup
plus de voix. Mlle. *Rosalie* remplit le troisieme
& dernier rôle de cette piece, celui de l'Amour :
c'est le plus foible.

Les ballets sont de la composition du sieur
Vestris : celui des monstres & démons dans la

premier acte est vigoureux, chaud, pittorésque
& plein d'énergie. On ne peut s'empêcher de
rire cependant, en voyant dans le livre des
paroles le poison personnifié & représenté par
Mlle. *Vernier*. On ne peut excuser cette bêtise
qu'en la regardant comme une plaisanterie sanglante, qu'on a voulu faire contre cette dan-
seuse, à laquelle son rôle attire toutes sortes
de mauvais quolibets. Les fêtes des Champs-
Elysées sont charmantes pour les détails, l'ordre, le nombre & l'exécution ; mais on y trouve
des contretens dans la pantomime, semblant
exprimer la coquetterie & la rivalité, qui doivent être exclus du séjour des bienheureux.
Enfin les fêtes du troisieme acte sont de la
plus grande magnificence , sans avoir aucun
caractere particulier; ce qui est sans doute un
défaut : elles sont merveilleusement bien ter-
minées par un pas de trois de Mlle. *Heynel*,
& des sieurs *Vestris* & *Gardel*, qui présente la
perfection de l'art & un assemblage de graces
majestueuses, comme on n'en peut voir nulle
part ailleurs.

7 *Août*. Le marquis *du Muy* qui, fort ins-
truit dans l'art de la guerre, désire former des
officiers capables, se propose, dit-on, de mettre
plus à portée des militaires & sur-tout des éleves
destinés à ce métier, les moyens de leur faire
prendre des connoissances relatives à leur état.
Il y a dans une galerie immense des Tuileries
qui regne depuis le jardin de l'Infante jusqu'au
château, l'assemblage de tous les plans en relief des villes fortifiées & citadelles du royaume. Le ministre en question auroit voulu les
faire transporter à l'Ecole militaire ; mais l'em-

placement ne le fouffrant pas, il s'agit de les loger à l'hôtel des Invalides.

D'un autre côté, cette galerie étant ainfi dégagée, on pourra y développer une multitude de richeffes en tableaux, eftampes, vafes précieux, &c. qui formeront le goût des artiftes, & dont le fpectacle fervira d'amufement honnête aux oififs.

9 *Août*. Les Italiens fe propofent de remettre inceffamment fur le théâtre *les Nymphes de Diane*, opéra comique en un acte, mêlé de vaudevilles. Cette piece du fieur *Favart* eft de l'ancien théâtre. Le fuccès d'*Acajou* donne lieu d'efpérer que cette production du même auteur aura le même fuccès: elle fera accompagnée de fes agréments, c'eft-à-dire, de beaucoup de fpectacle.

9 *Août*. On s'étoit flatté vainement, à ce qu'il paroît, que le facre de fa majefté renvoyé à l'année prochaine, auroit lieu dans cette capitale du royaume, où la cérémonie auroit pu fe faire avec un appareil vraiment digne de la royauté, où feroit accouru une multitude d'étrangers que la curiofité auroit amenés, qui auroient répandu beaucoup d'argent à Paris, & qui ne pourront aller à Rheims faute de logements. Cette confidération n'a pu balancer les égards qu'on a cru devoir à M. l'archevêque de Rheims, qui, malgré fon grand âge, efpere goûter encore ce bonheur, & n'attend que cet heureux moment pour comble à la faveur dont il jouit.

10 *Août*. Les ennemis du chevalier *Gluck*, ou plutôt les détracteurs de fa mufique, ne ceffent de lancer des brocards contre ce compo-

fiteur. Comme au fecond acte d'*Orphée*, il y a des Champs-Elyfées qui, quoique traités très-différemment de ceux de l'opéra de *Caftor & Pollux*, femblent devoir avoir quelque analogie, on dit qu'*Orphée* n'eft qu'un *demi-Caftor*.

On parle d'une caricature repréfentant le théâtre de l'opéra enrichi de magnifiques décorations, & rempli de dindons, que le chevalier *Gluck* femble conduire dans fon coftume allemand, c'eft-à-dire, groffiérement vêtus, le chapeau fur la tête, un bâton à la main. Au bas on lit *glou*, *glou*, *glou*; cri ordinaire de cette volatile ignoble.

11 *Août.* La retraite de madame la princeffe de *Monaco* ne s'eft point effectuée jufqu'aujourd'hui. On préfume que fa majefté dont le premier mouvement eft très-dur, mais qui revient facilement enfuite, aura eu égard aux repréfentations de cette dame, que fes affaires obligent fans doute de refter dans le monde. Elle eft actuellement à Chantilly, chez M. le prince de *Condé*.

11 *Août*. M. *Dorat*, dont la fécondité dans tous les genres, ne permet pas à fes talents de fe repofer, fait annoncer déjà une nouvelle tragédie de fa façon, intitulée *Adélaïde de Hongrie*: elle doit fe jouer après-demain.

13 *Août*. *Louis* XV aimoit finguliérement le jardinage & les différentes branches de cet art: il s'étoit créé des jardins en beaucoup d'endroits, entr'autres un à Auteuil, à la porte du bois de Boulogne: c'étoit un jardin à fleurs, qui n'étoit arrangé que depuis peu d'années; il avoit coûté beaucoup d'argent & exigeoit un

(280)

entretien confidérable. C'eft-là qu'étoit le jardinier fur lequel *Louis XVI* a exercé la juftice
févere & bienfaifante qui a occupé un moment
les converfations de Paris. Sa majefté a regardé
ce jardin comme inutile, ou plutót comme à
charge, & quoiqu'elle ne foit pas ennemie d'un
art auquel fe livroient autrefois les Romains
les plus illuftres, elle a cru devoir fe priver de
cet agréable lieu : elle a donné ordre à M. le
contrôleur - général de le vendre, & les particuliers vont le vifiter comme en vente. C'eft le
but de promenade à la mode.

14 *Août.* Le héros principal d'*Adélaïde de
Hongrie* eft *Pepin*, fils de *Charles Martel*, &
chef de la feconde race de nos rois, connue
fous le nom de *Carlovingienne.* L'intrigue roule
fur une fuppofition de femme qu'on lui a donnée, qui ne fe reconnoît qu'au bout de quelque
temps. Il aime celle qu'il a éprouvée & dont il
a des enfants ; mais le devoir, l'honneur, la
juftice à rendre à l'innocence ne lui permettent
pas de laiffer triompher le crime ; de là des
combats dans le cœur de *Pepin*, & le nœud
de la tragédie dont il feroit impoffible de rendre un compte exact par la complication & le
nombre des incidents. Elle n'a point eu de fuccès ; mais on fait aujourd'hui que les pieces
mêmes fifflées fe relevent du fecond bond, &
vont toujours aux nues.

14 *Août* M. de *Voltaire* vient de lâcher un
nouveau pamphlet contre l'abbé *Sabbathier,* fous
le titre de *Lettre d'un théologien à l'auteur des
trois fiecles.* Cet ouvrage eft bien loin de la modération de l'autre intitulé : *Obfervations fur les
trois fiecles de la littérature françoife,* dont on a

parlé. Le nouveau mérite quelques détails, &
l'on y reviendra.

15 *Août.* On n'a pas manqué de faire des
épigrammes fur la réception de M. *Suard* à l'a-
cadémie françoife: voici les deux meilleures.
Pour entendre la premiere, il faut fe rappeller
qu'il a fait long-temps la gazette de France con-
jointement avec l'abbé *Arnaud*, déjà membre
de la compagnie en queftion, & qu'il a époufé
la demoifelle *Pankouke*, fœur du libraire, affez
jolie femme. Cette épigramme eft intitulée *les
trois Exclamations* :

Auprès d'*Arnaud* le gazetier *Suard*
A pris hier place à l'académie :
Certain Anglois, s'y trouvant par hafard,
Dit à quelqu'un : Monfieur, je vous en prie,
Qu'a, s'il vous plaît, produit ce bel efprit ?
Pendant quatre ans il a, Monfieur, écrit
Notre gazette... Ah, pefte ! Et puis en outre
Il a traduit avec beaucoup de goût
Le *Robertson*... Ah, diable ! ... & ce n'eft tout.
Tenez, voyez : c'eft là fa femme... Ah ! f*****.

Autre, intitulée *dialogue.*

Sait-on quel écrivain fuccede par hafard
　　À l'évêque de Triconie (*) !
C'eft un froid traducteur fans efprit & fans art,
　　Fort bien, j'en ai l'ame ravie.
　　Vous aimez donc monfieur *Suard !*
　　Non, mais je hais l'académie.

(*) L'abbé de *la Ville.*

15 *Août*. On se verroit avec peine obligé de transférer aux invalides les plans dont on a parlé. M. *Gabriel* en conséquence a toujours formé le dessin d'une nouvelle galerie à construire à l'Ecole militaire pour cet objet, & si les fonds le permettent, on la construira. Il est certain que cet établissement y conviendroit mieux. Il serviroit à tenir sans cesse sous les yeux des éleves, des objets d'instructions qu'ils seroient obligés de venir chercher ailleurs.

15 *Août*. On répand manuscrite une épître de M. de *Rulhieres*, sur le renversement de sa fortune : elle adressée à M. de *Chamfort*.

16 *Août*. Extrait d'une lettre de Beauvais, du 10 août 1774. Malgré la charité du cardinal de *Gesvres*, qui donne son mobilier aux pauvres, aux hôpitaux de ce diocese, il est à craindre qu'elle ne soit éludée par les économats qui absorberont tout en réparations. La succession la plus claire qu'il laissera, ce seront quatre vingt-deux procès dont hérite son coadjuteur. Ce prélat cardinal, très-honnéte, très-bon homme même, avoit l'esprit du clergé au suprême degré, & pour ne rien perdre de ses droits, il auroit plaidé contre son pere.

17 *Août*. Le pamphlet nouveau attribué à M. de *Voltaire* contre l'auteur *des trois siecles*, consiste dans deux lettres d'un théoligien à l'abbé *Sabbathier*. Sous cette tournure, il dévoile les manœuvres du parti encyclopédique, dont il regarde cet abbé comme un suppôt, & releve en même temps des erreurs ou les faux jugemens du critique. Il profite aussi du personnage emprunté pour se donner sans façon les louanges les plus outrées; elles semblent de-

voir être d'autant moins suspectes, qu'il les
met dans la bouche d'un ennemi, c'est-à-dire,
d'un défenseur zélé de la religion. Il dénigre
par la même voie sans ménagement plusieurs
grands hommes, depuis long-temps l'objet de
sa jalousie & de ses atteintes indirectes. On
reconnoît dans l'ouvrage la méchanceté du philosophe de Ferney, infatigable à vomir des libelles ; mais on y trouve moins d'agrément &
de légéreté, quoiqu'il soit impossible, au premier coup d'œil de l'ensemble de sa composition, de douter qu'elle soit de lui.

Quelques connoisseurs cependant attribuent
cette diatribe au marquis de *Condorcet*, qui commence à s'exercer dans l'art du libelle, & est
pourvu de la méchanceté suffisante pour y
réussir, qui d'ailleurs ne manque pas des autres
talents de l'écrivain.

18 *Août.* On ne peut rendre le ridicule qui re-
jaillit sur M. *Grosset*, de son dernier discours
imprimé. Il est d'autant plus grand, que son
retour ici avoit été une espece de triomphe, &
que tout Paris s'étoit empressé d'aller voir cet
homme célebre, dont la dévotion semble avoir
affoibli la tête, & tombé dans une espece d'en-
fance.

20 *Août.* Les *Nymphes de Diane* n'ont pas,
à beaucoup près, le succès d'*Acajou.* On trouve
le premier opéra comique infiniment plus mal
remis que celui-ci, en ce qu'on n'a rien
changé du tout aux airs de Pont-neuf dont
il abonde ; qu'on ne les a point renforcés
par l'accompagnement, & que d'ailleurs il n'est
pas joué dans la perfection qu'il exigeroit. Du
reste, il y a un spectacle charmant, des décorations galantes & beaucoup de piquant

dans les situations & de sel dans le dialogue.
Madame *Trial* & le sieur *Nainville* se distinguent le plus parmi les acteurs dont il faut un
nombre considérable pour l'exécution.

21 *Août. Mémoire pour le sieur Thair
Muphta, de Tetouan au royaume de Maroc.* Tel
est le titre d'un nouvel ouvrage de Me. *Falconnet.* Il roule sur un fait fort singulier, qui
donne lieu à une question de politique vraiment intéressante.

Thair Muphta, sujet du roi de Maroc & d'une
famille qui porte le titre de *Chérif*, c'est-à-dire
d'une de celles qui passent pour descendre de
Mahomet, avoit tourné ses vues vers le commerce, dans l'espoir de se ménager ainsi une
occasion de quitter sa patrie, & de s'établir
en Europe, dont il goûtoit fort l'état de so-
ciabilité inconnue chez lui : en 1758 il avoit
chargé sur le navire Anglois *le Baptiste*, capitaine *Antoine Montero*, des marchandises pour
la somme de 142,345 livres, & il fit voile
pour Alger. Le bâtiment ayant été assailli d'une
tempête, fut obligé de relâcher à Oran, ville
de la dépendance de sa majesté catholique. On
en demanda préalablement permission au gouverneur. A peine y fut-il mouillé, qu'on força
l'équipage de débarquer, qu'on saisit les papiers
de *Thair Muphta*, qu'on confisqua sa garnison,
& qu'il fut jeté dans un cachot infect, les
fers aux pieds & aux mains. Il ne sortit de cette
captivité qu'en payant une rançon de deux mille
écus. Revenu à Tetouan, il se rendit à Maroc
pour y porter ses plaintes au roi : sa majesté
les trouva justes & le chargea d'une lettre pour
le gouverneur de Gibraltar, auquel il deman-

doit justice des vexations & brigandages exer-
cés contre son sujet. Celui-ci renvoya le plaigant
à la cour de Londres ; milord d'*Egremont* venoit
signer les préliminaires de la paix : soit crainte
d'exciter une nouvelle querelle avec l'Espagne,
soit indifférence, il eut peu d'égards aux réclamations de l'infidele, & il le renvoya à son
tour vers le même gouverneur. *Thair Muphta*,
dans son retour à Gibraltar, ayant passé par
Paris, s'y est fait catholique après plusieurs
contre-temps, & n'a fait aucun usage de la lettre
du ministre Anglois. Il a cherché long-temps en
vain quelqu'un qui voulût porter sa réclamation
au pied du trône des Espagnes ; il espere cependant le trouver, mais, avant de faire aucune
démarche, il veut s'assurer si les loix naturelles,
civiles & politiques le protégeront.

Me. *Falconnet*, dans son avis du 31 mars
dernier, estime que jamais droit ne fut plus
constant ni moins sujet à discussion, & il entre
à cette occasion dans des détails & des discussions qui attestent ses connoissances du droit
public, ainsi que des divers traités de paix dont
il tire ses principaux arguments.

21 *Août*. Les discussions concernant les inconvénients de laisser subsister le nouveau parlement ou
de rétablir l'ancien, sont exposées dans l'épigramme suivante ; car chaque fait historique se
trouve ainsi consigné dans une méchanceté du
moment, bonne ou mauvaise. Voici celle annon-
cée :

De nos deux parlements l'extrême différence
Doit, pour les rapprocher, causer de l'embarras.
Thémis les a pesés dans sa juste balance ;
Et l'antique est trop haut, le moderne trop bas.

22 *Août*. L'épître de M. de *Rulhieres* à M. de *Chamfort* est fort estimée des connoisseurs : elle est remplie de poésie & de philosophie ; elle roule sur quelques anecdotes connues & qui la rendent plus intéressante, en la faisant distinguer de tant d'autres qui ne sont que des lieux communs. On lui reproche seulement trop de longueurs, & quelques détails exprimés trivialement ; ce qui les rend disparates d'avec le surplus de l'ouvrage écrit noblement.

23 *Août*. C'est du fils de Mlle. *Romans* dont on s'entretient aujourd'hui. On assure qu'il doit être présenté incessamment au roi, sous le titre d'abbé de *Bourbon*, & pourvu en conséquence de grosses abbayes, entr'autres de celle provenant de la défroque du cardinal de *Gesvres*. On le dit au séminaire de St. Magloire pour se préparer à être tonsuré par M. l'archevêque de Paris. Ceux qui le voient, assurent que c'est un très beau garçon, qui ressemble beaucoup au feu roi.

24 *Août*. On a encore fait un dernier changement au vers de la piece de M. *Dorat* qui avoit excité tant de rumeur ; au lieu de *& laisse aux tribunaux*, on a mis *conserve aux tribunaux*, ce qui a absolment éloigné toute idée d'allusion.

24 *Août*. C'est l'abbé *Mercier* qui est à la Bastille, qui passe, dit-on, pour le colporteur de la piece atroce contre la reine, intitulée *la nouvelle Aurore*. Elle roule sur des promenades nocturnes de sa majesté, & tendroit à diffamer ses mœurs. Comme l'objet des exécrables auteurs d'un pareil libelle étoit d'allumer la jalousie du roi, on veut qu'on l'ait fait trouver adroitement dans le secretaire du monarque, mais les cou-

pables calomniateurs ont échoué dans leur deffein. On a peine à croire que l'abbé *Mercier* fe
fût rendu auffi criminel, & la prifon ne feroit
pas un fupplice proportionné à fon forfait.

26 Août. L'académie de Saint-Luc eft auffi
ouverte d'hier, & à défaut de la grande école,
fournira quelque matiere à la curiofité publique.

27 Août. Nos académies, nos théâtres, nos
journaux ont retenti du nom de Salency, nom
d'un village précieux par la *fête de la Rofe.* On
fe ſouvient qu'elle fut fondée par *Saint-Médard*,
évêque de Noyon & feigneur du lieu en queftion. Elle fe célebre en l'honneur de la fille la
plus fage du hameau. Ce prélat a voulu que tous
les ans on donnât un chapeau de rofe & une
fomme de vingt-cinq livres à la Rofiere ; c'eft
ainfi qu'on appelle la payfanne élue. Il détacha
de fes domaines plufieurs arpents de terre, qui
forment ce que l'on nomme *le fief de la rofe*,
& en affecta le revenu au paiement de la dot
& aux frais du couronnement. Il eut le bonheur d'entendre la voix publique proclamer *Rofiere* l'une de fes fœurs : on voit encore un tableau placé au-deffus de l'autel de la chapelle
de *saint-Médard*, où cet évêque eft repréfenté
en habits pontificaux, pofant la couronne de
rofe fur la tête de fa fœur qui eft à genoux
& coëffée en cheveux. C'eft à l'occafion de cette
fête qu'il fe publie aujourd'hui un *Mémoire pour
les fyndics & habitants de Salency*, *contre le fieur
Danré*, *feigneur de Salency*. Il eft de Me. de
la Croix, & fournit matiere à ce jeune avocat
de déployer fon éloquence fleurie, tendre &
touchante.

28 *Août*. Le fieur abbé *Mercier* eft forti de la Baftille; ce qui le rend innocent des infamies, atroces & facrileges dont on l'accufoit dans le monde.

29 *Août*. On a rendu compte de la triple métamorphofe qu'avoit fubie le vers de la piece de M. *Dorat*, qui fit tant de bruit le premier jour. Avant-hier, on l'a récité fuivant le vrai texte : *Et rend aux tribunaux leur augufte exercice*; ce qui a caufé une fenfation confidérable, & va fervir de véhicule à cette tragédie.

Ces variantes, fi M. *Dorat* les rapporte dans l'impreffion de fon ouvrage, fourniront matiere aux commentateurs ; & toutes ordonnées ou autorifées par la police, prouveront combien le gouvernement lui-même étoit verfatil à cette époque.

30 *Août*. On voit un difcours imprimé, prononcé par le curé de Sainte - Marguerite, comme doyen au nom de tous les curés de Paris, le 21 juillet dernier, lors de leur vifite à monfeigneur l'archevêque, pour le féliciter de fa convalefcence. Il eft d'une emphafe inconcevable ; il eft précieux par fon ridicule : il roule fur la fermeté & la douceur avec lefquelles ce prélat remplit fon miniftere, & s'eft conduit dans les temps les plus critiques.

30 *Août*. La conteftation qu'éleve le feigneur contre les habitants de Salency, roule fur l'élection de la rofiere. Suivant Me. *la Croix*, voici comme elle doit fe faire. Un mois avant le jour de la cérémonie qui eft celui de Saint-Médard, ces habitants s'affemblent pour nommer, en préfence des officiers de la juftice, trois filles dignes de la rofe, & vont enfuite les présenter

senter au seigneur qui choisit celle des trois qu'il lui plaît de faire couronner. Le dimanche suivant, le curé annonce à ses paroissiens quelle est la fille qui a été nommée *la Rosiere*. Dans cet intervalle ceux qui auroient à déposer contre cette élection peuvent le faire, d'autant qu'il ne suffit pas que la Rosiere soit la plus modeste, la plus attachée à ses devoirs, la plus respectueuse envers ses parents, & la plus douce avec ses compagnes; il faut encore que la famille soit sans reproche.

Le jour de la fête, *la Rosiere* est conduite à l'église par le seigneur, & y reçoit des mains de l'officiant le chapeau de rose, garni d'un large ruban bleu à bouts flottants, & orné d'un anneau d'argent, depuis que *Louis XIII* daigna, à la priere de M. *de Belloy*, seigneur de Salency, faire donner à la Rosiere la couronne en son nom, sa majesté y joignit ces derniers attributs, qu'elle fit apporter par le marquis de *Gordes*, son premier capitaine des gardes. Le curé fait un discours, & après l'office la Rosiere est conduite sur une piece de toile, où les vassaux lui offrent des présents champêtres.

En 1766, M. *le Pelletier de Morfontaine*, intendant de Soissons, ayant passé par Salency, fut invité de donner le chapeau à la Rosiere; il remplit cet emploi, & la dota de quarante écus de rentes, reversibles après la mort de celle-ci en faveur de toutes les Rosieres, qui en jouiront chacune pendant une année.

En 1773, le sieur *Danré*, voulant exclure les habitants du droit de nommer les trois filles dignes de la rose, & de les lui présenter, trouva un syndic assez vil pour entrer dans ses vues;

il refufa la convocation de l'affemblée , & le feigneur profitant de cette inaction , s'arrogea le droit de nommer la Rofiere de fon chef : il fit placer des cavaliers de maréchauffée à la porte de la chapelle de Saint-Médard , qui en interdirent l'entrée , & privèrent les fpectateurs de la vue de la cérémonie.

Les habitants ont réclamé contre l'ufurpation du feigneur , qui a perdu au bailliage de Chaulny. Le 19 mai dernier , le feigneur a interjeté appel de la fentence , & par une vilenie affreufe , prétend que la dépenfe du chapeau de rofe , du ruban & de la bague d'argent , doit être prife fur les 25 livres dues par le feigneur. Il ne veut pas que ce foit l'officiant qui mette le chapeau fur la tête de la Rofiere , & s'arroge auffi cette fonction ; enfin , il foutient que la Rofiere ne peut être conduite que par celui qu'il nommera à fa place.

31 *Aout*. M. *Colardeau* avoit fait inférer dans le *Mercure* d'août , dans les feuilles de *Freron* , & autres ouvrages périodiques , le défaveu d'un libelle manufcrit qui couroit dans les fociétés , & qu'on lui attribuoit. Cette démarche a réveillé la curiofité des amateurs , dont le grand nombre ignoroit abfolument ce dont il s'agiffoit. On a découvert que c'étoit une fatire en vers contre une Dlle. *Verriere* , fameufe & antique courtifane , avec laquelle ce poëte a vécu. Mais on a été confirmé dans la certitude que l'ouvrage étoit de lui. On y reconnoît abfolument fa touche. On croit qu'impatient de voir percer un pareil ouvrage dans le public , & voulant le faire rechercher , il a pris cette tournure ufitée depuis long-temps par M. de *Voltaire* , &

que ce philosophe met encore tous les jours en
pratique. La charlatanerie est devenue fort à la
mode dans notre monde littéraire.

1 *Septembre* 1774. Le cadre dans lequel M. *Colardeau* a enchâssé sa satire contre Mlle. *Verriere*,
est d'une tournure piquante. Il suppose que cette
courtisane, déjà vieille en effet, a eu un songe
qui l'effraie, qu'elle a prévu par anticipation
l'état d'abandon, de décrépitude, de laideur où
l'âge l'a réduite ; que pour prévenir cette époque
fatale, elle veut se retirer au couvent : en conséquence, il lui fait écrire à l'abbesse de Saint-Cyr
pour lui demander de la recevoir parmi ses
ouailles, & à cette occasion elle fait une confes-
sion générale de sa vie, où l'épisode de ses
amours, de ses infidélités, de ses perfidies envers le sieur *Colardeau* n'est point oublié. Dans
cet ouvrage, quoique long, il y a beaucoup
d'anecdotes indiquées, de très-beaux vers, des
morceaux de poésie & de sentiment, qui le
rendent recommandable & fort recherché ; mais
il faudroit des notes qui, en éclaircissant certains passages, les rendroient plus intéressants.

4 *Septembre*. Les directeurs du collège continuent à laisser leurs créanciers dans un état de
souffrance : on permet à ceux-ci de se venger
sur la chose, c'est-à-dire, de demander de temps
en temps des représentations extraordinaires à
leur profit. On cherche par toutes sortes d'affiches insidieuses, à séduire le public, qui, toujours attrapé, y retourne toujours par oisive-
té, & dans l'espoir de voir quelque chose de
mieux.

5 *Septembre*. L'exposition de l'académie de
Saint-Luc attire beaucoup de spectateurs, qui la

rouvent curieufe à bien des égards : il y a peu
de tableaux d'hiftoire ; mais dans les tableaux
de genre & dans le portrait très-multipliés, on
rencontre des morceaux eftimables : la fculpture
eft ce qu'il y a de mieux, ainfi qu'au falon dernier ; M. *Sigisbert Michel*, ancien fculpteur du
roi de Prufle, s'y diftingue fur-tout par l'abondance, la variété & le goût de fes productions.
Son temple des graces, modele fait pour fervir
de milieu à un fur-tout, eft une des chofes les
plus agréables qu'on puiffe voir.

7 Septembre. Monfieur a toujours paffé pour un
prince très-inftruit, ami des arts & des lettres.
Lorfqu'on agitoit quelque queftion devant le
dauphin, aujourd'hui *Louis XVI*, & qu'on ne
pouvoit la réfoudre, il difoit : Il faut demander
cela à mon frere de Provence. Son alteffe royale
juftifie aujourd'hui cette bonne opinion. On cite
un impromptu en vers attribué à ce prince. Il
fait honneur à la facilité & aux graces de fon
efprit, fur-tout fi c'eft le fruit en effet d'un
premier moment de veine.

Monfieur avoit caffé un éventail à la reine :
il veut réparer ce petit tort envers fa majefté ; il
lui en envoie un autre avec les vers fuivants :

Doux inftrument de vos plaifirs,
Heureux d'amufer vos loifirs,
Au temps des chaleurs trop extrêmes,
De pouvoir près de vous ramener les zéphirs ;
Les Amours y viendront d'eux-mêmes.

10 *Septembre.* Voici une autre leçon des vers

attribués à *Monſieur* ; elle paroît la véritable : c'eſt toujours l'éventail qu'on fait parler :

> Au milieu des chaleurs extrêmes,
> Heureux d'amuſer vos loiſirs,
> J'aurai ſoin près de vous d'amener les zéphirs ;
> Les Amours y viendront d'eux-mêmes.

11 *Septembre.* Le Béarn éprouve depuis quelques années périodiquement une épidémie dans ſes bêtes à cornes, contre laquelle on n'a pu trouver encore aucun remede efficace ; on eſpere que M. *Turgot*, aujourd'hui contrôleur-général & chargé de cette partie, dont les vues ont été toujours ſpécialement dirigées vers l'adminiſtration économique, & renommé pour des expériences en tout genre d'utilité patriotique, viendra au ſecours de cette province, & engagera des médecins habiles à chercher la cauſe de cette dévaſtation, pour y mieux appliquer le ſpécifique.

13 *Septembre.* M. *Necker*, dont la maiſon eſt renommée comme bureau de bel eſprit, qui accueille fort bien le ſieur de la Harpe, & a une haute opinion de ſes talents, avoit engagé celui-ci à compoſer pour le prix de Marſeille, dont l'académie avoit propoſé pour ſujet, *l'éloge de la Fontaine.* M. de *la Harpe* s'en étoit défendu en faiſant entendre qu'il regardoit ce prix comme trop modique. Sur quoi ſon protecteur l'avoit plus fortement excité, en lui pronoſtiquant avec confiance qu'il ſe trouveroit quelque Mécene généreux qui le groſſiroit. En effet, on a ſu depuis qu'un anonyme avoit prié l'académie

en queſtion d'accepter une ſomme de 2000 liv.
à joindre au prix. Cet anonyme étoit M. *Necker*,
qui a profité du crédit que lui devoit donner ſa
magnificence pour ſolliciter fortement les juges
en faveur de M. de *la Harpe* ; mais leur équité
ne leur a pas permis de dégrader à ce point
leur jugement. C'eſt M. de *Chamfort* qui a eu
le prix , & a empoché les 2000 livres ; ce qui
mortifie étrangement l'amour-propre du premier.

14 *Septembre.* On ne ſauroit croire l'importance qu'on a miſe au vers de la pièce du ſieur
Dorat , déjà changé tant de fois , & qui , le
ſamedi 17 août , avoit été rétabli dans le vrai
texte : depuis il a encore été altéré , ſur les
plaintes ſans doute du nouveau tribunal , &
lorſqu'on a ſérieuſement ſongé à arrêter la fermentation trop grande qu'excitoit la nouvelle
de l'exil du chancelier.

16 *Septembre.* Le madrigal ſur l'éventail qu'on
a attribué à *Monſieur* , a bien été envoyé par ce
prince à la reine avec un éventail ; mais les vers
ſont du ſieur *le Mierre.* On les dit même imprimés : ſon alteſſe royale n'y a d'autre part que
de les avoir adoptés & appliqués à la circonſtance. Ce choix fait toujours honneur à ſon
goût.

17 *Septembre.* Ce qui a déterminé le roi à reconnoître l'abbé de *Bourbon* , c'eſt l'adreſſe qu'a eue
madame de *Caveinac* (ci-devant Mlle. *Romans*)
d'envoyer à ſa majeſté l'extrait baptiſtaire de
ſon fils , baptiſé ſous le nom du feu roi , avec
la lettre y jointe , par laquelle ce monarque
promet à la mere d'avoir ſoin de l'enfant comme
le ſien , & de le reconnoître. C'eſt cet écrit qui

à occasionné les persécutions suscitées à la mere, & qu'on vouloit retirer. Celle - ci l'a toujours regardé comme son patrimoine le plus précieux ; elle a élevé son fils en conséquence ; elle le mettoit toujours dans le fond de son carrosse ; elle se tenoit sur le devant ; elle l'appelloit monseigneur, & sembloit se regarder plutôt comme sa nourrice, que comme sa mere. La grande école qu'a fait Mlle. *Romans*, ç'a été de se marier. Il est à noter qu'elle a nourri elle-même son fils.

17 *Septembre*. De l'*Encyclopédie*. Tel est le titre d'une légere brochure en six pages attribuée encore à M. de *Voltaire*. L'honneur que la secte lui a fait de le choisir pour son coryphée, l'oblige d'en prendre la défense. Aussi ce pamphlet roule-t-il sur l'énorme dictionnaire en question, dont il fait l'éloge, & fustige les détracteurs.

18 *Septembre*. Quelques idées bizarres caractérisent principalement les ouvrages que le sieur *Montpetit* a exposés au salon de Saint-Luc. Dans l'un est un bouquet négligemment entremêlé de lauriers, de lys, d'immortelles ; du milieu desquels s'éleve une rose, où est enchâssé le portrait de la reine. Dans l'autre du même genre, se voient enchâssés les portraits de *Henri IV*, de M. le duc, de madame la duchesse de *Chartres* & de M. le duc de *Valois*. Son portrait de madame *Louise* en habit de carmélite présente d'autres singularités : elle tient en main le portrait du roi son pere, & paroît méditer dessus ; sentiment filial, sans doute très-respectable : mais une religieuse entourée de tous les instruments de la pénitence, sur-

tout ayant un crucifix à côté d'elle, semble
devoir s'occuper principalement de ces exercices
ascétiques : à les pieds est', d'une part, un manteau royal surmonté d'une couronne ; attributs
faux, puisqu'en France la fille d'un roi ne peut
aspirer à la royauté : de l'autre est un char avec
un collier de perles, petite image, & qui exprime
trop légérement, d'un autre côté, les grands
sacrifices de cette princesse.

19 *Septembre*. Une brochure *in-*8°, de quatre-
vingts pages d'impression, ayant pour titre *le
Partage de la Pologne*, perce dans ce pays-ci, &
occupe les politiques. Ce sont sept dialogues en
forme de drames, dans lesquels on fait parler
les princes intéressés conformément à leurs principes & à la conduite qu'ils tiennent en Pologne, avec quelques interlocuteurs subalternes.
Cette conversation entre des personnages aussi
distingués, pouvoit être très-piquante, si elle
eût été maniée par un homme d'esprit qui eût
la légéreté françoise. Mais les plaisanteries en
sont dans le goût allemand, c'est-à-dire, lour-
des. Cet écrit a été imprimé à Londres, & se
ressent de la liberté angloise. Les puissances y
sont peu respectées, & le roi de France y joue
un pietre rôle.

21 *Septembre*. La plaisanterie du vieillard de
Ferney contre l'évêque de Senez, est dans le
genre de toutes celles qu'il fait depuis quelque
temps, c'est-à dire, souvent injuste & amere.
Il reproche au prélat de se citer, d'employer
des comparaisons qui ne sont pas exactes dans
tous leurs points ; de parler trop durement des
défauts du feu roi ; de s'être expliqué trop
ouvertement en faveur des jésuites : il va jusqu'à

lui faire un crime d'approuver les coups d'autorité frappés sur le parlement, & de lui supposer des torts : & c'est M. de *voltaire* qui dit
cela ; il trouve aussi très-mauvais qu'il injurie
notre siecle, le meilleur des siecles, le plus
rempli d'exemples de grandeur d'ame. On voit
que par une réticence adroite, il cherche à
faire sa cour au saint du jour, au comte de
Maurepas, & à réparer son ingratitude envers
le duc de *Choiseul*, qu'il désigne aussi indirectement, & dont il vante la fermeté dans sa
disgrace. Rien de plus puéril que ce pamphlet,
où l'on découvre cependant l'adresse ordinaire
du philosophe à saisir l'à-propos, & à se prévaloir de tout ce qui peut le soutenir auprès
des grands. Depuis long-temps il suit la maxime
d'Horace : *Principibus placuisse viris, non ultima
laus est.*

22 *Septembre.* M. l'abbé *Terrai*, disgracié
comme M. de *Maupeou*, & non moins que ce
chancelier l'exécration du public, est aussi chan-
sonné par un vaudeville assez plat, & digne de
la canaille qui le chante. Pour mieux associer
ces deux personnages, on a mis le couplet concernant le dernier sur le même air que celui
relatif au premier : il ne mériteroit pas plus
d'être conservé, s'il ne servoit à constater la
filiation des anecdotes du jour :

Chacun le pense, le pense,

L'abbé *Terrai* est en transe,

L'abbé *Terrai* est aux abois :

Chacun le pense, le pense,

Il ne peut plus en France
Piller comme autrefois;
Chacun le pen.... le pen.... fe,
L'abbé *Terrai* eft en tranfe, &c.

24 *Septembre*. On fait que l'archevêque de
Cambray, frere du duc de *Choifeul*, vient de
paffer fubitement en revenant des eaux. Ce prélat,
peu digne d'être regretté, eft un fcandale de
moins pour le monde & pour l'églife ; en outre
il meurt en digne prélat, c'eft-à-dire, banque-
routier d'une fomme affez forte. On en parloit
derniérement devant le roi, & l'on s'en étonnoit
d'autant plus qu'il étoit fort riche. *Oui, mais,*
s'écria fa majefté, *tout ce qui eft Choifeul, eft*
mangeur. Réflexion qui fait baiffer les actions
du miniftre, & ne femble pas préfager fon retour à la faveur, comme s'en flattoient & l'annonçoient fes partifans.

25 *Septembre*. Le fieur *le Kain*, dont le retour
fait toujours époque au théâtre françois, & y
attire un monde prodigieux, a reparu, pour la
premiere fois, famedi dernier, dans l'*Orphelin*
de la Chine. Cet acteur admirable continue à
exciter la plus vive fenfation au moyen de fon
attention à ne fe montrer que rarement & dans
de certains temps ; ce qui eft très-abufif.

26 *Septembre*. Les lapins font une engeance
qui pullule prodigieufement, & dévafte les campagnes de la maniere la plus cruelle. Les cantons
des princes, gardés pour la chaffe, comme l'on
fait, avec une exactitude rigoureufe, font par-là
très-incommodes pour les voifins qui ne peuvent
exterminer ce fléau. Sur les repréfentations faites

par le fieur *Michel*, dans le confeil du prince de *Condé*, fon alteffe féréniffime a donné l'ordre qu'on détruisît tous les lapins de fes domaines : bel exemple d'humanité & de bienfaifance à fuivre par les autres princes : d'ailleurs le fieur *Michel* a travaillé en cela pour le prince même, puifque fes propres domaines étoient ainfi devenus d'un revenu prefque nul en certaines parties. Les dains, dont la dent ronge & flétrit les bois, eft encore une autre efpece de gibier très-malfaifante.

28 *Septembre*. On travaille, ainfi qu'on l'a rapporté, à la deftruction des lapins fur les terres du prince de *Condé*. Suivant le calcul de M. *Michel*, cet animal qu'on vend tout au plus douze à quinze fous, avant d'être mangé revient au moins à un louis.

1 *Octobre* 1774. *Voyage d'une Françoife à Londres, ou la Calomnie détruite par la vérité des faits*: tel eft le titre d'une brochure venue de Londres qui, fous cette annonce piquante, ne contient qu'un bavardage de femme très-long & très-infipide. Cette Françoife eft madame de *Godeville*, dont on avoit annoncé depuis long-temps les *Mémoires* ; on les attendoit avec impatience, comptant y rencontrer des anecdotes curieufes, & du moins beaucoup d'efprit. On eft tout furpris, quand on a lu cette rapfodie de fe trouver la tête, le cœur & la mémoire également vuides. Tout ce qui en réfulte, c'eft que l'héroïne eft fortie de France pour fe fouftraire aux pourfuites de fes créanciers, & qu'en ayant fait de nouveaux à Londres, elle quitte ce pays-là encore pour la même raifon : du refte, aucuns détails fur les libelles qu'on l'accufoit

N 6

d'avoir compofés, fur les liaifons avec les li-
belliftes, fur les exempts envoyés, &c. Il y a
quelque facilité dans le ftyle, quelque tournure
heureufe; du refte, rien, mais rien du tout,
c'eft une véritable attrape.

1 *Octobre.* Un bon mot du comte d'*Aranda*,
mérite, quoiqu'ancien, d'être recueilli, d'autant
qu'il eft peu connu, & ne fe cite que dans le moment. Il remonte à la fin d'août, où le chancelier & l'abbé *Terrai* ont été difgraciés : quelqu'un difoit devant ce feigneur, *voilà une belle
Saint Barthelemy de Miniftres*, par illufion au
jour de *faint Barthelemy*, que leur a été figni-
fiée la lettre de cachet : *oui*, répondit en fou-
riant malignement la flegmatique excellence,
ce n'eft pas le maffacre des innocents.

2 *Octobre.* Les comédiens italiens ont donné
hier la première repréfentation d'une piece nouvelle intitulée : *le Retour de tendreffe*, en un
acte & en vers, mêlée d'ariettes. Quant au drame, c'eft moins que rien; il roule fur des
tracafferies domeftiques d'une efpece très-com-
mune. La mufique a eu quelque fuccès : elle eft
du fieur *Mero*, organifte. A la fin on a demandé l'auteur; un acteur a dit que celui des
paroles étoit feu *Poinfinet*; enfuite celui de la
mufique s'eft montré, & par gefte de modef-
tie, a paru renvoyer à l'orcheftre les applaudiffements dont on le combloit; ce qui lui en
a valu de nouveaux.

2 *Octobre.* M. l'évêque de Vannes, frere de
M. *Bertin* le miniftre, vient de mourir. On a
trouvé chez ce prélat une grande quantité d'or;
mais en même temps il a laiffé un teftament,
contenant beaucoup de legs & de fondations

qui font honneur à fa piété & à fon humanité: c'étoit un prélat très-attaché aux jéfuites ;
il leur devoit fon élévation, & en avoit confervé une grande reconnoiffance.

3 *Octobre*. Les François annoncent une comédie nouvelle en cinq actes, en profe, imitée de l'Allemand. Elle a pour titre *les Amants*
généreux. Elle eft de M. *Rochon de Chabannes*,
qui, après s'être fait connoître par plufieurs
petites pieces reftées au théâtre, s'étoit jeté
dans la politique, avoit paffé plufieurs années
à Drefde, chargé des affaires du roi, & revient
aujourd'hui aux mufes qu'il n'avoit jamais quittées qu'à regret.

4 *Octobre*. Un courier arrivé de Rome avanthier, a apporté la nouvelle de la mort du Pape.
Depuis quelque temps, fa fainteté éprouvoit
des accidents qui indiquoient un grand délabrement dans la machine; elle avoit des ulceres
aux jambes, qui lui avoient fait annoncer à fon
exaltation, qu'elle n'avoit pas plus de fix ans
à vivre: la pierre lui étoit furvenue, & l'on
prétend que le frere *Côme* devoit partir pour
aller tailler le faint Pere. Malgré toutes ces
caufes connues de mort, ou du moins que font
connoître les partifans des jéfuites, des janféniftes charitables affurent que ces derniers ont
accéléré les jours du pontife.

Si les prétentions du cardinal de *Bernis* pouvoient fe réalifer, ce feroit dans ce moment-
ci, où devenu noble Vénitien, il ne femble
plus fufceptible d'exclufion, & où il pourroit
réunir le vœu du plus grand nombre des cours
pour fon exaltation au trône pontifical ; les
gens de lettres, les philofophes le défirent ;

mais les plus fins politiques ne regardent cette belle fpéculation que comme une chimere. Il feroit trop plaifant de voir l'auteur de *l'acte d'Anacréon*, & d'autres poéfies galantes, nous donner des *agnus* & des bénedictions.

5 *Octobre*. Quoique *le Retour de tendreffe* ne roule effectivement que fur une pure tracafferie de ménage, il y a cependant quelque art dans la maniere dont l'intrigue eft foutenue & conduite jufqu'au bout, le fond femblant ne pouvoir y fournir. Un mari & une femme ouvrent la fcene d'abord pour marier leur fille à un amoureux qui lui convient, ainfi qu'à tout le monde; on eft d'accord, lorfque peu-à-peu l'aigreur fe met entre les deux époux à raifon de l'autorité que chacun voudroit avoir, & il en réfulte une brouillerie complete qui, pouffée à l'extrême, s'affoiblit à fon tour, & laiffe le temps de renaître aux vrais fentiments que les deux époux ont l'un pour l'autre. Cette image naturelle de ce qui fe paffe tous les jours dans la vie, a un point de vue très-philofophique. La mufique eft pittorefque & brillante en beaucoup d'endroits. Le rôle de *Nainville*, faifant le pere, eft fur-tout d'une grande énergie pour les effets de l'harmonie & donne lieu à cet acteur de déployer fon organe beau & volumineux.

6 *Octobre*. On avoit mis fur les almanachs une impofition médiocre, mais qui étoit fort gênante pour les auteurs & les libraires. Sur les repréfentations de M. *le Noir*, M. le garde-desfceaux vient de la fupprimer. Ce lieutenant de police commence ainfi à déployer fa bonne volonté pour les gens de lettres, & l'on efpere qu'il étendra fa protection à des objets plus effentiels.

7 *Octobre.* On a parlé du discours de monsieur *Grosset* à l'académie, & de l'étrange sensation qu'y avoit causé cet orateur qu'on n'avoit pas vu depuis quinze ans à Paris. On sait que certains membres de la secte encyclopédique avoient réunis leurs efforts pour l'empêcher de faire imprimer son discours. Il se plaint aujourd'hui lui-même de cette impression, & il en fait faire une autre à Amiens où il est de retour. Ce discours doit être précédé d'une lettre, en date du 10 septembre, à M. * * *, où il rend compte de son ouvrage, de ce qui s'est passé le jour qu'il l'a prononcé, & des raisons qui l'engagent à en publier une seconde édition. On voit que non-seulement il ne se repent pas de l'avoir fait, mais qu'il y a ajouté plus de choses, & lui donne un supplément par cette lettre, roulant principalement sur la même matière. Il y a joint des vers qui contiennent une critique surabondante du persifflage, du néologisme, & d'autres ridicules du langage moderne. Il faut convenir que le tout est bien inférieur aux poésies de cet auteur dans son printemps.

8 *Octobre.* Ces jours derniers, le roi est allé passer cinq jours à Choisy. M. le Duc d'*Aumont*, gentilhomme de la chambre de service, lui a demandé, suivant l'étiquette, quels seigneurs sa majesté désiroit nommer pour être du voyage ? « Mettez sur la liste ceux qu'il vous plaira, » a répondu le monarque : « tous me sont égaux, » pourvu qu'ils soient au-dessus de trente ans ; » je suis las de voir de jeunes gens. » Ce qui annonce une singulière maturité de raison dans un prince qui n'a que vingt ans lui-même.

8 *Octobre*. Il n'eſt point de moyens que n'invente la cupidité pour s'aſſouvir. Depuis quelque temps il s'étoit établi pluſieurs tripots où l'on jouoit *la Belle*, nouveau jeu très-propre à excroquer les dupes : par les calculs faits & démontrés, les ſeuls gains du banquier devoient être énormes. Cette *Belle* vient, par cette raiſon, d'être défendue dans toutes les maiſons de jeu. C'eſt un des premiers actes de police de M. *le Noir*. Mais il eſt bien à craindre que des créatures protégées n'éludent encore ſa vigilance & ſon zele.

10 *Octobre*. Quoiqu'il n'y ait pas encore de ſpectacles à la cour, à cauſe du deuil, leurs majeſtés ſemblent n'en avoir pas perdu le goût. Elles ont établi une regle qui annonce combien elles veillent à cette partie des plaiſirs publics. Il eſt ordonné aux comédiens d'envoyer chaque ſemaine à la cour le répertoire des pieces qu'ils ſe propoſent de jouer dans cet eſpace de temps. On préſume que, lorſque le temps le permettra, la reine viendra ſouvent au ſpectacle *incognito*, c'eſt-à-dire ſans cérémonial.

11 *Octobre*. Les filles du haut ſtyle de cette capitale ſont très-partagées ſur le genre de leurs plaiſirs, & ſe diviſent en deux ſectes. Mlle. *Arnoux* eſt à la tête de l'une, & Mlle. *Raucourt* eſt à la tête de l'autre. On ſait le goût que celle-ci a introduit. Ce vice eſt ancien ſans doute, mais reſtoit enveloppé juſqu'à préſent des ombres du myſtere. Celles qui en étoient infectées, le cachoient avec ſoin, du moins n'oſoient l'avouer. Mlle. *Raucourt* a encore raffiné ; elle admet des hommes à ſa couche, & par une imagination qui lui concilie le ſexe mâle,

le plus opposé aux femmes, elle ne tolere que
l'introduction qu'aime celui-ci. C'est cet accord
que proscrit Mlle. *Arnoux*, elle veut qu'on soit
putain ou tribade parfaitement, & qu'on ne
fasse aucune trève avec les non-conformistes.
Le marquis de *Villette*, très renommé entre
ceux-ci, a trouvé l'expédient de l'actrice françoise délicieux; il s'est réuni à elle, & tous
deux prêchent la nouvelle doctrine, avec un
zele qui fait quantité de profélytes. Les partisans
de la chanteuse se font rassemblés de leur côté,
hommes & femmes : il s'en est suivi un schisme
ouvert entre les deux sectes ; de-là des vers,
des épigrammes, &c. ce qui amuse singuliérement les coulisses & la multitude de gens frivoles pour qui ces querelles font des objets
très-importants.

12 *Octobre*. Le marquis de *Poyanne*, commandant en second les carabiniers, ayant une
maison de plaisance appellée *Petit-bourg*, sur
la route de Fontainebleau, a imaginé d'y faire
camper son régiment, & d'en proposer la revue
à *Monsieur*, qui le commande en chef, comme l'on fait, ainsi que sa majesté, lors de leur
passage pour le voyage ordinaire d'automne :
en sorte qu'il y a eu plusieurs fêtes à ce sujet. La
revue du roi s'est passé sur-tout avec un concours de monde prodigieux : *Monsieur* a commandé le corps avec beaucoup de justesse, de
grace & de noblesse. Il a fait faire les évolutions & les manœuvres, soit à pied, soit à cheval, d'une maniere à recevoir les applaudissements
de tous les connoisseurs. Sa majesté a dîné ensuite chez M. *Poyanne*. Mais c'est *Monsieur* qui
a fait les frais du repas ; le roi ne mangeant chez

perfonne par étiquette. Ce fpectacle avoit attiré
beaucoup de gens de Paris.

16 *Octobre*. Le bruit affez vague jufqu'à préfent de l'empoifonnement du pape, fe foutient & acquiert plus de créance. Il paroît que
fa fainteté n'avoit ni la pierre, ni les ulceres
aux jambes dont on a parlé. Il n'eft nullement
queftion de ces accidents dans les lettres dé-
taillées, venues de Rome, & l'on a remarqué
même que c'étoient des jéfuites ou leur partifans qui femoient ces bruits : on affure
encore que la maladie du pontife a été très-
violente, qu'il eft mort dans des douleurs
aiguës & tellement enragé, que dans fon
défefpoir, ne fe fouciant plus de rien, il n'a
pas même voulu nommer des cardinaux *in
petto*, qu'il avoit réfervés. On ajoute que le
cardinal de *Bernis* ayant défiré vifiter le fouverain pontife dans ces derniers moments,
avoit été forcé de parler haut, & avoit trouvé le pape agonifant entre les bras de fes ennemis.

On s'apperçoit déjà combien étoit chimé-
rique le projet du cardinal de *Bernis* de devenir pape, d'autant que la faction françoife
dans le conclave fera très-foible, puifque
tous nos cardinaux font hypothéqués, hors
d'état de s'y rendre, & que le feul cardinal
de *Luynes* pourra entreprendre le voyage.
D'ailleurs, l'exemple de *Ganganelli*, l'effraie &
il craint, dit-on, le boucon : il aime mieux
vivre en particulier avec fa maîtreffe dans une
douce quiétude, que de fe voir environné fur
la chaire de Saint-Pierre, de foupçons & d'a-
larmes.

17 *Octobre*. Le fieur *Panhoucke*, libraire très-avide , avoit établi un *Journal de politique*, commencé il y a environ deux ans, fous les aufpices du duc d'*Aiguillon* : il fe flattoit de faire tomber celui de Bouillon , ce qui n'a pas réuffi. Il avoit travefti un autre ouvrage périodique , intitulé l'*Avant-coureur* fous le nouveau titre de *Gazette de littérature* , & cette métamorphofe exécutée depuis peu n'a pas eu plus de fuccès. Il fait une troifieme refonte aujourd'hui & réunit enfemble ces deux ouvrages périodiques fous la dénomination de *Journal de politique & de littérature*. C'eft le 25 de ce mois que l'ouvrage commencera , & c'eft Me. *Linguet* qui doit principalement tenir la plume. On annonce avec affectation ce journalifte dans l'efpoir qu'il attirera des foufcripteurs : on en conclut plus douloureufement pour lui qu'il fe regarde comme anéanti au bureau , & qu'il n'a pas plus d'efpoir d'y reparoître fous l'an-cien parlement que fous le nouveau , par le fecret qu'il a eu de fe brouiller avec tous les partis.

17 *Octobre*. L'opéra fe difpofe à donner après *Orphée & Euricide* , un opéra nouveau du fieur *Floquet*.

19 *Octobre*. Il eft queftion de régénérer le *Journal étranger*, que l'abbé *Arnaud*, après avoir transformé en *Gazette de littérature*, avoit abfo-lument anéanti. C'eft aujourd'hui le fieur *Mathon de la Cour* qui en a le privilege, & la demoi-felle *Matné de Morville* , fameufe par fa con-noiffance de différentes langues , a l'entreprife. Le journal doit reprendre au mois de janvier 1775.

21 *Octobre*. On peut fe rappeller *les principes du droit public* en deux gros volumes, qui ont paru entre les brochures répandues par le patriotifme. On y trouvoit d'excellentes chofes, mais quelques propofitions errenées. On a fupprimé les endroits de cette efpece, on en a développé d'autres; on y a fait fans doute beaucoup d'additions, puifqu'il fe publie aujourd'hui en *Hollande* une édition de cet ouvrage en fix volumes. Il étoit déjà d'une longueur itc.ennuyeufe; il eft bien à craindre qu'elle n'aille qu'en augmentant.

23 *Octobre*. On doit fe rappeller les ordonnances rendues en 1765 & 1772, concernant l'artillerie. Cette derniere n'ayant pas répondu à fon attente, on a inftitué des conférences tenues fur cette partie par les militaires les plus diftingués, que préfidoient les maréchaux de France. C'eft d'après leurs obfervations & les difcuffions les plus motivées fur cet objet important, mis par le miniftere fous les yeux du roi, que S. M. vient de figner une nouvelle ordonnance en date du 3 de ce mois, concernant le corps royal de l'artillerie. Elle ftatue dans le plus grand détail fur toutes les parties de ce fervice effentiel, & forme un code immuable fur la compofition & le fervice de l'artillerie. Suivant un examen réfléchi des membres de ce corps, il paroît que le fyftéme de M. de *Valiere* eft rejeté en très-grande partie, & que celui de M. de *Gribeauval* prévaut. Cette ordonnance a 149 pages in-4°.

23 *Octobre*. On apprend de Rome que le conclave eft commencé du 6 de ce mois, que les jéfuites font des menées extraordinaires, contre

(309)

lesquelles le cardinal de *Bernis* est obligé
d'employer toute son adresse, & que le Saint-
Esprit aura bien de la peine à se faire entendre
au milieu de cette assemblée tumultueuse. Que
du reste on n'y doute pas que le pape n'ait
été empoisonné, & que son sort intimide
beaucoup d'aspirants du parti contraire aux
Ignaciens.

23 *Octobre.* Apparemment qu'on a fait regarder à M. *Linguet* comme peu noble de s'être fait
annoncer avec emphase pour être à la tête du
Journal de politique & de littérature. En conséquence dans la seconde édition, son nom est
supprimé.

Fin du vingt-septieme volume.

BIBLIOTHEQUE NATIONALE DE FRANCE

3 7531 01255280 9

www.ingramcontent.com/pod-product-compliance
Lightning Source LLC
Chambersburg PA
CBHW071846020726
47502CB00003B/628